《诗经》中的本草

严世芸 主审
朱伟常 主编
周崇仁 陈丽云 副主编

草部
木部
菜部
谷部

果部
禽部
虫部
兽部
鱼部

蓍(shī)

• 一枝蒿
• 蓍草

《诗·国风·曹风·下泉》：『洌彼下泉，浸彼苞蓍。』

释名

《诗经》蓍
《尚书》蓍
《本草纲目拾遗》一枝蒿

来源

药用菊科植物蓍（Achillea aipinal.）或西南蓍草的全草。

性味

蓍：辛、苦，微温。有毒。
蓍实：苦、酸，平。无毒。

功效主治

蓍：活血，祛风，止痛，解毒。治风湿疼痛，跌打损伤，痞块，痈肿。
蓍实：益气，充肌肤，明目。

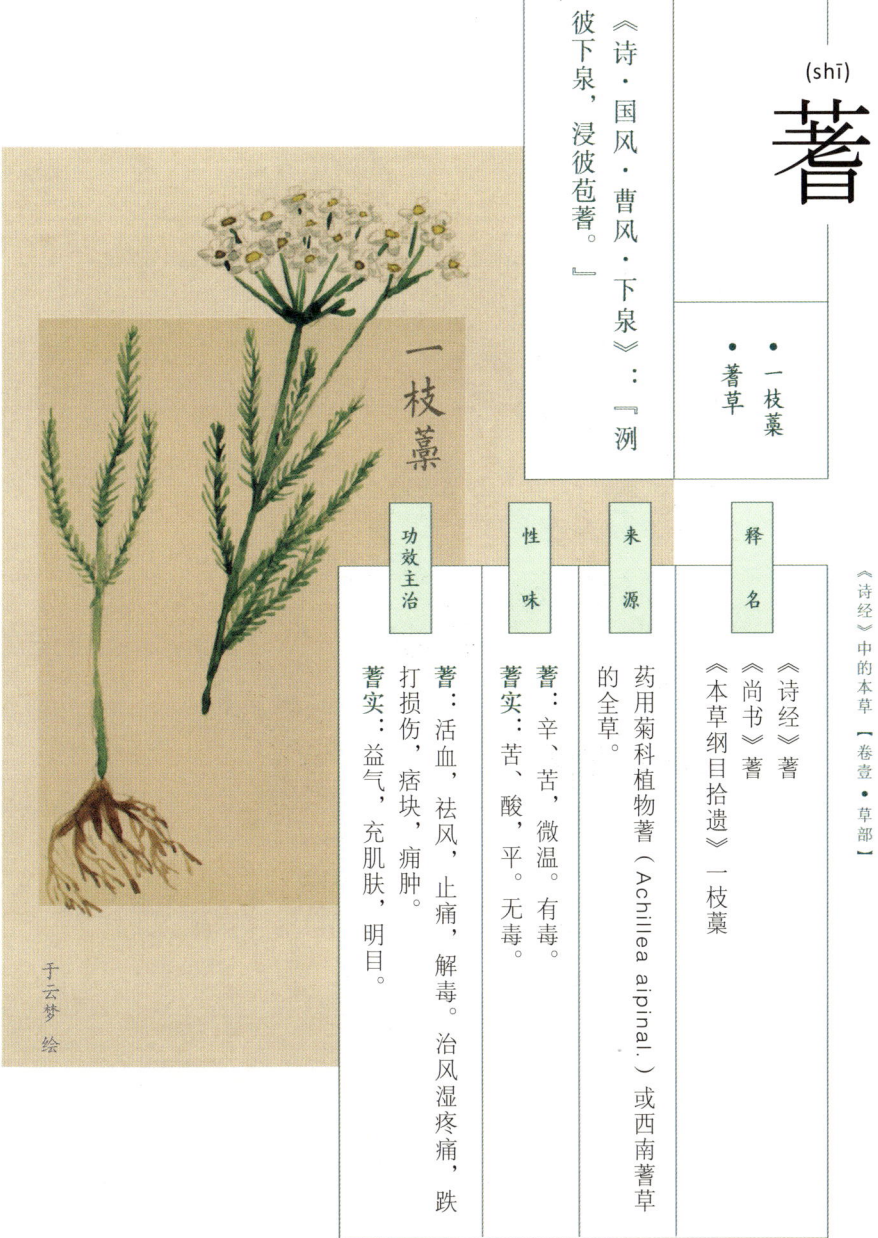

于云梦 绘

茹(lǘ)藘

· 茜草

《诗·国风·郑风·东门之墠》：『东门之墠，茹藘在阪。其室则迩，其人甚远。』

《诗·国风·郑风·出其东门》：『出其东门，有女如云。虽则如云，匪我思存……缟衣茹藘，聊可与娱。』

释名

《诗经》茹藘《尔雅》茹藘、茅蒐

《毛诗传》茅蒐《本经》茜草、茜根

《别录》蒨、地血《蜀本草》染绯草

来源

药用茜草为茜草科植物茜草（Rubia condifolia L.）的根及根茎。

性味

苦，寒。无毒。

功效主治

行血止血，通经活络，止咳祛痰。治吐血、衄血、尿血、便血，血崩，经闭，风湿痹痛，跌打损伤，瘀滞肿痛，黄疸，慢性支气管炎。

朱熹《诗经集传》云：『茹藘，茅蒐也。一名茜，可以染绛』；『可以染绛，故以名衣服之色。』《本草纲目·草部·茜草》：『时珍曰……茜根，气温行滞，味酸入肝而咸走血……专于行血活血。俗方治女子经水不通，以一两煎酒服之，一日即通，甚效。《名医别录》言其久服益精气轻身，《日华子》言其泄精，殊不相合，恐未可凭。』《本草经疏》：『茜根，行血凉血之主药，主痹及疸。疸有五，此其为治，盖指蓄血发黄，而不专于湿热者也。痹者血病，行血软坚，则痹自愈。』

荩草
于云梦 绘

朱伟常教授仙逝已七年有余，然而他那高尚的为人品格，典雅的学者风范，严谨的治学态度，厚实的人生道路，一直萦绕在我的心中，难以忘怀。

朱伟常教授出身于上海三林地区家学深厚的书香门第。其祖父朱天梵先生乃文人绅士，与丁甘仁之子丁仲英先生交谊深厚，丁氏门下济华、济民、济南昆仲皆拜天梵先生学习文学艺术。缘此，朱伟常之父朱士弘则拜师丁仲英先生学习中医学，并尊重其师“善缘广结”之意而改名朱广轮，沿用终身，毕生从医，凡六十年。与丁济民昆仲、黄文东、秦伯未等名医大家交游甚广，并著有《朱广轮处方》《中医方笺》《女科》《丁氏丸散膏丹秘方》等书，载誉学界。1959年，朱伟常教授高中毕业时，正值落实名中医经审核批准可师承带徒的中医政策，遂尊其父意，继承其业。他饱读四书五经、人文史书，深研中医经典，广览历代诸子学说，造诣日深。迨1976年后上海中医学院招募社会中医优秀学者，举办师资培训班，以补师资断层，朱伟常教授报名。正值以严格、严谨闻名的《金匮要略》研究权威殷品之教授为主考官，经考核答辩，殷教授竟然给出了100分的令人难以置信的成绩，其扎实的中医功底由此可见一斑。

培训班结业后，朱伟常教授被安排到中医各家学说教研室，与周崇仁、潘华信、俞尔科及我共事，一起携手度过了三十五年岁月。我深感他是一位睿智谦和、敦厚诚恳、与人为善、勤奋追学、低调人生的仁人雅士。我们与他一起编著了一批颇具创新意义、独一无二的著作，诸如《中国医籍通考》《中医历代医家学说》《中医藏象辨证论治学》《中医学术发展史》《中国医籍大辞典》《三国两晋南北朝医学总集》《宋代医家学术思想》，以及全国规划教材《中医各家学说》两本、《传统哲学视域下的中医学理》等等。在编撰过程中，他总是默默无闻，焚膏继晷，不辞辛劳，笔耕不辍地承担分量较重的编写和统稿任务。在编写中，总是以其在人文、文献、中医等方面茹古涵今的厚重积淀，爬罗剔抉，刮垢磨光，探赜索隐，补苴罅漏，使书稿精益求精。其治学之严谨，为吾等感佩不已。朱伟常教授以其品格学识，铸就了他品学俱富、有口皆碑的人生。

进入 21 世纪后，朱伟常教授逐渐转向对中医药文化的研究，并出版了一本名为《医林吟韵》的著作，尽收、尽载了历代著名医家的诗词韵律，拓展了中医学文化研究的领域。紧接着他将目光转向研究先秦时期的中医学文化渊源。《诗经》顺理成章地成为他首先涉猎的对象。《诗经》（先秦称“诗”）是我国最早收集西周初年至春秋中叶（公元前 11—前 6 世纪）的诗歌总集，其中除去只有标题、没有内容的笙诗六篇，共 299 篇诗歌，分为《风》《雅》《颂》三部分，很好地反映当时的人文艺术特点和社会风貌。其中也记载了不少动植物药物。朱伟常教授就从药物入手开始研究《诗经》。2011年他组建了研究团队，经三年多时间的努力，旁搜远绍，沉潜研索，反复泳涵，补阙匡正，完成了《〈诗经〉中的本草》书稿。

此书，首先从《诗经》中检出了193种治疗用药，其中包括动物药77种、植物药116种，均分别被后世本草书籍收录；收集了《诗经》中关于这些动植物药材或直接或间接的描写，不乏对其生长周期、生长环境、形态特征，乃至治疗疾病等各方面的记载；还有对不少动植物药形态特征或药用价值，被借以进行比兴、抒发情感的情况。

其二，由于《诗经》本身诗集的属性，存在着有些药物学知识记载模糊，或有偏差；或因为时代推移，药用名称发生了很大改变，产生了很多异名等情况。故在大量检索从战国时代到现代医学及其他有关文献著作基础上，根据150多种文献著作的有关记载内容为依据，对所存在的问题进行匡正，得以清晰。

其三，书稿检索了药物名称的起源、古今名称发展演变的过程，对其中大部分药物，将《诗经》中名称与后世通用名称进行了梳理、对比、考证、释名，填补了《诗经》药用动植物名称研究的空白。同时，对涉及的动植物药均考证了来源、所属科目、类别属性、药用部位等，澄清中药品种同名实属混乱的状况。

其四，从《诗经》以后的文献、著作中考证、提炼，明确了每味药物的性味和功用主治，为今后对这些药物的临床和药理研究，提供了颇具价值的参考意见。

书稿从传统文化与药物的结合上，通过《诗经》研究和发掘，揭示了我国最早的有关药用动植物文字记载及其药物学的有关内容，无疑对中药学的发生学研究有所启迪。

2017 年 7 月 14 日，习近平在第十九届国际植物学大会上说："中国人民自古崇尚自然、热爱植物，中华文明包含着博大精深。中国 2500 多年前编成的诗歌总集《诗经》记载了 130 多种植物，中医药学为人类健康作出了重要贡献……"学校党委在 2019 年开展"不忘初心，牢记使命"主题教育中将这份书稿作为教育资料发给学校的中共党员，引起很好反响。

朱伟常教授在编完这本书稿后不久就卧床不起，在 2014 年 9 月 14 日驾鹤西去，享年 74 岁。近年来，编写组成员对书稿进行整理后，将付刊劂。该书的副主编陈丽云教授嘱我写序，当义不容辞，遂成这篇回忆和追思同道挚友朱伟常教授的文字，权且作序，以寄托我的缅怀。

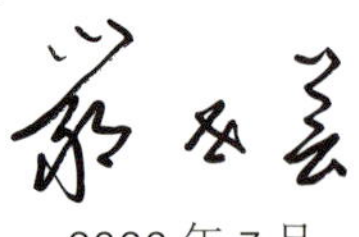

2022 年 7 月

目录

卷壹

草部

蓍 001
茹藘 003
绿 005
蓝 007
椒 009
卷耳（苓） 011
虻 013
芣苢 015
荑 016
荍 017
苹 019
藻 021
果臝 023
蓷 025
葽 027
芄兰 029
女萝 031
茑 033
唐 035
葛 037
荷（菡萏） 039
常棣 041
勺药 043
莜 045
苕 047
谖草 049
舜 051
蕳 053
葍 055
蒲 057
艾 059
蔚 061
蒌（莪） 063
蒿（萧） 065
苹（蘩） 067
芩 069
蓼 071
游龙 073
鹝 075

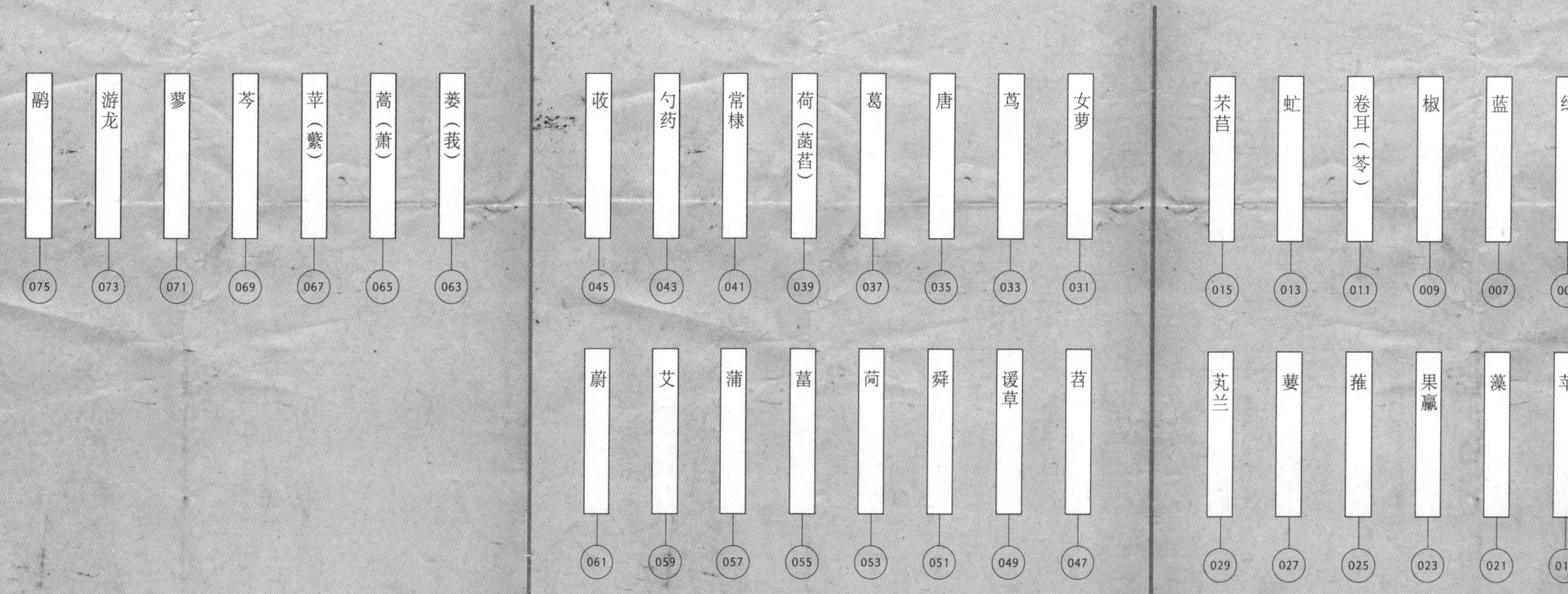

绿

·荩草

《诗·小雅·采绿》：『终朝采绿，不盈一匊。予发曲局，薄言归沐。』

释名

《诗经》绿 《尔雅》菉、王刍
《毛诗传》王刍
《说文》戾草
《尔雅》郭璞注：鵅脚莎
《本经》荩草 《吴普本草》黄草
《唐本草》菉蓐草

来源

药用禾本科植物荩草（Aothraxon hispidus [Thunb]. Mak.）的全草。

性味

苦，平。

功效主治

止咳，定喘，杀虫。

《唐本草》：『荩草，叶似竹而细薄，茎亦圆小。生平泽溪涧之侧，荆襄人煮以染黄，色极鲜好。』

《本草纲目·草部·荩草》：『时珍曰……古者贡草入染，人故谓之王刍，而进忠者谓之荩臣也。《诗》云：「终朝采绿，不盈一匊。」』

于云梦 绘

蓝

· 大青

《诗·小雅·采绿》：『终朝采蓝，不盈一襜。五日为期，六日不詹。』

释名

《诗经》蓝
《本经》蓝、蓝实
《本草经集注》蓝子
《唐本草》蓼蓝

来源

药用蓼科植物蓼蓝（Polygonum tinctorium Ait.）的果实（蓝子），全草（大青）及其加工制成品青黛、蓝靛。

性味

甘，寒。无毒。

功效主治

清热解毒。治温热发斑咽痛。肿毒、疮疖等。

《本草纲目·草部·蓝》：『时珍曰：诸蓝形虽不同，而性味不远，故能解毒除热……蓝子则专用蓼蓝者也。』

花椒
于云梦 绘

椒

·花椒

《诗·周颂·载芟》：『有椒其馨。』

释名

《诗经》椒《尔雅》椴、大椒

《本经》秦椒、蜀椒

《本草经集注》椒目

《日用本草》花椒《圣惠方》川椒

来源

药用芸香科植物花椒（Zanthoxylum bungeanum Maxim.）的果皮、种子。

性味

甘，寒。无毒。

功效主治

椒：温中散寒，除湿，止痛，杀虫，解鱼蟹毒。治积食停饮，心腹冷痛，噫呃，咳逆，风寒湿痹，泄泻，痢疾，疝痛，齿痛，蛔虫病，阴痒，疥疮。

椒目：治水肿胀满，痰饮喘逆。

《本草纲目·果部·蜀椒》：『时珍曰……戴原礼云：凡人呕吐服药不纳者必有蛔在膈间……但于呕吐药中加炒川椒十粒良，盖蛔见椒则伏也。观此，则仲景治蛔厥乌梅丸中用蜀椒亦此义也。』

《长沙药解》：『椒目，泄水消满。《金匮》己椒苈黄丸用之，治肠间有水气腹满者。』

《景岳全书·本草述》：『椒目治喘，似于水气之喘更为相宜，他如相火上逆之喘，反为禁药。』

于云梦 绘

按

有偶食苍耳子或苍耳子芽中毒者。服食量少者仅5~6粒，即能引起中毒。中毒反应轻重不一，常见头晕头痛，懒动食减，恶心呕吐，腹痛泄泻，或发热面红、目红、发疹等，严重者烦躁或昏睡，甚而昏迷抽搐、黄疸、出血、浮肿尿少等。须及时抢救。

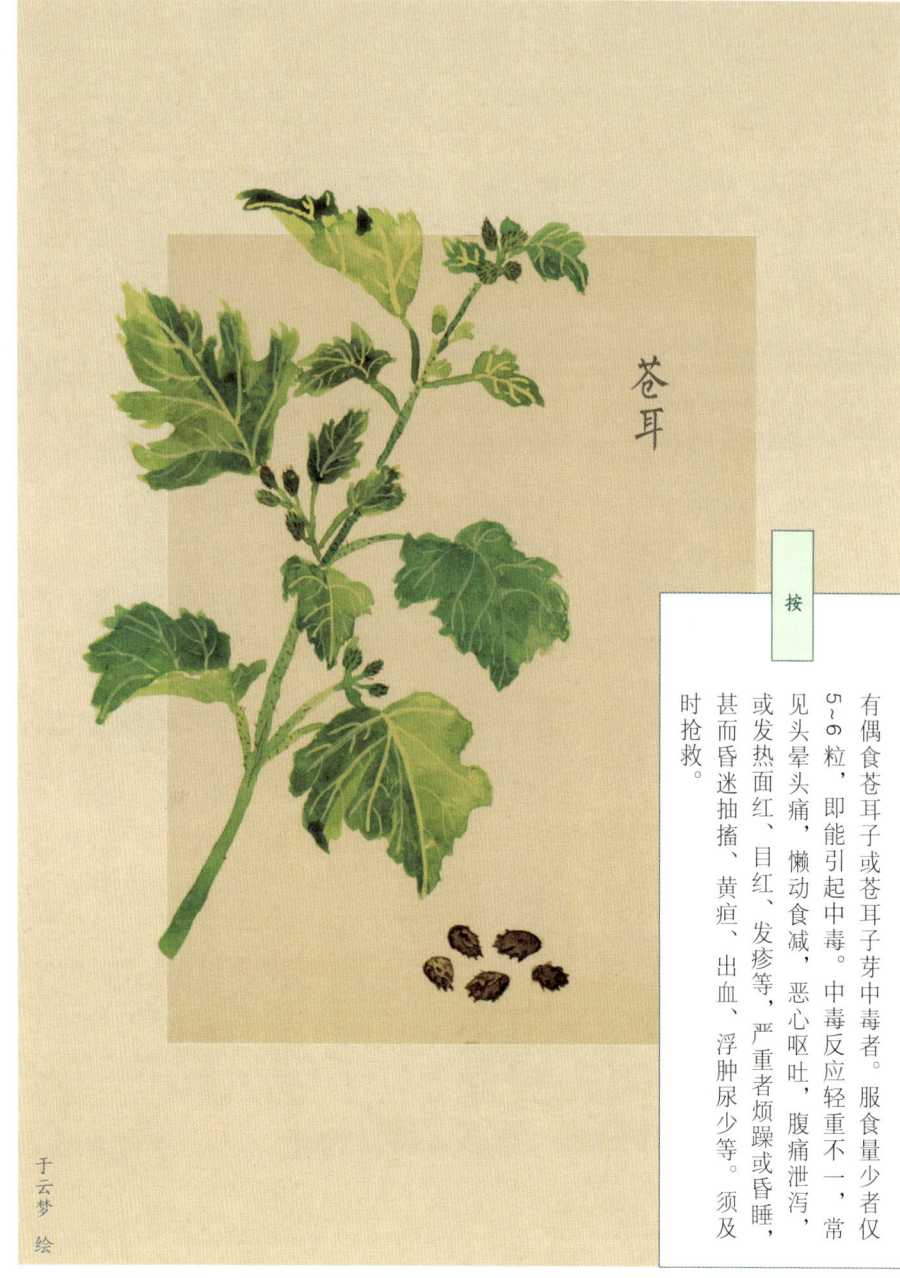

卷耳（苓）

·苍耳

《诗·周南·卷耳》：『采采卷耳，不盈顷筐。嗟我怀人，寘彼周行。』

《诗·国风·邶风·简兮》：『山有榛，隰有苓。』

《诗·国风·唐风·采苓》：『采苓采苓，首阳之巅。』

释名

《诗经》苓、卷耳《毛诗传》苓耳

《楚辞》葹《楚辞》王逸注：枲耳

《本经》胡菜、地葵、菜耳实《别录》常思

《千金要方》苍耳《本草纲目》枲耳

来源

药用菊科植物苍耳（Xanthium sibiricum Patr.ex Widd.）的茎叶和果实。

苍耳子：《本经》名菜耳实。为苍耳带总苞的果实。

性味

苍耳草：苦、辛，寒。有小毒。

苍耳子：甘，温。有毒。

功效主治

苍耳草：祛风散热，解毒杀虫。治头风头晕，湿癣，拘挛，目赤目翳，风癞，疔肿，热毒疮疡，皮肤瘙痒。

《千金·食治》：『不可共猪肉食。』

《本草纲目·草部·枲耳》：『时珍曰……诗人思夫，赋《卷耳》之章，故名常思菜。』『苍耳药久服去风热有效。最忌猪肉及风邪，犯之则遍身发出赤丹。』

苍耳子：散风止痛，祛湿，杀虫。治风寒头痛，鼻渊，齿痛，风寒湿痹，四肢挛痛，疥癞瘙痒。血虚头痛、痹痛忌服。

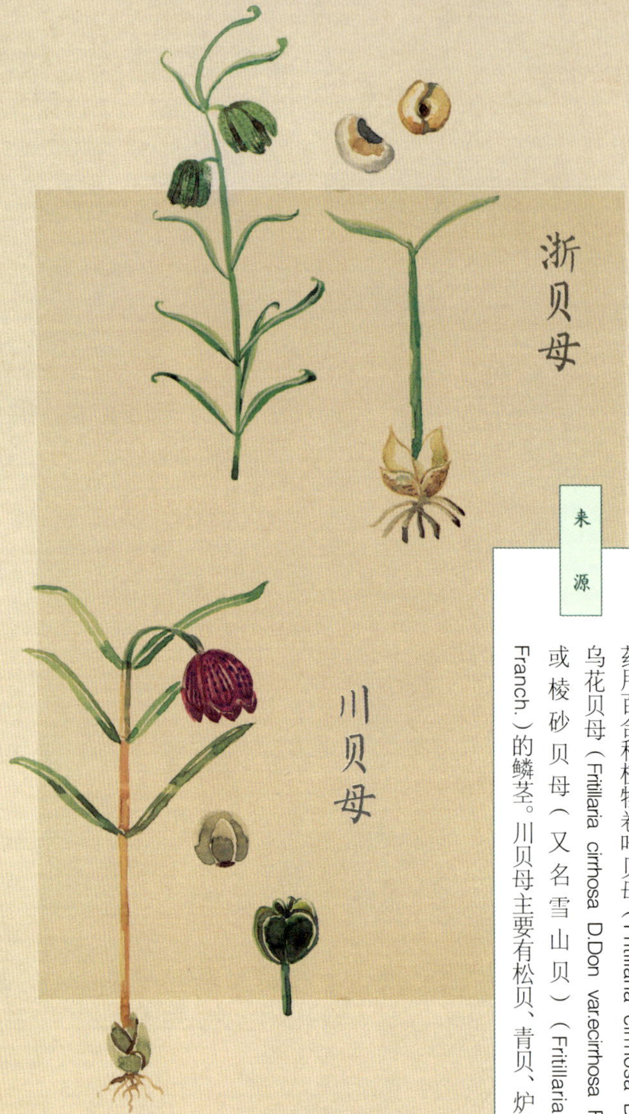

于云梦 绘

释名

《诗经》虻《管子》黄虻
《尔雅》莔、贝母《本经》贝母、空草
《广雅》贝父、药实

来源

药用百合科植物卷叶贝母（Fritillaria cirrhosa D.Don）、乌花贝母（Fritillaria cirrhosa D.Don var.ecirrhosa Franch.）或棱砂贝母（又名雪山贝）（Fritillaria delarayi Franch.）的鳞茎。川贝母主要有松贝、青贝、炉贝三类。

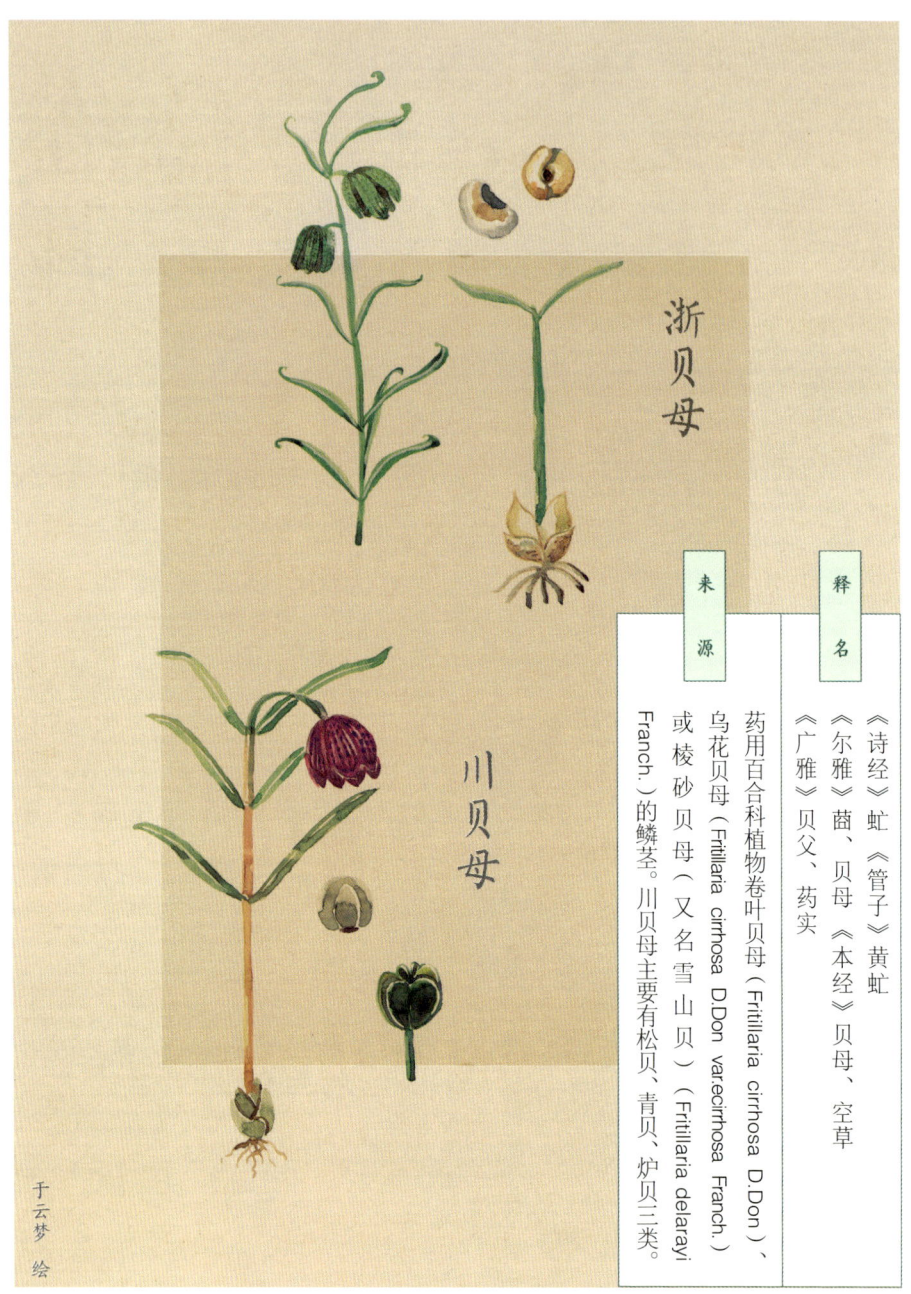

虻

·贝母

《诗·国风·鄘风·载驰》：「陟彼阿丘，言采其虻。女子善怀，亦各有行。许人尤之，众稚且狂。」

性味

苦、甘，凉。

功效主治

润肺散结，止嗽化痰。治虚劳咳嗽，吐痰咯血，心胸郁结，肺痿，肺痈，瘿瘤，瘰疬，喉痹，乳痈等病征。

朱熹《诗经集传》：「虻，贝母也。主疗郁结之疾。」《本草汇言》：「贝母，开郁下气，化痰之药也。润肺消痰，止咳定喘，则虚劳火结之证，贝母专司首剂……必以川者为妙。若解痈毒，破癥结，消实痰，敷恶疮，又以土者为佳。然川药味淡性优，土者味苦性劣，二者以分别用。」

在《本草纲目》之前，未明分川贝、浙贝、土贝。至明《本草汇言》，始有「川者为妙」之论。清《本草从新》始于「贝母」条下分别象山贝母与土贝母之性味功用。惟近今之「川贝母」，其植物品种较多，分布亦广。

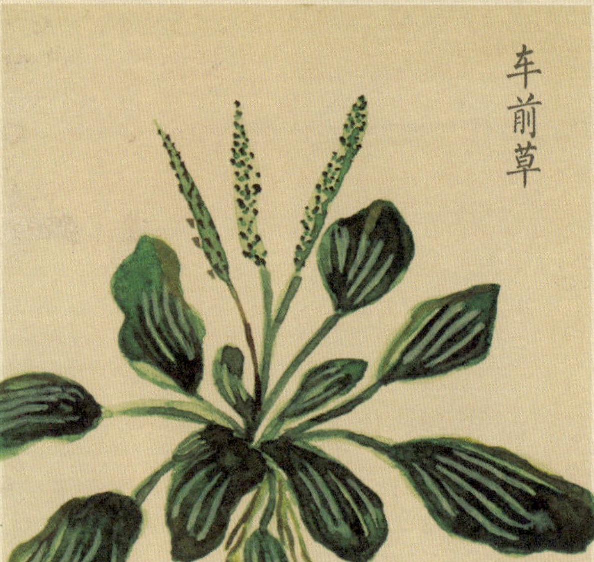

于云梦 绘

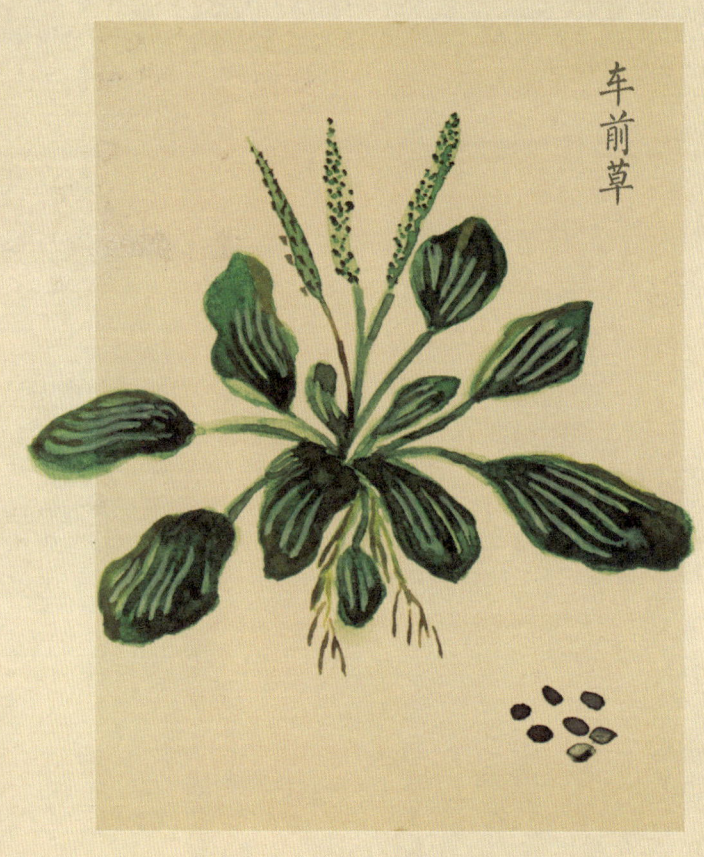

芣苢

·车前草

《诗·国风·周南·芣苢》：“采采芣苢，薄言采之。采采芣苢，薄言有之。采采芣苢，薄言掇之。采采芣苢，薄言捋之。采采芣苢，薄言袺之。采采芣苢，薄言襭之。”

释名

《毛诗传》马舄
《尔雅》芣苢、马舄、车前
《尔雅》郭璞注：车前草、虾蟆衣
《本经》车前子、当道
《别录》牛遗、胜舄
又有车轮菜、蟾蜍草、虾蟆草、牛舌草等称。

来源

药用车前草科植物车前（Plantogo asiatica L.）及平车前（Plantgo depressa Willd.）的全草和子。

性味

甘，寒。

功效主治

车前草：利水清热，明目，祛痰。治小便不通，淋浊、尿血，带下，黄疸，水肿热痢，泄泻，鼻衄，目赤肿痛，皮肤溃疡等疾。

车前子：利水，清热，明目，祛痰。治小便不通，淋浊、尿血，带下，暑湿泻痢，咳嗽多痰，目赤障翳。

《尔雅》郭璞注：今车前草大叶长穗，好生道边。江东呼为虾蟆衣。郭氏《芣苢赞》曰：“车前之草，别名芣苢。”

(xù)

𬞟

· 泽泻

《诗·国风·魏风·汾沮洳》：『彼汾一曲，言采其𬞟。』

于云梦 绘

释名

《诗经》𬞟《尔雅》牛唇《本经》泽泻《别录》及泻

来源

药用泽泻科植物泽泻（Alisma plantago-aguatica L.Var.orientale samuels）的块茎。

性味

甘，寒。

功效主治

利水，渗湿，泄热。治小便不利，水肿胀满，呕吐，泻痢，痰饮，脚气，淋痛，尿血。

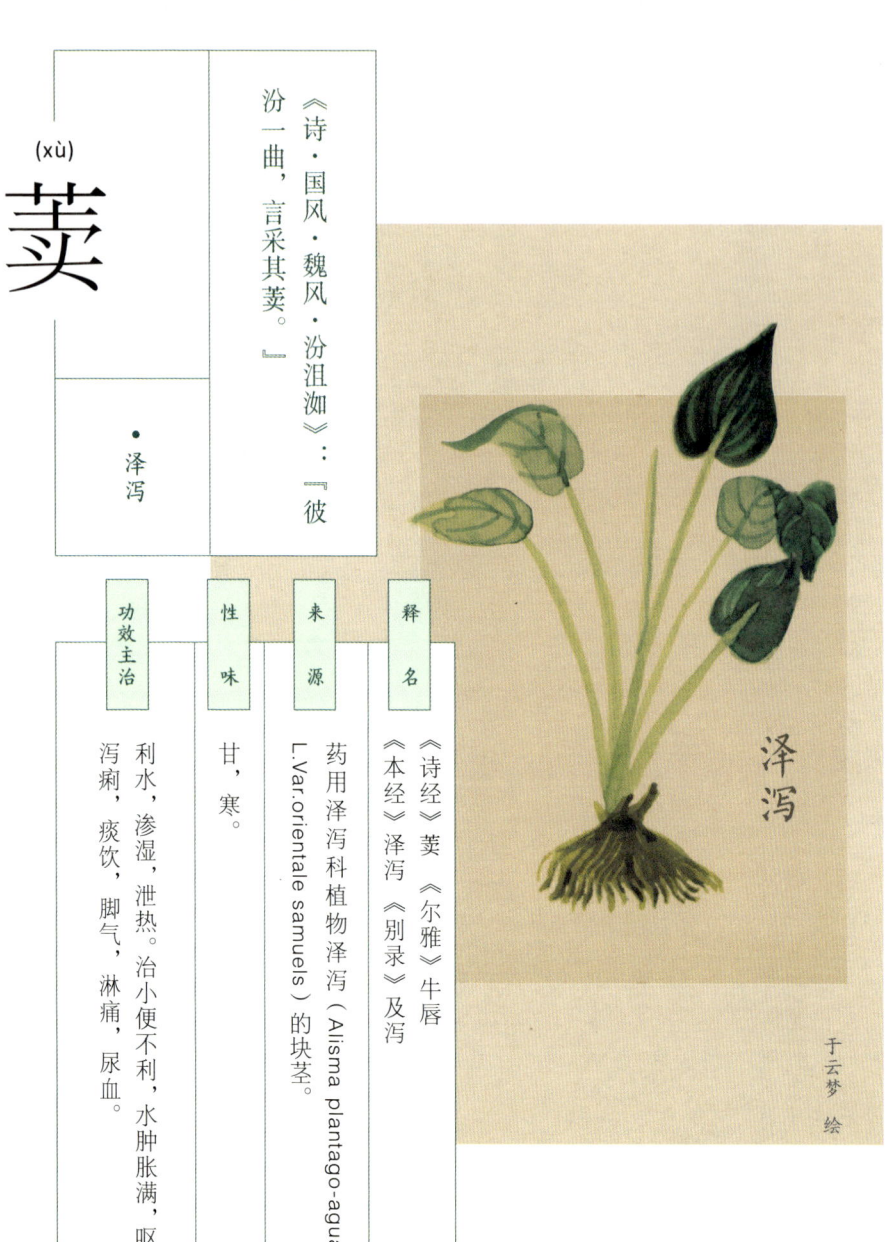

蔹

·乌蔹莓

《诗·唐风·葛生》：『葛生蒙楚，蔹蔓于野。』

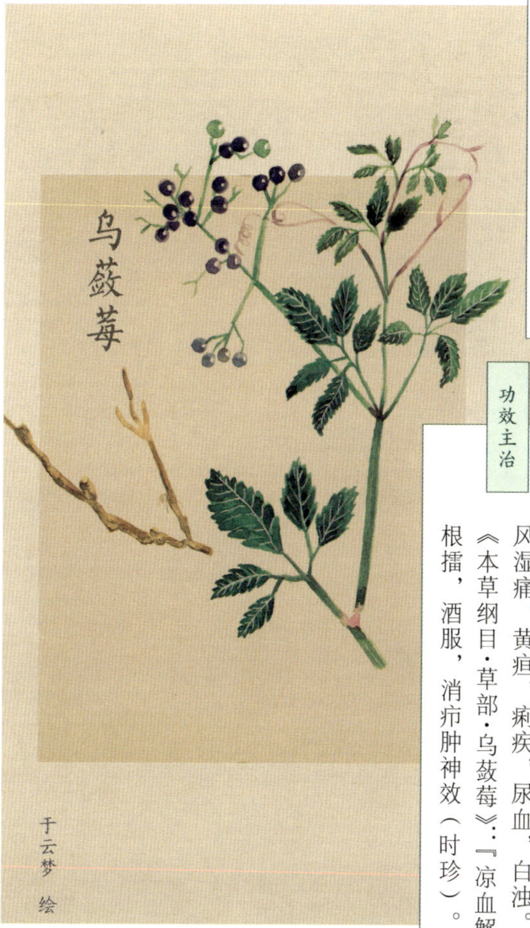

释名

《诗经》蔹《尔雅》拔、苍葛 陶弘景：五叶莓

《蜀本草》乌蔹草《本草纲目》赤葛、五爪龙

来源

药用葡萄科植物乌蔹莓（Cayratia japonica [Thunb.] Gaga.）的全草和根。

性味

乌蔹莓：苦、酸，寒。

功效主治

清热利湿，解毒消肿。治痈肿，疔疮，痄腮，丹毒，风湿痛，黄疸，痢疾，尿血，白浊。

《本草纲目·草部·乌蔹莓》：『凉血解毒，利小便。根擂，酒服，消疖肿神效（时珍）。』

于云梦 绘

释名

《诗经》苹《尔雅》苹《尔雅》郭璞注：浮蓱
《本经》水萍、水花《唐本草》浮萍
《世医得效方》青萍、紫浮萍

来源

药用浮萍科植物紫背浮萍（Spirodela polyrrhiza Schleid.）或青萍（Lemna minor L.）的全草。

苹

● 浮萍

《诗·国风·召南·采苹》：『于以采苹，南涧之滨。』

性味

辛，寒。

功效主治

发汗，祛风，行水，清热，解毒。治时行热病，斑疹不透，风热瘾疹，皮肤瘙痒，水肿，癃闭，疮癣，丹毒，烫伤。

《唐本草》：『水萍者，有三种：大者名苹；水中又有荇菜，亦相似而叶圆；水上小浮萍主火疮。』

《本草纲目·草部·水萍》：『《本草》所用水萍，乃小浮萍……季春始生。一叶经宿，即生数叶，叶下有微须，即其根也。一种背面皆绿者，一种面青背紫赤若血者，谓之紫萍，入药为良。七月采之。』

《纲目拾遗》：『子午莲，《纲目》水草部入苹，以为此即大叶之苹也。古人以为食品，祭用苹、蘩，即此。今浙人呼为子午莲。生水泽陂荡中，叶较荷而小，缺口不圆，八夏开白花，午开子敛，子开午敛，故名。采花入药。』其功能消暑解酲，治小儿惊风。

于云梦 绘

藻

· 水藻

《诗·国风·召南·采苹》：『于以采藻，于彼行潦。』

释名

《诗经》藻《尔雅》莙，牛薻
《本草拾遗》马藻
《本草纲目》水藻、水蕴
《四川中药志》细草
《植物学大辞典》金鱼藻、聚藻

来源

药用水藻为金鱼藻科植物金鱼藻（Ceratophyllum demersum L.）等的全草。

性味

甘，寒。无毒。

功效主治

去暴热、热痢，止渴，止血，治热毒疮肿。

《本草纲目·草部·水藻》：『（苏）颂曰：藻生水中，处处有之。《周南》诗云：『于以采藻，于沼于沚，于彼行潦』是也。』『时珍曰：藻有两种，水中甚多。水藻叶长二三寸，两两对生，即马藻也；聚藻叶细如丝及鱼鳃状，节节连生，即水蕴也，俗名鳃草，又名牛尾蕴是矣。《尔雅》云「莙，牛薻」也。郭璞注云：细叶蓬茸，如丝可爱，一节长数寸，长者二三十节，即蕴也。《左传》云：「苹蘩蕴藻之菜」是也。』

栝楼
于云梦 绘

果蠃(luǒ)

· 栝楼
· 天花粉

《诗·国风·东山》：『我徂东山，慆慆不归。我来自东，零雨其濛。果蠃之实，亦施于宇。』

释名

《诗经》果蠃《尔雅》果蠃之实，栝楼
《尔雅》郭璞注：天瓜
《吕氏春秋》王菩
《本经》地楼、栝楼
《针灸甲乙经》瓜萎
《雷公炮炙论》蒌根、天花粉

来源

药用葫芦科植物栝楼（Trichosanthes kirilowii Maxim.）果实和根。

性味

栝楼：甘、苦，寒。
天花粉：甘、苦、酸，凉。

功效主治

栝楼：润肺，化痰，散结，滑肠。治痰热咳嗽，胸痹，结胸，肺痿咳血，消渴，黄疸，便秘，痈肿初起。

天花粉：生津止渴，降火消痰，排脓消肿。

《重庆堂随笔》：『栝楼实一名天瓜，故其根名天瓜粉，后世讹瓜为花，然相传已久，不可改矣。今药肆中名此为瓜蒌，以土瓜根子为栝楼，用者不可不审。土瓜一名黄瓜，即《月令》孟夏王瓜生是也，非蔬圃之黄瓜，蔬圃黄瓜一名胡瓜。』

于云梦 绘

蓷

• 益母草

《诗·国风·王风·中谷有蓷》：『中谷有蓷，暵其干矣。有女仳离，嘅其叹矣。嘅其叹矣，遇人之艰难矣。中谷有蓷，暵其脩矣。有女仳离，条其啸矣。条其啸矣，遇人之不淑矣。中谷有蓷，暵其湿矣。有女仳离，啜其泣矣。啜其泣矣，何嗟及矣！』

释名

《诗经》蓷《尔雅》萑、蓷

《本经》益母、茺蔚、益明

《别录》贞蔚《本草图经》益母草

来源

药用唇形科植物益母草（Leonurus neterophyllus Sweet）全草。

性味

辛、苦，凉。无毒。

功效主治

活血，祛瘀，调经，消水。治月经不调，胎漏难产，胎衣不下，产后血晕，瘀血腹痛，崩中漏下，尿血，下血，痈肿疮疡。阴虚血少者忌服。

《本草纲目·草部·茺蔚》：『时珍曰……治妇人经脉不调、胎产，一切血气诸病妙品也……时珍常以之同四物、香附诸药活人获益甚多。』『益母草之根、茎、花、叶、实，并皆入药，可同用。若治手、足厥阴血分风热，明目益精，调女人经脉，则单用茺蔚子为良。若治肿毒疮疡，消水行血，妇人胎产诸病，则宜并用为良。盖其根、茎、花、叶专于行，而子则行中有补故也。』

《本草求真》『益母草，消水行血，祛瘀生新，调经解毒，为胎前胎后要剂。』

于云梦 绘

葽 (yāo)

• 远志

《诗·豳风·七月》：『四月秀葽，五月鸣蜩。』

释名

《诗经》葽
《尔雅》葽绕、蕀蒬
《尔雅》郭璞注：远志，小草
《本经》远志、蕀菀

来源

药用远志科植物细叶远志（Polygala tenuifolia Willd.）的根。

性味

苦、辛，温。无毒。

功效主治

安神益智，祛痰，解郁。治疗惊悸，失眠，健忘，梦遗，咳嗽多痰，痈疽疮肿。

《本经》：『主咳逆，伤中，补不足，除邪气，利九窍，益智慧，耳目聪明，不忘，强志倍力。』

《本草图经》：『远志……苗名小草……古本通用远志、小草。今医当用远志，稀用小草。』

《急就篇》：『远志』唐颜师古《注》：『远志，主益志意而强志，故以为名。一名葽绕，一名蕀蒬。其叶名小草，亦目其细也。』

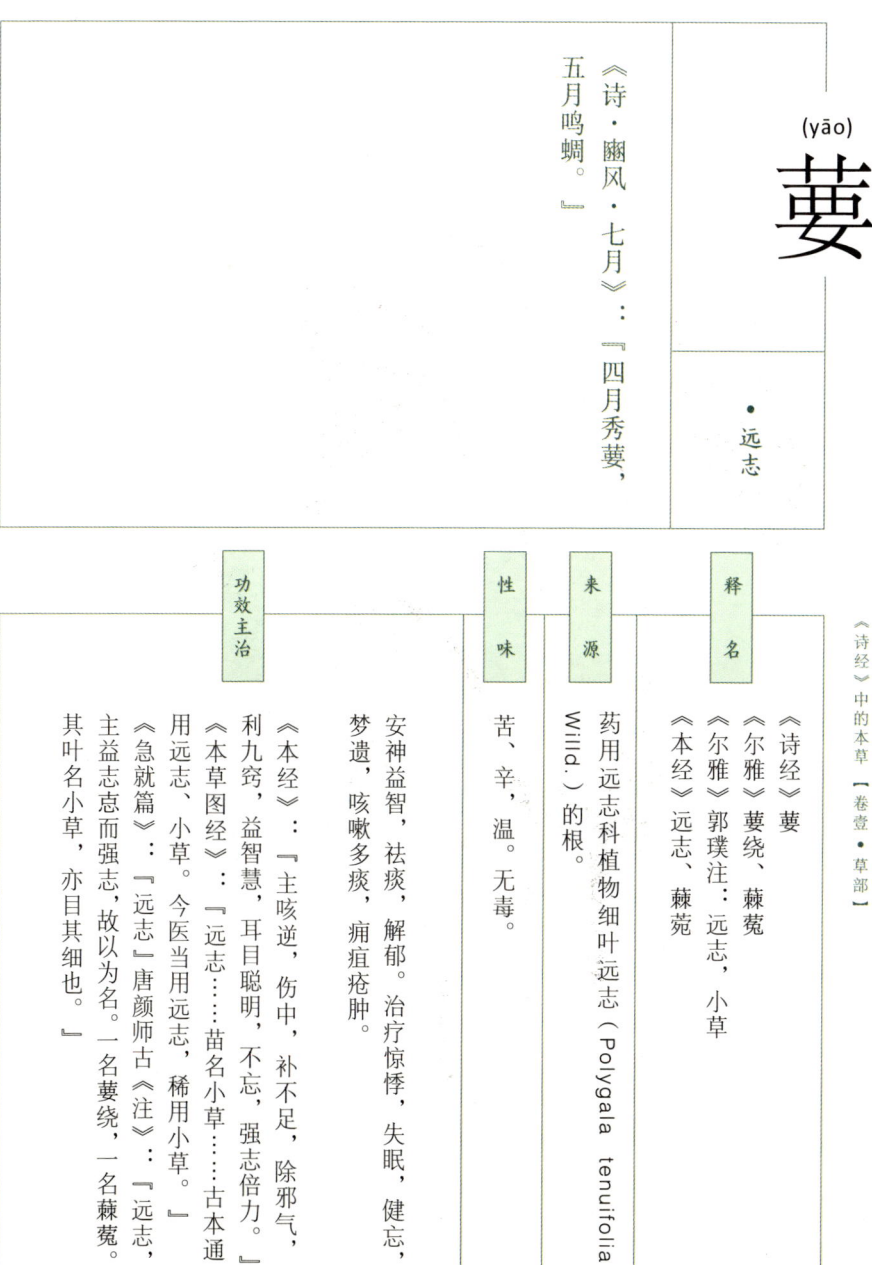

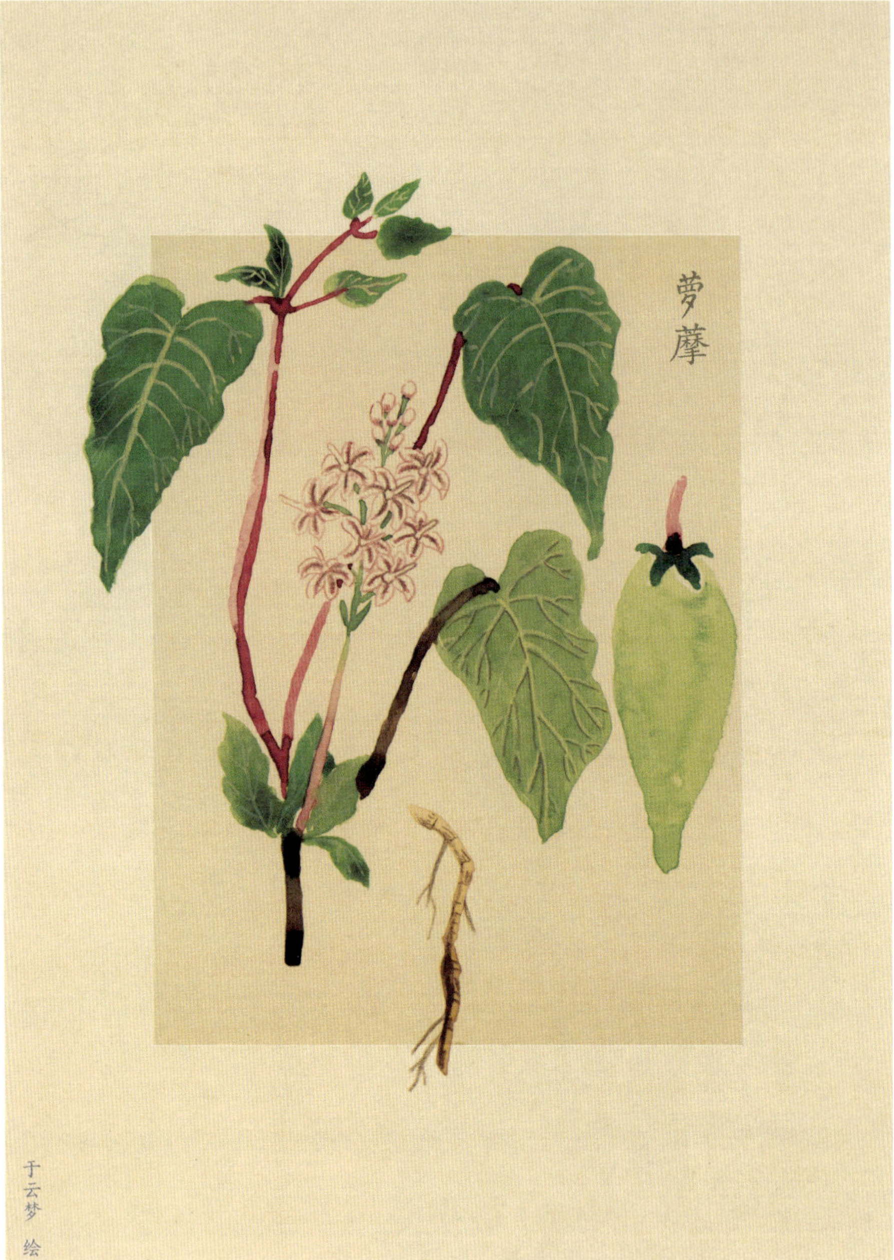
萝藦
于云梦 绘

芄兰

·萝藦

《诗·国风·卫风·芄兰》：『芄兰之支，童子佩觿，虽则佩觿，能不我知？容兮遂兮，垂带悸兮。芄兰之叶，童子佩韘。虽则佩韘，能不我甲？容兮遂兮，垂带悸兮。』

释名

《诗经》芄兰

《尔雅》雚，芄兰

陆玑《诗疏》雀瓢

《本草经集注》萝藦

来源

药用萝藦科植物萝藦（Metaplexis japonica(Thunb.) Mak）的全草或根。

性味

甘、辛，平。无毒。

功效主治

补益精气，通乳，解毒。治虚损劳伤，阳痿，带下，乳汁不通，丹毒疮肿。

陶弘景：『补益精气，强盛阴道。』

《千金要方·食治》：『萝藦，味甘平。一名苦丸。无毒。其叶厚大，作藤。生摘之有白汁出。人家多种。亦可白啖，亦可蒸煮，食之补益与枸杞叶同。』『枸杞叶……补虚羸，益精髓。谚云：「去家千里，勿食萝藦、枸杞」，此则言强阴道、资阴气速疾也。』

于云梦 绘

释名

《诗经》女萝《本经》松萝
《本草纲目》松上寄生

来源

药用松萝为松萝科植物长松萝（Usnea longissima Achu.）、破茎松萝（Usnea diffracta Vain.）的丝状体。

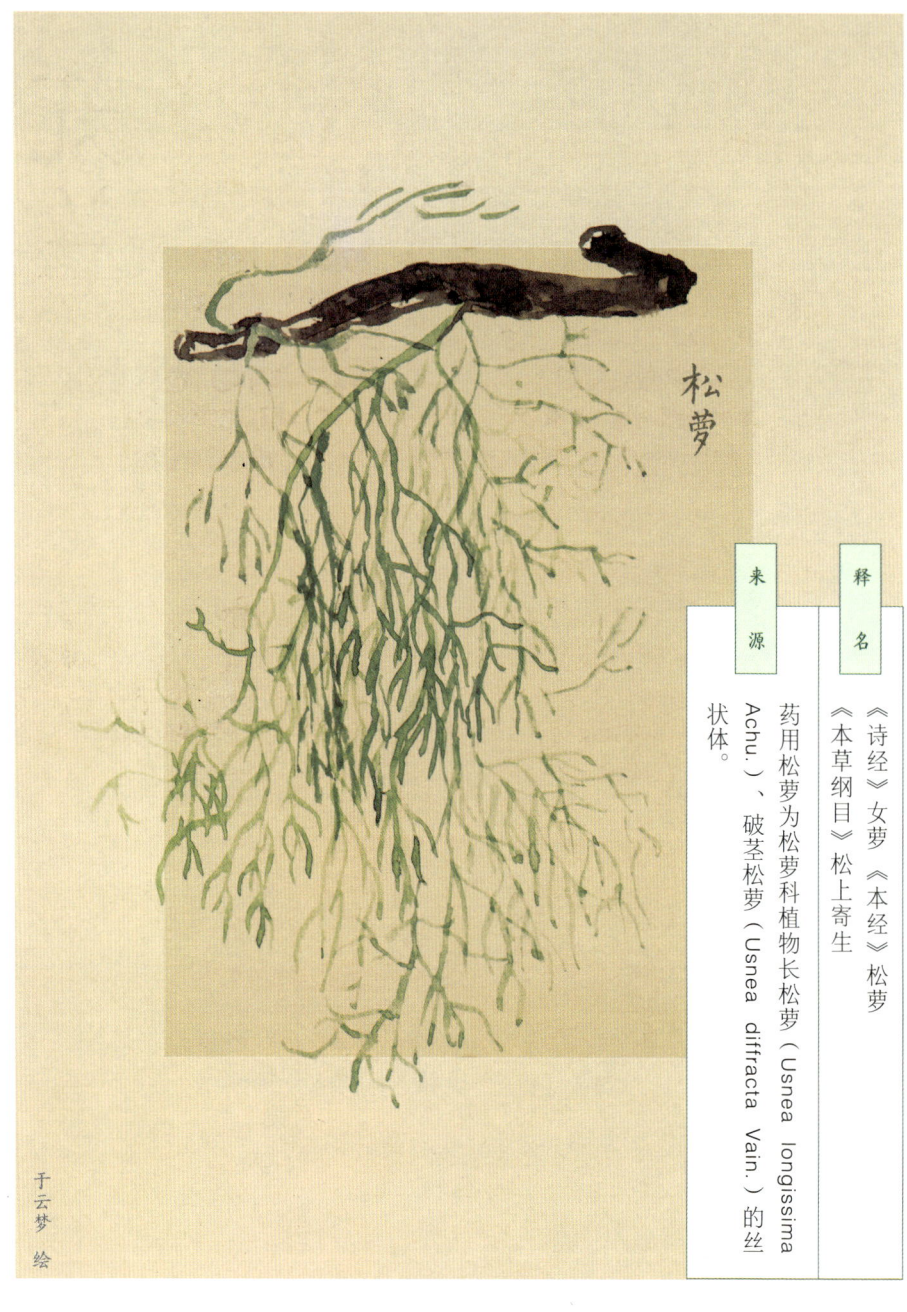

女萝

·松萝

《诗经·小雅·頍弁》：『茑与女萝，施于松柏。未见君子，忧心奕奕。既见君子，庶几说怿。』

性味

苦、甘，平。无毒。

功效主治

平肝郁，去寒热。化痰，止血，解毒。治咳嗽痰多，头痛目赤，疟疾，瘰疬；妇人白带、崩漏及痈肿、外伤出血，毒蛇咬伤等。同瓜蒂诸药则能吐痰。

陶弘景：『松萝，东山甚多，生杂树上，而以松上者为真。』

《毛诗传》：『茑与女萝，施于松上。茑是寄生，以桑上者为真，不用松上者，互有异同尔。』

《本草纲目·木部·松萝》云：『时珍曰：按毛萇注《诗》云：女萝，兔丝也。《吴普本草》兔丝一名松萝。陶弘景谓茑是桑上寄生，松萝是松上寄生。陆佃《埤雅》言茑是松柏上寄生，女萝是松上浮蔓。又言在木为女萝，在草为菟丝。郑樵《通志》言寄生有两种，大曰茑，小曰女萝。陆玑《诗疏》言兔丝蔓生草上，黄赤如金，非松萝也；松萝蔓延松上，生枝上正青，与兔丝殊异。罗愿《尔雅翼》云，女萝色青而细长，无杂蔓，故《离骚》云「被薜荔兮带女萝」，谓青长如带也……据此诸说，则女萝之为松上蔓，当以二陆、罗氏之说为的，其曰兔丝者误矣。』

于云梦 绘

茑

· 桑寄生

《诗·小雅·頍弁》：『茑与女萝，施于松上。』

释名

《诗经》茑《尔雅》寓木、宛童

《尔雅》郭璞注：寄生树

《本经》桑上寄生、寄屑《雷公炮炙论》桑寄生

来源

药用桑寄生为桑寄生科植物槲寄生(Viscum coloratum [Kom.] Nakai)、桑寄生(Loranthus parasiticus [L.] Merr)或毛叶桑寄生(Loranthus yadoriki Sieb)等枝叶。

性味

苦、甘，平。无毒。

功效主治

补肝肾，强筋骨，除风湿，通经络，益血，安胎。治腰膝酸痛，筋骨痿弱，偏枯，脚气，风寒湿痹，胎漏血崩，安胎，产后乳汁不下。坚发、齿，长须眉。

《本草纲目》：『郑樵《通志》云：寄生有两种，一种大者，叶如石榴叶；一种小者，叶如麻黄叶，其子皆相似。大者曰茑，小者女萝。今观《蜀本》韩氏所说，亦是两种，与郑说同。』陶弘景『桑上者名桑上寄生尔，诗人云：「施于松上」。方家亦有用杨上、枫上者，则各随其树名之，形类犹是一般，但根津所因处为异。』

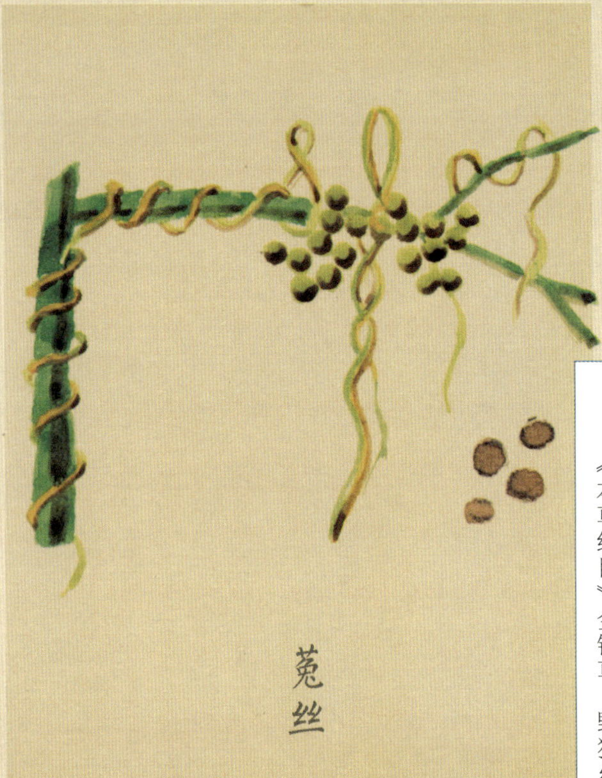

于云梦 绘

释名

《诗经》唐《毛诗传》蒙
《尔雅》唐、蒙、菟丝、王女
《本经》菟丝《别录》菟缕
《本草纲目》金钱草、野狐丝

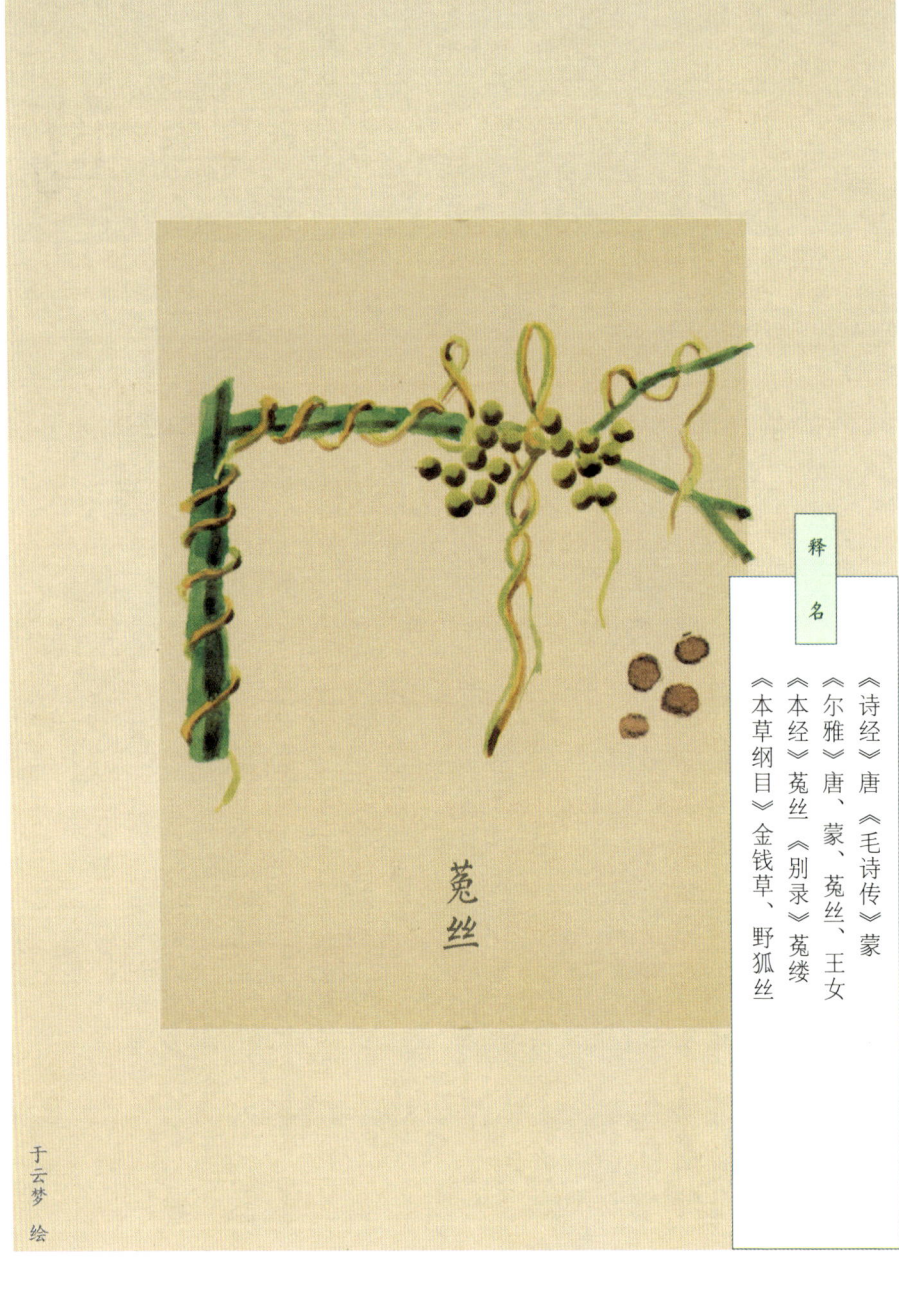

唐

·菟丝

《诗·国风·鄘风·桑中》：『爰采唐矣？沬之乡矣。云谁之思？美孟姜矣。』

来源

中药菟丝为旋花科植物菟丝子（Cuscuta Chinensis Lam.）或大菟丝子（Cuscuta japonica Choisy.）的全草或子。

性味

甘、苦，平。无毒。

功效主治

菟丝：清热，凉血，利水，解毒。治吐血、衄血、便血，血崩，淋浊，带下，痢疾，黄疸，痈疽，疔疮，热毒痱疹。

菟丝子：辛、甘，平。无毒。补肝肾，益精髓，明目。治腰膝酸痛，遗精，消渴，尿有余沥，目暗。

陶弘景：『菟丝子，田野墟落中甚多，皆浮生紵麻蒿上。旧言下有茯苓，上有菟丝，今不必尔。』

朱熹《诗经集传》：『唐，蒙菜也，一名兔丝。』

《本草纲目·草部·菟丝》：『《毛诗》注女萝即菟丝；《吴普本草》菟丝一名松萝，陆佃言在木为女萝，在草为菟丝，二物殊别，皆由《尔雅》释《诗》，误以为一物故也。张揖《广雅》云：菟上，菟丝也，女萝、松萝也。陆玑《诗疏》言菟丝蔓草上，黄赤如金；松萝蔓松上，生枝正青，无杂蔓者，皆得之。』

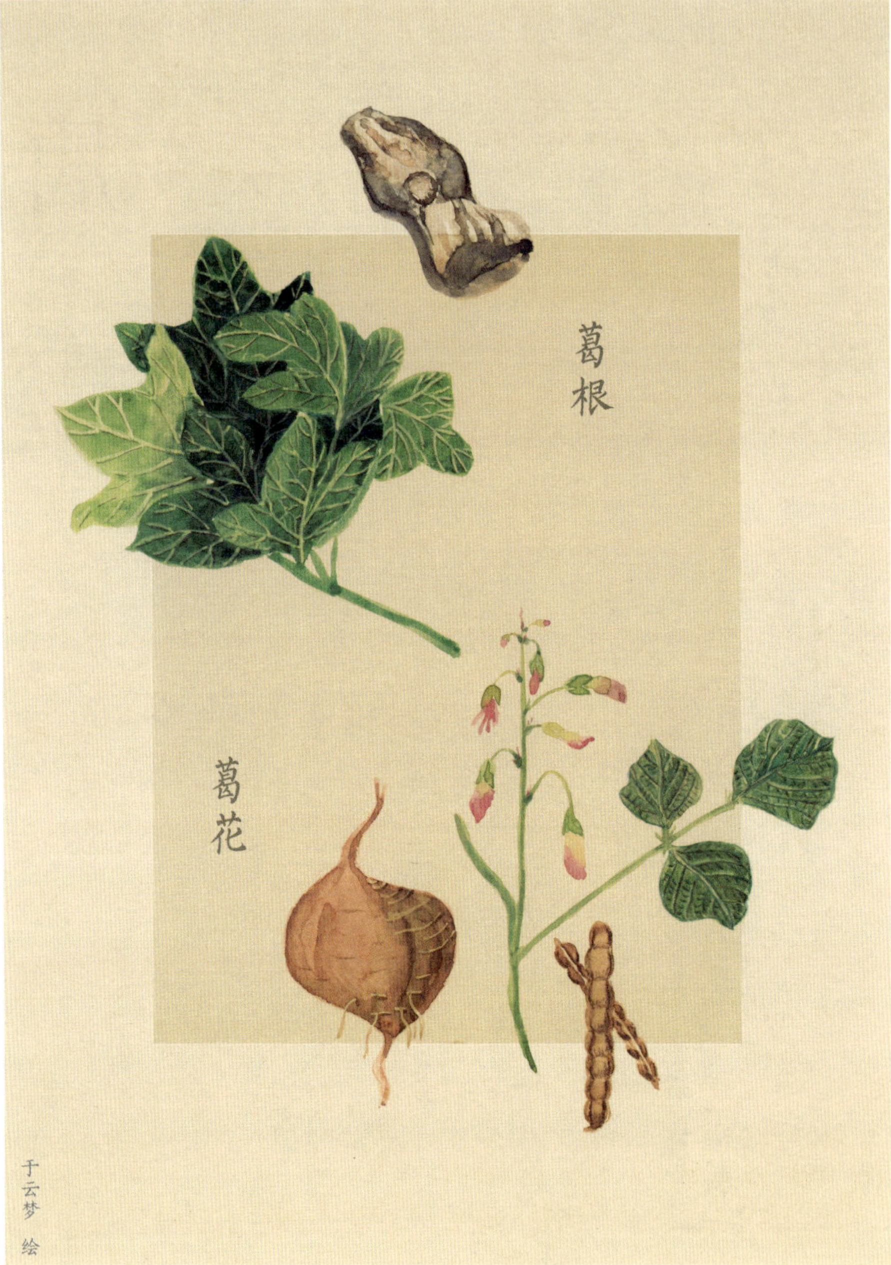
葛根
葛花
于云梦 绘

葛

· 葛根
· 葛花

《诗·国风·王风·采葛》：『彼采葛兮，一日不见，如三月兮。』

《诗·周南·葛覃》：『葛之覃兮，施于中谷，维叶萋萋。黄鸟于飞，集于灌木，其鸣喈喈。』

《诗·国风·唐风·葛生》：『葛生蒙楚，蔹蔓于野。予美亡此，谁与？独处。葛生蒙棘，蔹蔓于域。予美亡此，谁与？独息。』

《诗·国风·魏风·葛屦》：『纠纠葛屦，可以履霜？掺掺女手，可以缝裳？』

释名

《诗经》葛《本经》葛根

《滇南本草》甘葛《草木便方》粉葛

来源

药用豆科植物葛（Pueraria lobata［Willd.］Ohwi.）的根和花。

性味

葛根：甘、辛，平。

葛花：甘，凉。

功效主治

葛根：升阳解肌，透疹止泻，除烦止渴。治伤寒温热，头痛项强，烦热消渴，泄泻，痢疾，斑疹不透，高血压，心绞痛，耳聋。

葛花：解酒醒脾。治伤酒发热烦渴，不思饮食，呕逆吐酸，吐血，肠风下血。

李杲『干葛，其气轻浮，鼓舞胃气上行，生津液，又解肌热，治脾胃虚弱泄泻圣药也。』

《本草经疏》：『葛根之用，妙在非徒如栝楼但浥阴津，亦非徒如升麻但升阳气，而能兼擅二者之长。』

按

苦葛根为同属植物云南葛根（Pweraria peduncularis Grah.）(分布于云南、西藏等地)的根块，味苦而不甘，有毒，一般供制农药用。《滇南本草》所说的苦葛，殆即此种。

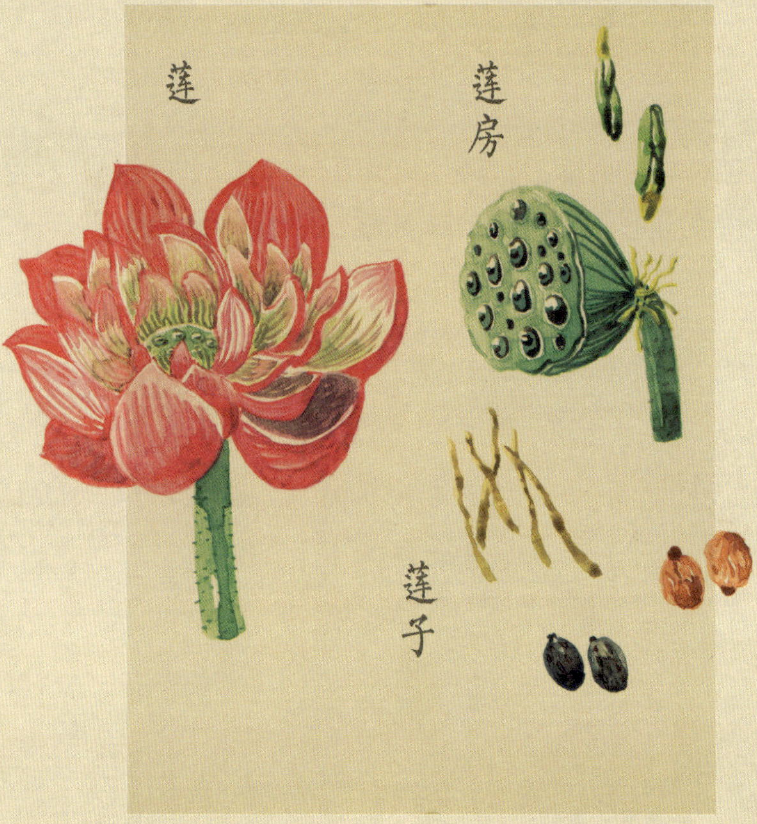

于云梦 绘

荷（菡萏）

·荷叶 ·荷花 ·荷梗 ·莲花 ·莲房 ·莲子

《诗·国风·陈风·泽陂》："彼泽之陂，有蒲与荷。有美一人，伤如之何。寤寐无为，涕泗滂沱。"

《诗·国风·陈风·泽陂》："彼泽之陂，有蒲菡萏。有美一人，硕大且俨。寤寐无为，辗转伏枕。"

释名

《诗经》荷、荷华

《尔雅》荷，芙渠。其茎茄，其叶蕸，其本蔤，其华菡萏，其实莲，其根藕，其中的，的中薏。

《尔雅》郭璞注：莲实

崔豹《古今注》芙蓉、水芝

《本经》藕实、水芝丹

《别录》莲

《本草经集注》莲子

《本草纲目》泽芝

《本草再新》荷梗

《食疗本草》荷叶、莲房

《本草拾遗》荷叶蒂

《本草通玄》莲须

《食性本草》莲子芯

来源

药用睡莲科植物莲（Nelumbo nucifera Gaertn）的叶、梗、花及花蕾、果实等。

性味

荷叶：苦、涩，平。

荷蒂：苦，平。

莲子：甘、涩，平。

荷（菡萏）

《诗·国风·郑风·山有扶苏》：『山有扶苏，隰有荷华。』

·荷叶·荷花
·荷梗·莲花
·莲房·莲子

功效主治

荷叶：清暑利湿，升举清阳，止血。治暑湿，泄泻，水气浮肿，眩晕，吐衄，便血，妇人崩漏。

荷蒂：清暑祛湿，和血安胎。治暑湿泻痢，妊娠胎动不安。

荷梗：清热解暑，通气行水。治暑湿胸闷，泄泻，淋病，带下。

莲花：活血止血，祛湿消风。

莲房：消瘀，止血，祛湿。

莲须：清心益肾，涩精，止血。

莲子：养心，益肾，补脾，涩肠。治夜寐多梦，遗精，淋浊，久痢，虚泻，妇人崩漏带下，石莲子并能止呕，开胃，常用治噤口痢。

《本经逢原》：『石莲子，本莲实老于莲房，堕入淤泥，经久坚黑如石，故以得名，为热毒噤口痢之专药。』

《重庆堂随笔》：『莲子，交心肾，不可去心，然能滞气。』

常棣(dì)

・棣棠

《诗・小雅・常棣》：『常棣之华，鄂不韡韡。凡今之人，莫如兄弟。』

释名

《诗经》常棣 《尔雅》常棣、棣
《群芳谱》棣棠 《四川中药志》棣棠花

来源

药用蔷薇科植物棣棠(Kerria japonica[L.]DC)的花或枝叶。

性味

微苦、涩，平。无毒。

功效主治

治久咳，水肿，风湿痛，热毒疮。

于云梦 绘

白芍

于云梦绘

释名

《诗经》勺药《本草经集注》赤芍药

崔豹《古今注》木芍药、草芍药

《圣济总录》红芍药《药品化义》白芍、赤芍

来源

中药赤芍药，基原为毛茛科植物野生芍药、草芍药、川赤芍等的根；白芍药为芍药栽培种的根。原植物芍药（Paeonia lactiflora Pall.）、草芍药（Paeonia obovata Maxim.）。

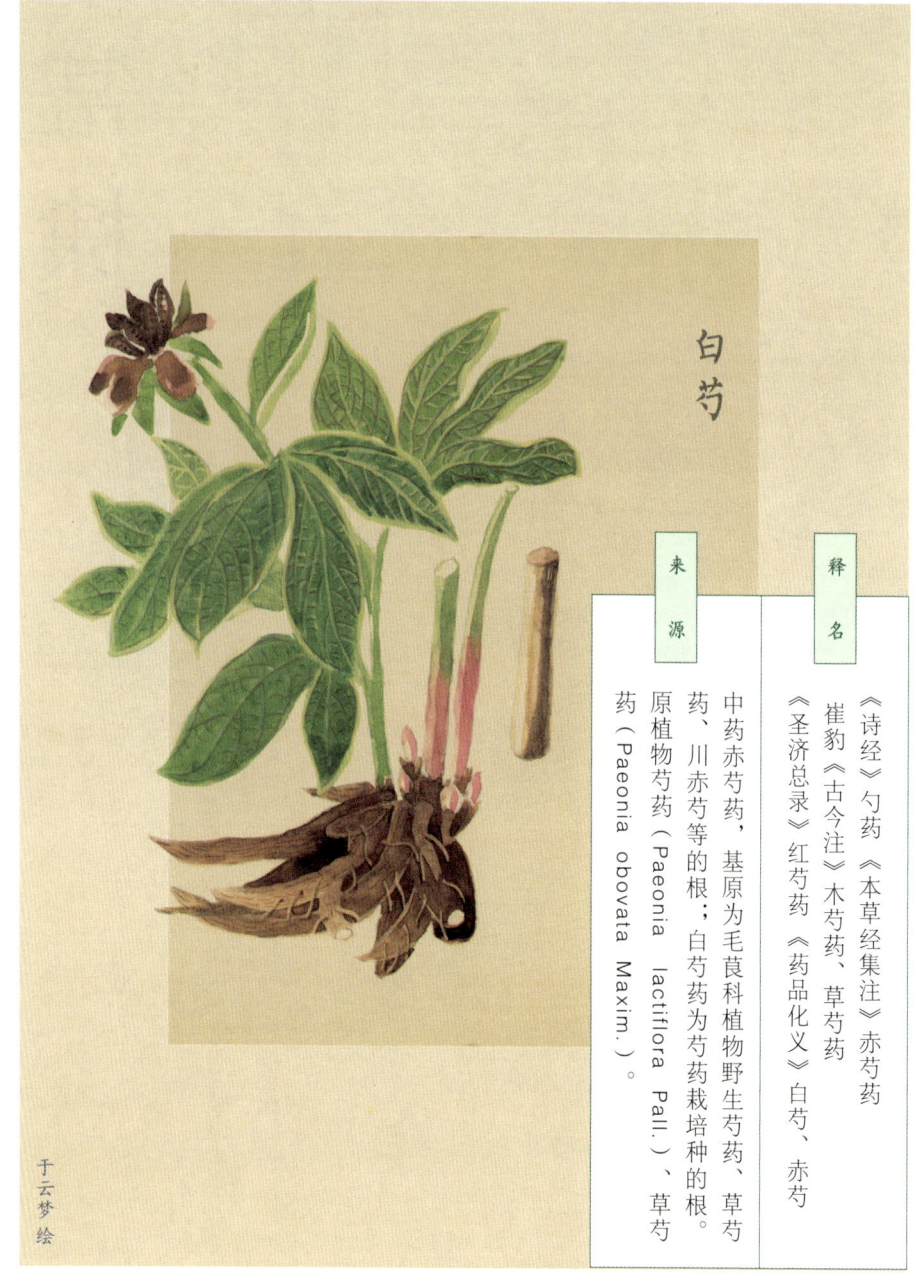

勺药

• 芍药

《诗·郑风·溱洧》：『维士与女，伊其相谑，赠之以勺药。』

性味

赤芍药：酸、苦，凉。
白芍药：苦、酸，凉。

功效主治

赤芍药：凉血消肿，行瘀止痛。治瘀滞经闭，疝痛积聚，腹痛胁痛，衄血，血痢，肠风下血，目赤痈肿，亦为温热病斑疹及凉血散血要药。
白芍药：养血柔肝，缓中止痛，敛阴收汗。治胸腹胁肋疼痛，泻痢腹痛，自汗、盗汗，阴虚发热；妇女月经不调，崩漏，带下。

《本草求真》：『赤芍与白芍主治略同，但白则有敛阴益营之力，赤则有散邪行血之意；白则能于土中泻木，赤则能于血中活滞，故凡腹痛坚积、血瘕疝痹、经闭目赤，因于积热而成者，用此则能凉血逐瘀，而白芍主补无泻，大相远乎。』
《本草纲目·草部·芍药》：『同白术补脾，同芎䓖泻肝，同人参补气，同当归补血。以酒炒补阴，同甘草止腹痛，同黄连止泻痢，同防风发痘疹，同姜、枣温经散湿。』

于云梦 绘

荍(qiáo)

·蜀葵

《诗·国风·陈风·东门之枌》：『视尔如荍，贻我握椒。』

释名

《诗经》荍《诗经集传》荆葵

《尔雅》荍、蚍衃、荍、戎葵

《尔雅》郭璞注：蜀葵

《尔雅翼》侧金盏《别录》吴葵

《千金要方》蜀葵《本草图经》锦葵

《草木记》一丈红

来源

药用锦葵科植物蜀葵（Althaea rosea(L.)Cav.）的花朵、子、根等。

性味

甘，寒。

功效主治

蜀葵花：和血润燥，通利二便。治痢疾，吐血，二便不通，痃疾。妇女血崩、带下，小儿风疹。

蜀葵子：利水通淋，滑肠。

蜀葵根：清热凉血，利尿排脓。治淋病尿血，肠痈、疮肿，妇女白带、血崩等。

《圣惠方》治妇女白带下，用白葵花五两，阴干，为散，食前温酒调下二钱；如赤带，用赤花。治烫伤，以蜀葵花用麻油浸泡，搽患处。

《本草图经》：『蜀葵小花者名锦葵，功用更强。』

《本草纲目·草部·蜀葵》：『蜀葵，处处人家植之……惟红、白二色入药。』

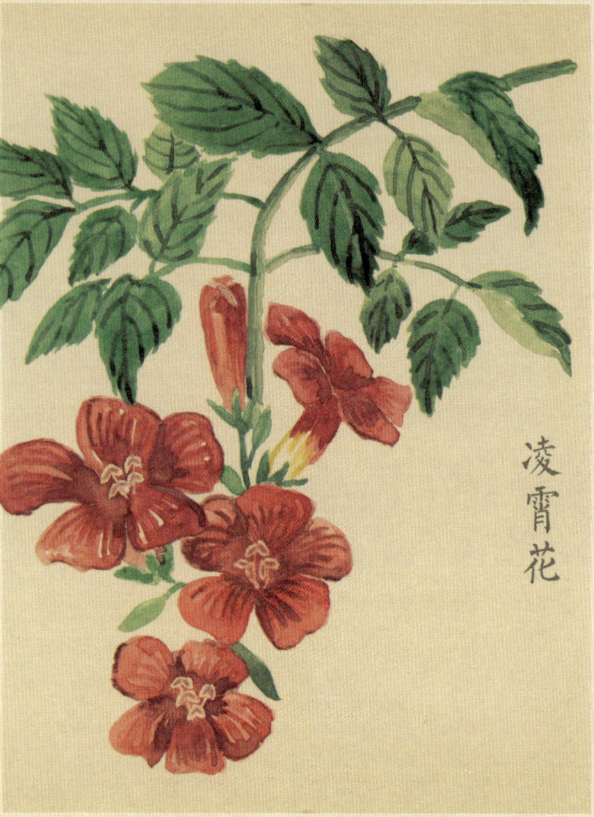

于云梦 绘

苕 (tiáo)

·凌霄花

《诗·小雅·苕之华》：『苕之华，芸其黄矣。心之忧矣，维其伤矣！苕之华，其叶青青，知我如此，不如无生！』

释名

《诗经》苕、陵苕。黄华蔈、白华茇

《尔雅》苕

《本经》紫葳

《别录》陵苕

《唐本草》凌霄

来源

药用凌霄花，为紫葳科植物紫葳（Campsis grandiflora Loisel.）的花。

性味

酸，寒。

功效主治

凉血去瘀。治血滞经闭，癥瘕，血热风痒，酒齇鼻。

《本草经疏》：『长于破血消瘀，凡妇人血气虚者，一概勿施。胎前断不宜用。』

《诗经集传》：『苕，陵苕也。』《本草》云：『即今之紫葳，蔓生，附于乔木之上，其华黄赤色，亦名凌霄。』

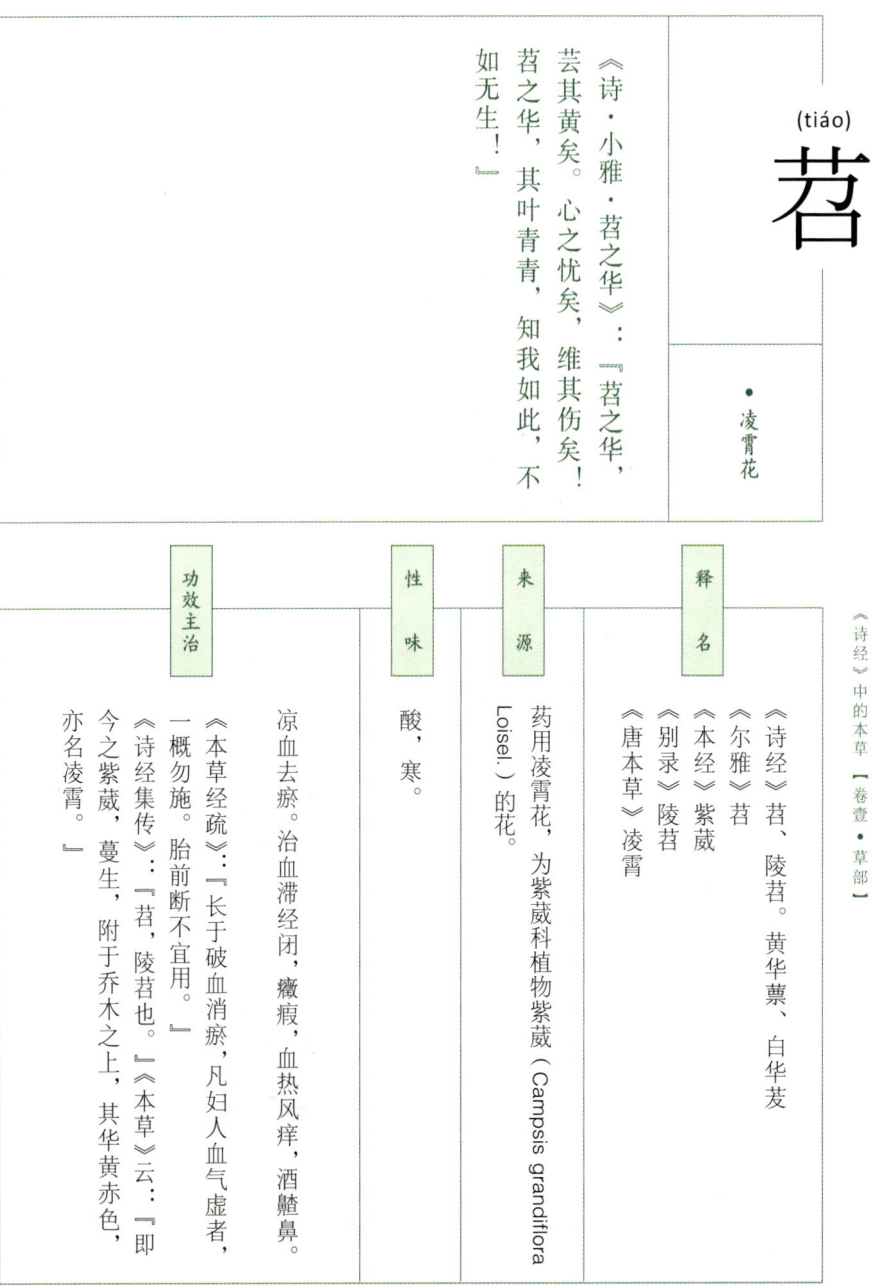

萱草
萱草根
于云梦 绘

谖草

(xuān)

· 萱草

《诗·国风·卫风·伯兮》：『焉得谖草，言树之背。愿言思伯，使我心痗。』

释名

《诗经》谖草

崔豹《古今注》忘忧草、丹棘

《本草拾遗》萱草

《本草纲目》疗愁

《本草原始》宜男草

来源

药用萱草根，为百合科植物萱草（Hemerocallis futva L.）、黄花萱草（Hemerocallis flava L.）、小萱草（Hemerocallis minor Mill.）的根。

性味

甘，凉。

功效主治

利水，凉血。治水肿，小便不利，淋浊，带下，黄疸；衄血，便血，崩漏，乳痈。

《本草求真》『萱草味甘而气微凉，能祛湿利水，除热通淋，止渴消烦，开胸宽膈，令人心气和，无有忧郁。但气味清淡，服之功未即臻，不似气猛烈药，一入口而即见其有效也。』

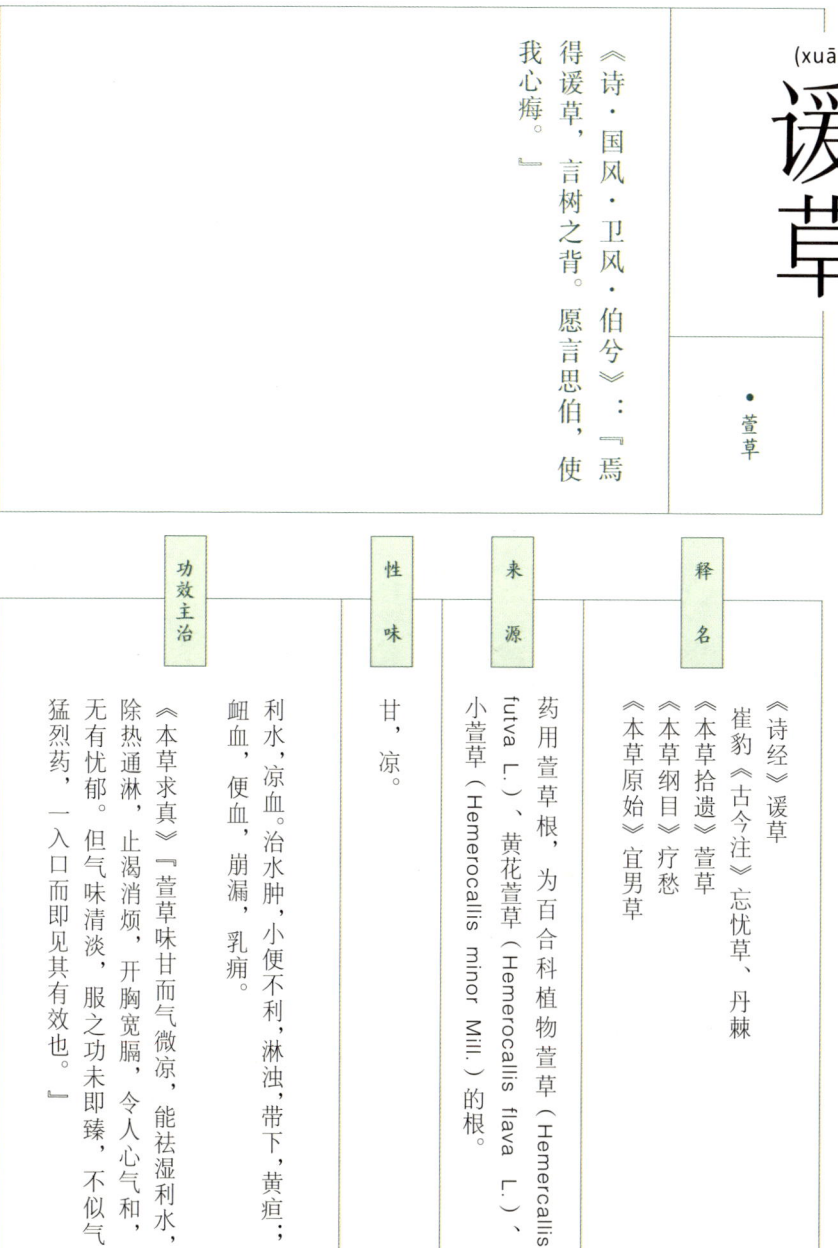

于云梦 绘

舜

·木槿

《诗·国风·郑风·有女同车》：『有女同车，颜如舜华。』

释名

《诗经》舜
《尔雅》木槿椵，榇
《日华子本草》木槿
《急救方》槿皮
《本草纲目》蕣

来源

药用锦葵科植物木槿（Hibiscus Syriacus L.）的茎、根、皮、花等。

性味

槿皮：甘、苦，凉。

功效主治

槿皮：清热，利湿，解毒，止痒。治肠风泻血，痢疾，脱肛，痔疮，疥癣，妇女白带。

槿花：清热，利湿，凉血。亦治肠风下血，痢疾，白带。

《本草纲目·木部·木槿》：『时珍曰：此花朝开暮落，故名「日及」，曰槿、曰舜，犹仅荣一瞬之义也。《尔雅》云：椵，木槿；榇，木槿。郭璞注云：别二名也。或云：白云椵，赤曰榇。齐鲁谓之「王蒸」，言其美而多也。《诗》云：「颜如舜华」，即此。』

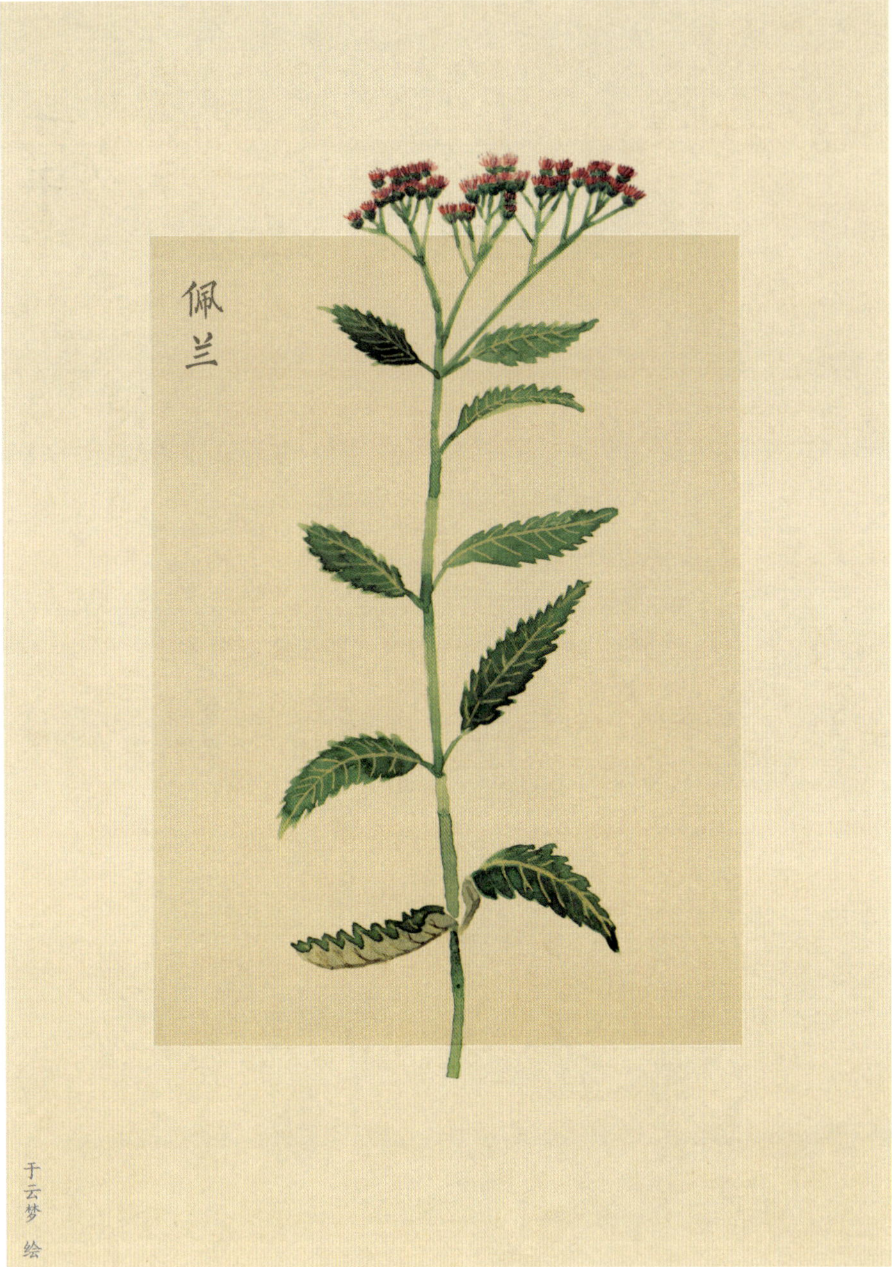
佩兰
于云梦 绘

蕑 (jiān)

• 佩兰

《诗·国风·陈风·泽陂》：『彼泽之陂，有蒲与蕑。有美一人，硕大且卷。寤寐无为，中心悁悁。』

《诗·国风·郑风·溱洧》：『溱与洧，方涣涣兮。士与女，方秉蕑兮。』

释名

《诗经》蕑 《毛诗传》兰
《本经》兰草 《药录》都梁香
《雷公炮炙论》大泽兰
《唐瑶经验方》省头草
《本草再新》佩兰

来源

药用佩兰为菊科植物兰草（Eupatorium fortunei Turcl.）的茎叶。

性味

辛，平。

功效主治

清暑辟秽，化湿，调经。治感受暑湿，寒热头疼，湿邪内侵，脘痞不饥，口干苔腻。

《本草便读》：『佩兰，功用机似泽兰而辛香之气过之，故能解郁散结，杀蛊毒，除陈腐，濯垢腻，辟邪气。至于行水消痰之效，二物亦相仿耳，但泽兰治水之性为优，佩兰理气之功为胜，又为异也。』

《本草纲目·草部·兰草》：『雷敦《炮炙论》所谓大泽兰，即兰草也，小泽兰即泽兰也。诸家不知二兰乃一物两种，但功用有气血之分，故无定指。』

于云梦 绘

䔰 (fú)

· 旋花

《诗·小雅·我行其野》：『我行其野，言采其䔰。』

释名

《诗经》䔰《尔雅》䔰，富
《本经》旋花《唐本草》旋䔰
《本草纲目》天剑草。又名小旋花、篱天剑。

来源

药用旋花为旋花科植物篱天剑（Calystegia sepium L. R.Br.）的花朵、根、茎叶。

性味

旋花：甘、微苦，温。
旋花苗：甘、涩、微苦。
旋花根：甘、微苦，温。

功效主治

旋花：益气，去面皯黑色。
旋花苗：治丹毒，利尿。
旋花根：益精气，续筋骨。
《本草纲目·草部·旋花》：『时珍曰：旋花根细如筋，可啖。故《别录》言其久服不饥。时珍自京师还，见此上车夫每戴之，云暮归煎汤饮，可补损伤，则益气续筋之说犹可征矣。』

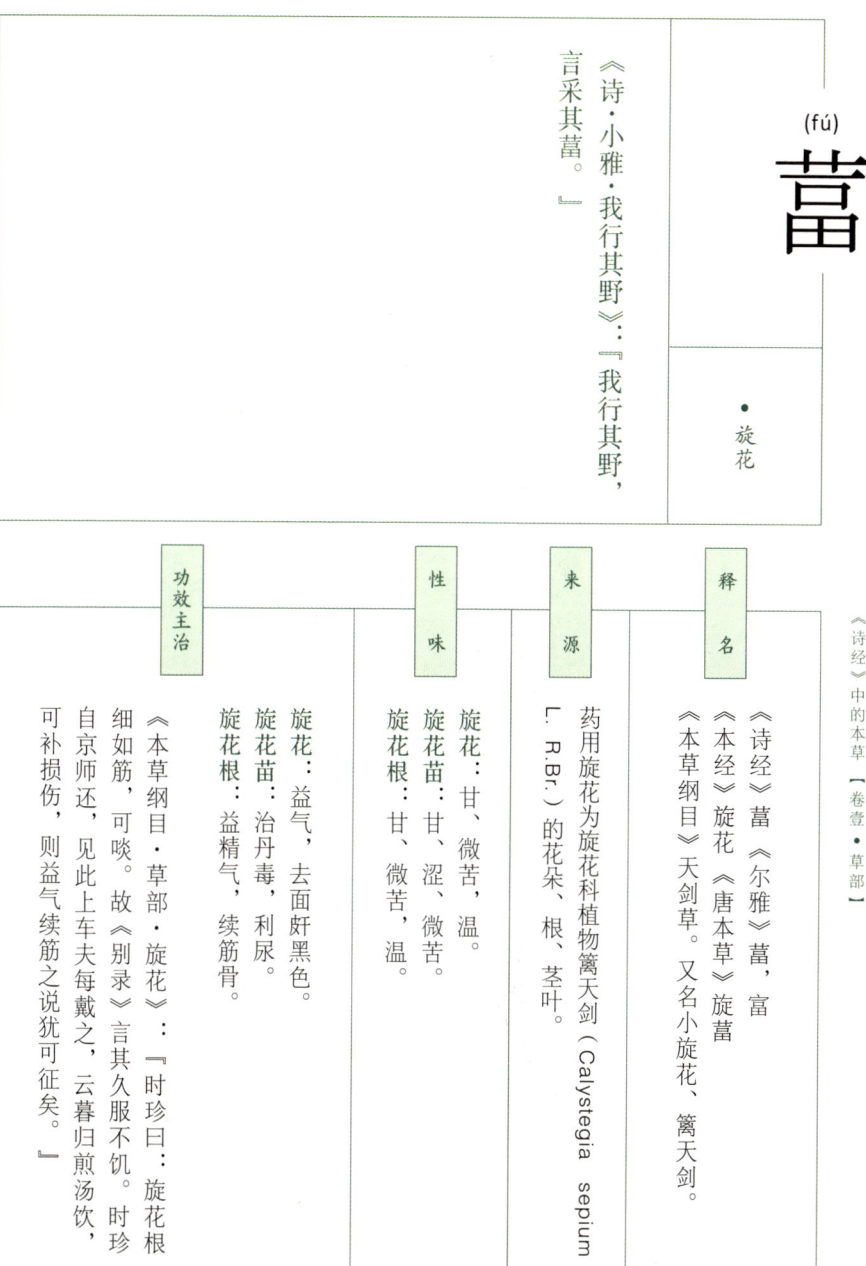

于云梦 绘

蒲

·香蒲

《诗·国风·王风·扬之水》：『扬之水，不流束蒲。』

《诗·国风·陈风·泽陂》：『彼泽之陂，有蒲与荷。』

《诗·小雅·鱼藻》：『鱼在在藻，依于其蒲。』

《诗·大雅·韩奕》：『其蔌维何？维笋及蒲。』

释名

《诗经》蒲

《本经》香蒲、蒲黄

《经效产宝》蒲黄草

来源

药用香蒲科植物长苞香蒲（Typha angustata Bory et Chaub.）、狭叶香蒲（T. angustefolia L.）、宽叶香蒲（T.latifolia L.）的果穗（蒲棒）、花粉（蒲黄）和嫩根茎（蒲蒻）。

性味

甘、辛，凉。

功效主治

凉血止血，活血消瘀。生用治妇女经闭腹痛，产后瘀阻作痛；跌扑血瘀，疮疖肿毒。炒黑止吐血、衄血、下血、尿血，妇女崩漏、带下。外治口疮，重舌，聤耳流脓，阴下湿痒等。蒲棒治外伤出血。蒲蒻清热凉血，利水消肿。嫩蒲可食。

《本草纲目·草部·香蒲》：『时珍曰：蒲丛生水际，似莞而扁，有脊而柔。二三月苗，采取其嫩根，瀹过作鲊，一宿可食，亦可煠食。蒸食乃干磨粉作饮食。《诗》云：「其蔌伊何？维笋及蒲」是矣。』

艾草

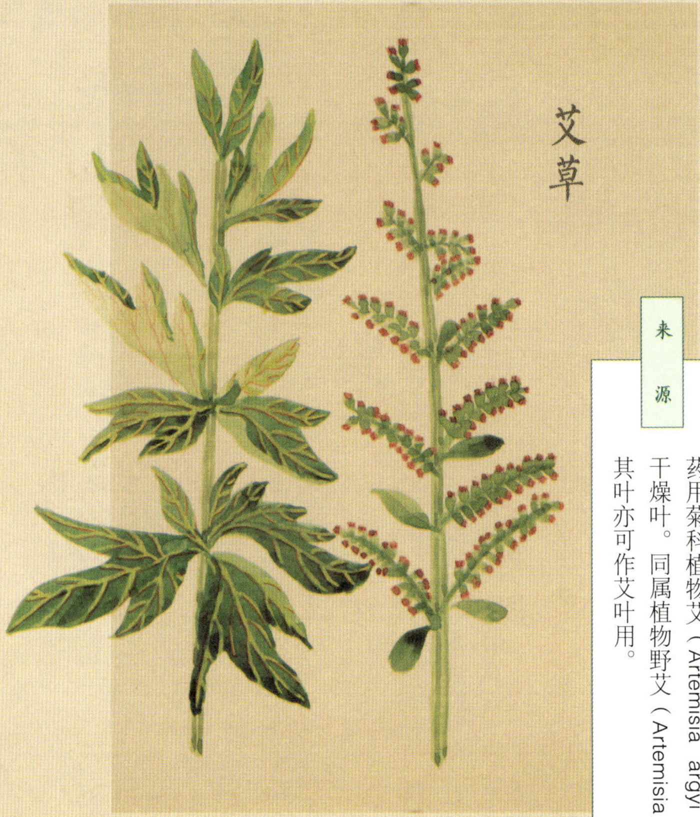

于云梦 绘

释名

《诗经》艾《尔雅》艾，冰台

《尔雅》郭璞注：艾蒿

《别录》医草《埤雅》灸草《本草纲目》黄草

来源

药用菊科植物艾（Artemisia argyi Levl.et Vant.）的干燥叶。同属植物野艾（Artemisia vulgaris. L.），其叶亦可作艾叶用。

艾

· 艾草

《诗经·国风·王风·采葛》：『彼采艾兮，一日不见，如三岁兮。』

性味

甘、辛，凉。

功效主治

理气血，逐寒湿，温经止血，安胎。治心腹冷痛，泄泻转筋，久痢，吐衄下血，月经不调，带下崩漏，胎动不安，痈疡疥癣等。

《别录》：『主灸百病，可作煎。』《本经逢原》：『阴虚火旺，血虚发热，及宿有失血者为禁。』

李言闻《艾赞》：『产于山阳，采以端午。治病灸疮，功非小补。』

《本草纲目》：『艾叶，生则微苦太辛，熟则微辛太苦，生温熟热，纯阳也。可以取太阳真火，可以回垂绝元阳。服之则走三阴而逐一切寒湿，转肃杀之气味阳和；灸之则透诸经而治百种病邪，起沉病之人为康泰，其功亦大矣。……夫药以治病，中病则止。……而乃妄意求解，服艾不辍，助以辛热，药性久偏，致使火燥，是谁之咎欤？』

《孟子》：『犹七年之病，求三年之艾也。』

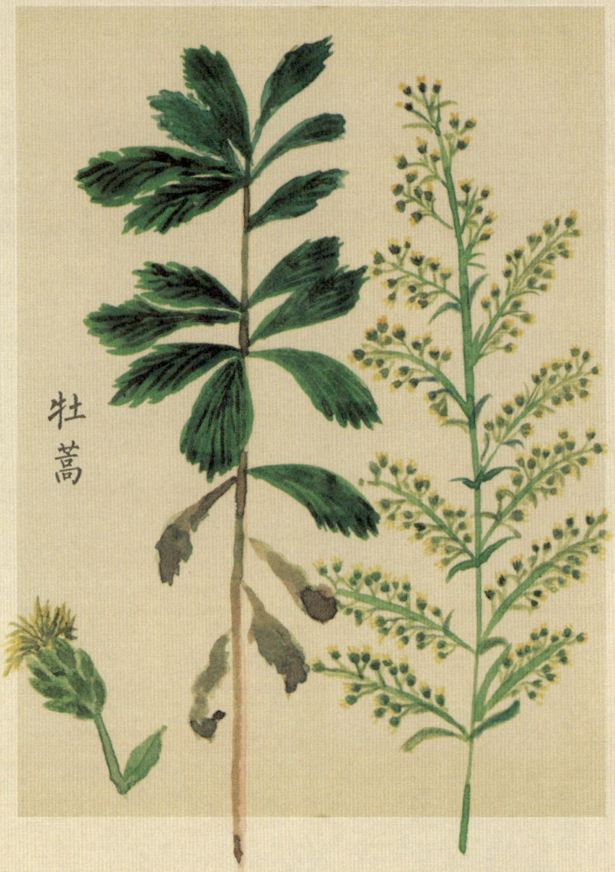

于云梦 绘

蔚

· 牡蒿

《诗经·小雅·蓼莪》：『蓼蓼者莪，匪莪伊蔚。哀哀父母，生我劳瘁。』

释名

《诗经》蔚

《尔雅》蔚，牡菣；蒿，菣

《毛诗传》牡菣

《别录》牡蒿

《唐本草》齐头蒿

来源

药用牡蒿，为菊科植物牡蒿（Artemisia japonica Thunb.）的全草。

性味

苦、微甘，寒。无毒。

功效主治

解表清热，杀虫。治感冒发热，劳伤咳嗽，潮热，小儿疳热，疟疾，口疮，湿疹，疥癣。

《诗经》朱熹注云：『蔚，牡菣也。三月始生，七月始华。如胡麻华而紫赤。八月为角，似小豆角锐而长。』《本草纲目·草部·牡蒿》：『时珍曰：「《尔雅》蔚，菣。」蒿之无子者，则牡之名似此也。诸蒿叶皆尖，此蒿叶独奓而秃，故有齐头之名。』

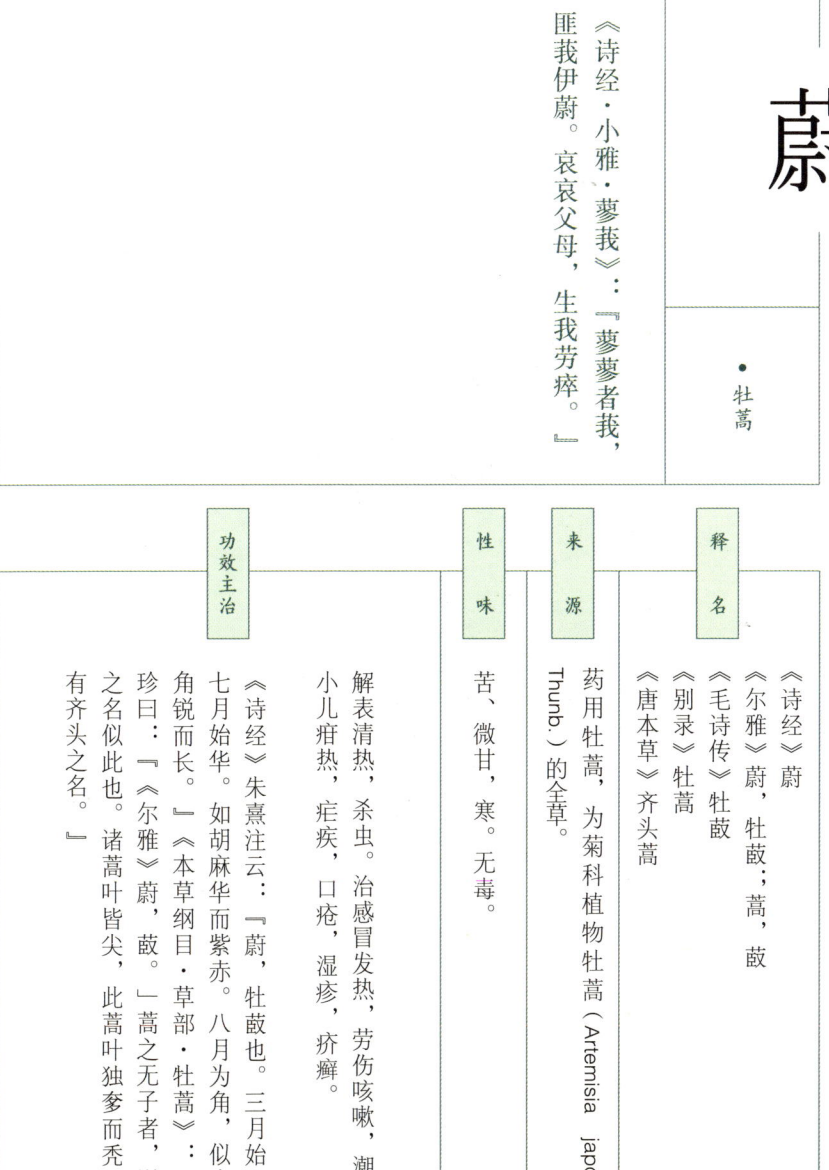

吕丹 绘

蒌（莪）

· 蒌蒿
· 廪蒿

《诗·国风·周南·汉广》：「翘翘错薪，言刈其蒌。之子于归，言秣其驹。」

《诗·小雅·菁菁者莪》：「菁菁者莪，在彼中阿。既见君子，乐且有仪。」

《诗·小雅·蓼莪》：「蓼蓼者莪，匪莪伊蒿。哀哀父母，生我劬劳。」

释名

《诗经》蒌莪《尔雅》莪、萝
《食疗本草》蒌蒿　陆玑《诗注》莪蒿
《本草拾遗》廪蒿
《本草纲目》廪蒿、莪蒿、萝蒿，抱娘蒿药用其叶。

来源

药用菊科植物蒌蒿（Artemisia vulgaris L.Var. vulgatissima Bess.）的全草。

性味

蒌蒿：辛，温。无毒。

功效主治

蒌蒿：利膈开胃，杀河豚毒，行水。陆玑《诗疏》：『蒌，蒌蒿也，其叶似艾，白色，长数寸。高丈余，好生水也及泽中，正月根芽生，旁茎正白，生食之，香而脆美，其叶又可蒸为茹。』

廪蒿：破血，下气。《本草纲目·草部·廪蒿》：『时珍曰：廪蒿生高岗，似小蓟，宿根先于百草。《尔雅》云「莪，萝」是也。《诗·小雅》云：菁菁者莪。陆玑注云：即莪蒿也。生泽国渐洳处。叶似祁蒿而细科，三月生茎。叶可食，又可蒸，香美颇似蒌蒿，但味带麻，不似蒌蒿甘香。』

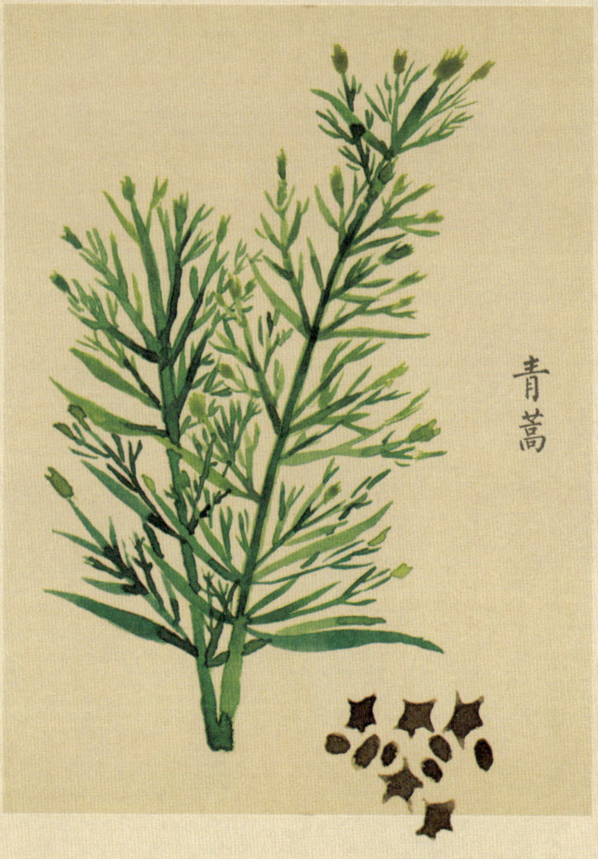

于云梦 绘

蒿（萧）

· 青蒿

《诗经·小雅·鹿鸣》：「呦呦鹿鸣，食野之蒿。我有嘉宾，德音孔昭。」

《诗·小雅·蓼萧》：「蓼彼萧斯，零落湑兮。」

《诗·国风·曹风·下泉》：「洌彼下泉，浸彼苞萧。」

《诗·国风·王风·采葛》：「彼采萧兮，一日不见，如三秋兮！」

释名

《诗经》蒿、萧

朱熹《诗经集传》萧，蒿也

《本经》青蒿、草蒿

《本草衍义》香蒿

来源

药用菊科植物青蒿（Artemisia apiacia Hance）或黄花蒿（Artemisia annua L.）的全草。

性味

苦、微辛，寒。无毒。

功效主治

清热解暑，除蒸。治温病，暑热，骨蒸劳热，疟疾，痢疾，黄疸，疔疮，瘙痒。

《本草图经》云：「青蒿，治骨蒸劳热为最，古方多单用之。」

《本草纲目·草部·青蒿》：「疟疾寒热。《肘后方》用青蒿一握，水二升，捣汁服之。」

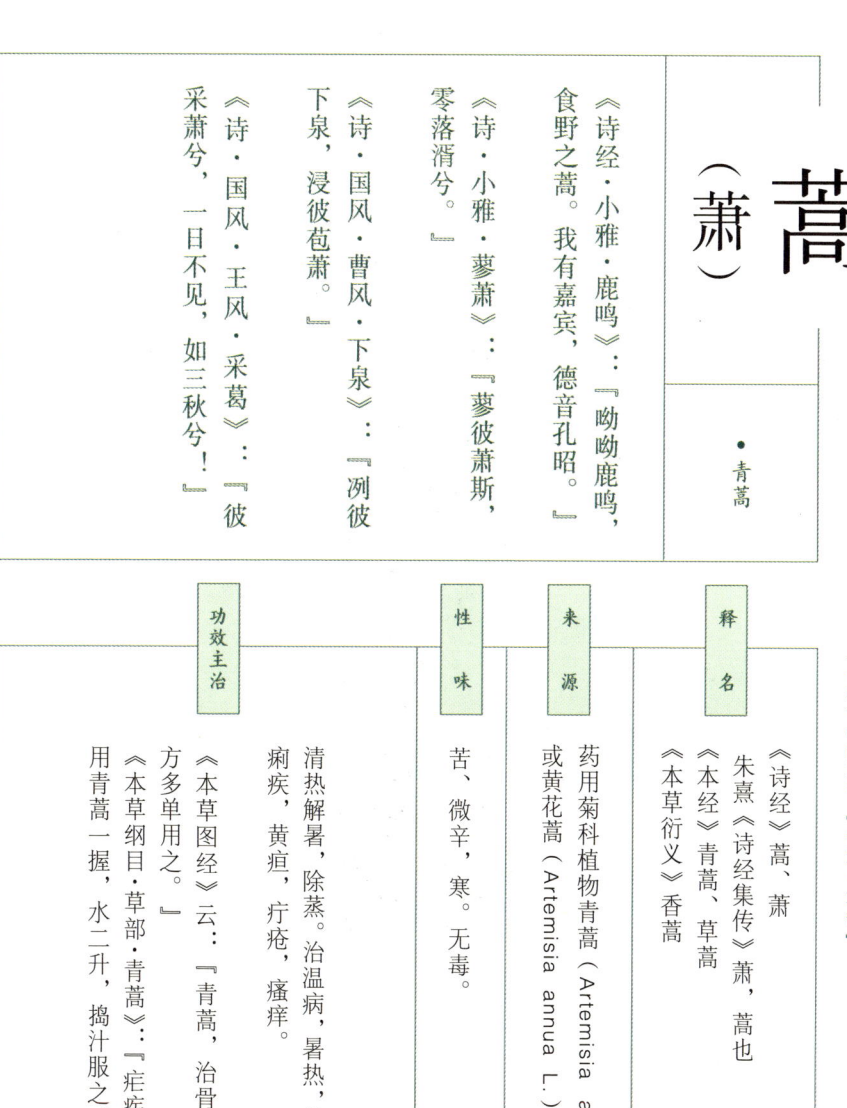

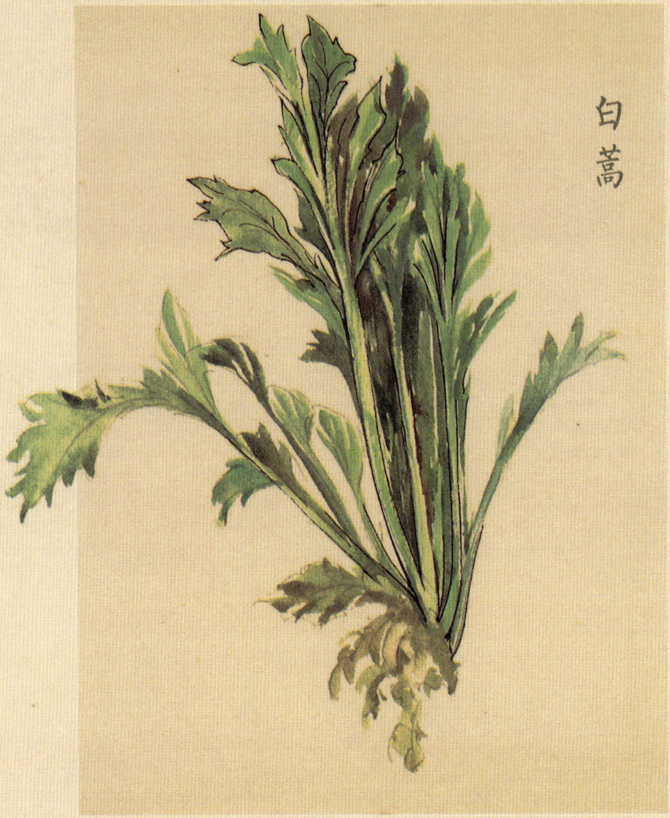

吕丹 绘

苹（蘩）

· 白蒿

《诗·小雅·鹿鸣》：「呦呦鹿鸣，食野之苹。我有嘉宾，鼓瑟吹笙。」

《诗·国风·召南·采蘩》：「于以采蘩，于沼于沚。」

《诗·国风·豳风·七月》：「春日迟迟，采蘩祁祁。」

《诗·小雅·出车》：「仓庚喈喈，采蘩祁祁。」

释名

《诗经》苹、蘩

《尔雅》蘩，皤蒿

《毛诗传》白蒿、皤蒿

《本经》白蒿

《僧深集方》白艾蒿

来源

药用白蒿为菊科植物大籽蒿（Artemisia sieversiana Ehrh.ex Willα.）的全草。

性味

甘，平。无毒。

功效主治

治风寒湿痹，黄疸，热痢，疥癞恶疮。

《毛诗传》：『蘩，白蒿，所以生蚕。』马瑞辰《通释》引徐光启说，蚕未出时，煮蘩水洗洒，即易出。《本草纲目·草部·白蒿》：『白蒿处处有之，有水、陆两种……但陆生辛薰，不及水生者香美尔。《诗》云：「呦呦鹿鸣，食野之苹」，苹即陆生皤蒿，俗呼艾蒿是矣……《诗》曰「于以采蘩，于沼于沚」；《左传》云：「蘋蘩蕴藻之菜，可以荐于鬼神，羞于王公」。并指水生白蒿而言。』

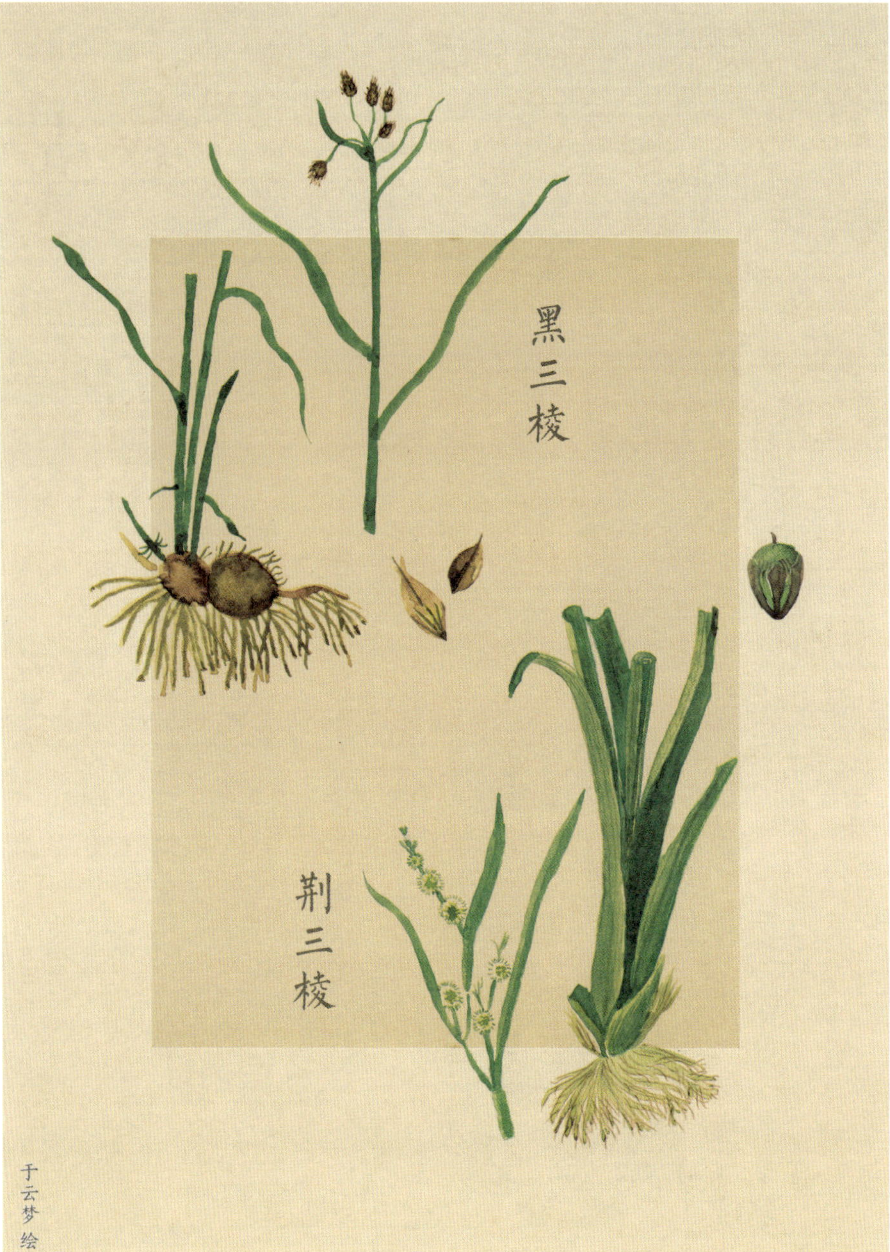
黑三棱
荆三棱
于云梦绘

苓

·三棱

《诗·小雅·鹿鸣》：『呦呦鹿鸣，食野之苓。我有嘉宾，鼓瑟鼓琴。』

释名

《诗经》苓《字林》琴草

《抱朴子》琴根

《千金翼方》三棱草

《本草拾遗》三棱

《救荒本草》黑三棱

来源

药用黑三棱科植物黑三棱（Sparganium stoloniferum Buch.-Ham.）的块茎。

性味

苦、辛，平。

功效主治

行气破血，消积止痛。治癥瘕积聚，血气凝滞，心腹疼痛，胁下胀痛；妇女经闭，产后瘀血腹痛；跌打损伤，疮肿坚硬。

《本草经疏》：『三棱，从血药治血，从气药则治气。老癖癥瘕积聚结块，未有不由血瘀、气结、食停所致。苦能泄而辛能散，甘能和而入脾，血属阴而有形，此所以能治一切凝结停滞有形之坚积也。』

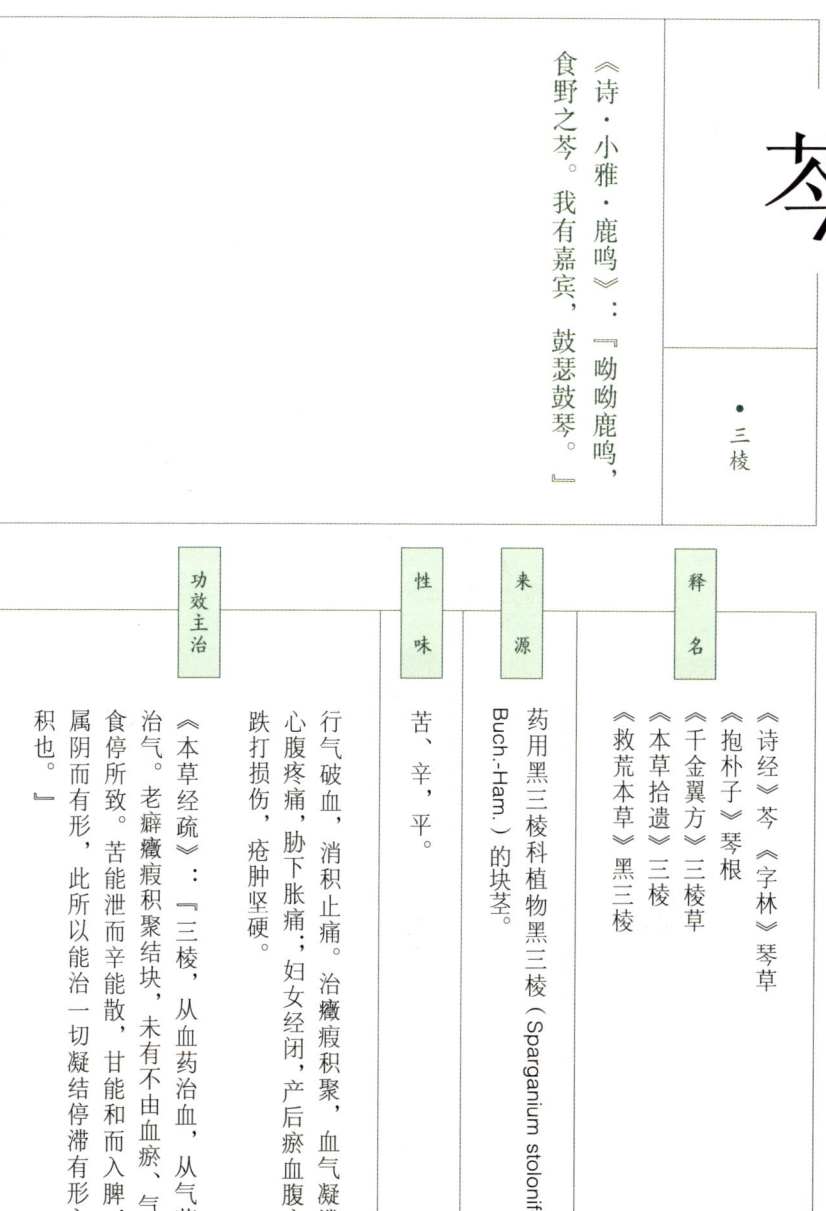

于云梦 绘

蓼 (liǎo)

· 水蓼

《诗·小雅·蓼萧》：『蓼彼萧斯，零露湑兮。』

《诗·周颂·小毖》：『肇允彼桃虫，拼飞维鸟。未堪家多难，予又集于蓼。』

《诗·周颂·良耜》：『其笠伊纠，其镈斯赵，以薅荼蓼。』

释名

《诗经》蓼

《尔雅》蔷、虞蓼

《尔雅》郭璞注：泽蓼

《本经》蓼实

《唐本草》水蓼

《补缺肘后方》蓼子

《本草纲目》泽蓼

来源

药用蓼科植物水蓼（Polygonum hydropiper L.）的全草。

性味

蓼叶：辛、平。

蓼实：辛、温。

功效主治

蓼叶：化湿，行滞，祛风，消肿。治吐泻、痢疾，痧症腹痛，风湿、痈肿，跌打损伤，痃癖，蛇毒。

蓼实：温中，利水，破瘀，散结。治吐泻腹痛，癥积痞块，水气浮肿，痈疮肿毒，瘰疬。

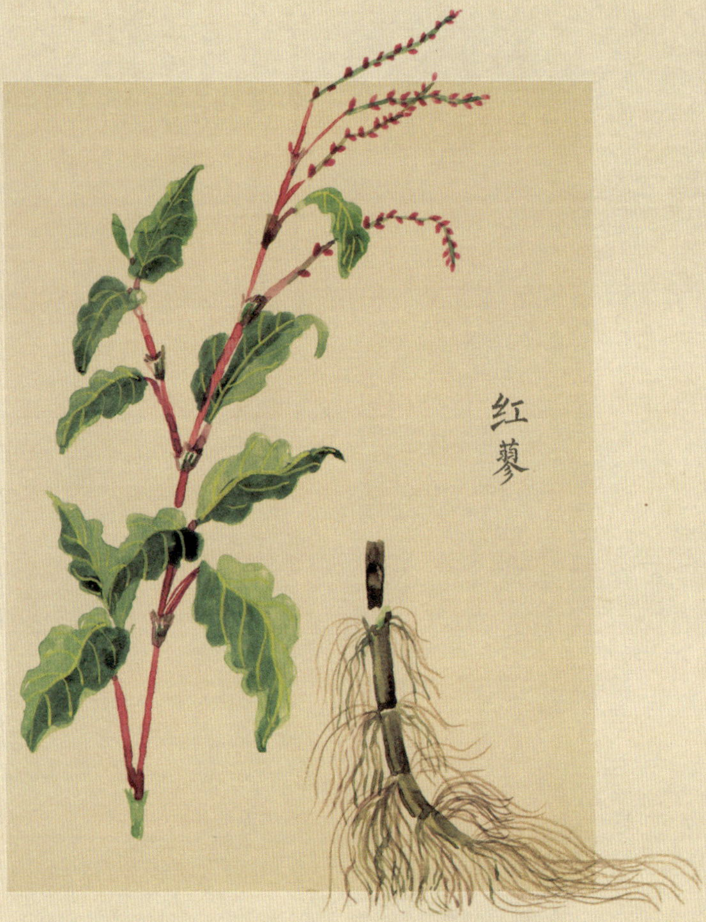

于云梦 绘

游龙

· 红蓼
· 荭草

《诗·国风·郑风·山有扶苏》：『山有乔松，隰有游龙。』

释名

《诗经》游龙 《摘玄方》水荭花
《尔雅》红、茏古，其大者荁
《尔雅》郭璞注：红草《别录》荭草
《汉英韵府》荭蓼《本草拾遗》水荭、大蓼

来源

药用荭草为蓼科植物红蓼(Polygonum oriertale L.)的全草和花序。

性味

辛、凉。有毒。

功效主治

荭草：治风湿性关节炎，疟疾，疝气，脚气，疮肿。宋朱弁《曲洧旧闻》：『红蓼，即《诗》所谓游龙也。《诗·国风·郑风·山有扶苏》：「山有乔松，隰有游龙。」龙，红草也。俗呼水红。江东人别泽蓼，呼之为火蓼……然泽蓼有两种，味辛者酒家用以造曲，余不入也。』《本草纲目·草部·荭草》：『时珍曰：此蓼甚大，而花亦繁红，故曰荭。』朱熹《诗经集注》：『无枝曰桥，亦作乔。游，枝叶放纵也。龙，红草也。一名马蓼，叶大而色白，生水泽中，高丈余。』

荭草花：治心胃气痛。外贴痞块。

于云梦 绘

鹝 (yì)

· 盘龙参

《诗·国风·陈风·防有鹊巢》：
『中唐有甓，邛有旨鹝。谁侜予美？心焉惕惕。』

释名

《诗经》鹝
《毛诗传》绶草
《实物名实图考》盘龙参

来源

药用兰科植物盘龙参（Spiranthes sinensis [Pers.] Aomes.）的根或全草。

性味

甘、苦，平。

功效主治

益阴清热，润肺止咳。治病后虚弱，阴虚内热，咳嗽吐血，头晕，腰酸，遗精，淋浊带下，疮疡痈肿。

朱熹《诗经集传》云：『鹝，小草，杂色如绶。』

按

『鹝』，后又作『虉』。

木部

目录

卷贰

木部

桧 077
松 079
柏 081
梧桐 083
檀 084
桐（泡桐） 085
杨柳 087
柽 089
桑 091
枸 093
杞 095
枌 097
柘 098
朴 099
樗 101
棣 103
棫 105
栩（栎） 107
朴樕 109
条 111
梓（椅、楰） 113
榖 115
栲 116
茨 117
柞 119
楚（楛） 121
漆 123
椐 125
竹（笋） 127
蒹（葭、苇、蓬、菼） 129
菅（白华） 131

桧

·圆柏叶

《诗·国风·卫风·竹竿》：『淇水滺滺，桧楫松舟。驾言出游，以写我忧。』

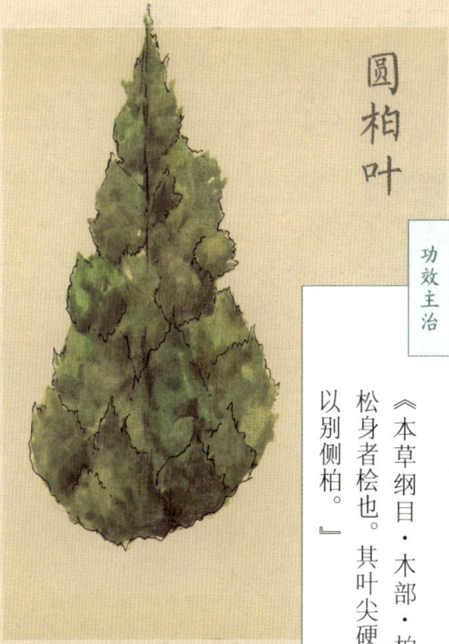

吕丹 绘

释名

《诗经》桧

《尚书·夏书·禹贡》栝

《尔雅翼》圆柏 《本草汇言》刺柏

来源

药用桧叶为柏科植物圆柏（Sabina chinensisc[L.]）的叶。

性味

辛，温。有小毒。

功效主治

祛风散寒，活血解毒。治风寒感冒，风湿关节痛，荨麻疹，肿毒初起。

《本草纲目·木部·柏》：『时珍曰：……柏叶松身者桧也。其叶尖硬，亦谓之栝。今人名圆柏，以别侧柏。』

于云梦 绘

松

·松叶
·松花
·松子

《诗·国风·郑风·山有扶苏》：「山有乔松，隰有游龙。」

《诗·大雅·皇矣》：「柞棫斯拔，松柏斯兑。」

《诗·鲁颂·闷宫》：「徂来之松，新甫之柏。」

《诗·小雅·斯干》：「秩秩斯干，幽幽南山。如竹苞矣，如松茂矣。兄及弟矣，式相好矣，无相犹矣。」

释名

《诗经》松
《神农本草经》松、松脂、松膏
《本草经集注》松节，松叶

来源

药用松科植物油松（Pinus tabulaeformis carr.）、马尾松（Pinus masscniana Lαmb.）、云南松（Pinus yunnanensis Frαnch.）的叶、枝干结节等。

性味

松叶：苦，温。无毒。
松节：苦，温。无毒。
松香：苦，甘，温。
松花：别名松黄。甘，温。无毒。
松子：别名海松子，松树的种子。

功效主治

松叶：祛风燥湿，杀虫，止痒。
松节：祛风燥湿，舒筋通络。
松香：祛风燥湿，排脓拔毒，生肌止痛。
松花：润心肺，益气除风，止血。
松子：补肾益气、养血补血、润肠通便、润肺止咳。

《本草纲目·木部·松》：『时珍曰：今人收黄，和白砂糖而为饼膏，充果饼食之。』

于云梦 绘

柏

· 柏子仁
· 柏皮

《诗·国风·邶风·柏舟》：「汎彼柏舟，亦汎其流。」
《诗·国风·鄘风·柏舟》：「汎彼柏舟，在彼中河……汎彼柏舟，在彼河侧。」
《诗·小雅·天保》：「如松柏之茂，无不尔或承。」
《诗·商颂·殷武》：「陟彼景山，松柏丸丸。」

释名

《诗经》柏
《神农本草经》柏木、柏实
《别录》柏白皮
《本草经集注》柏皮、柏子、柏仁
《唐本草》柏子仁、柏枝节

来源

药用柏科植物柏木（Cupressus funebris EndL.）的枝叶、果实；柏科植物侧柏（Biota orientalis L. EndL.）的叶、种仁和皮

性味

柏树叶：苦、辛，温。无毒。
柏树果：苦、涩，平。
柏子仁：甘，平。无毒。
柏皮：苦、平、无毒。

功效主治

柏树叶：止血和血。治吐血、血痢，痔疮，烫伤。
柏树果：祛风，安神，凉血止血。治感冒头痛、发热，胃痛，烦躁，吐血。
柏子仁：养心安神，润肠通便。治惊悸失眠，盗汗，遗精，便秘。
柏皮：凉血解毒，敛疮生发。治烫伤，灸疮，疮疡溃烂，毛发脱落。

《本草纲目·木部·柏》：「柏有数种，入药唯取叶扁而侧生者，故曰扁柏。」

于云梦 绘

释名

《诗经》梧桐 《尔雅》榇、梧

《品汇精要》青梧 《履巉岩本草》梧桐子

来源

梧桐科植物梧桐（Firmiana simplex[L.]WF.Wiδht）的根、皮、子、叶、花俱供药用。

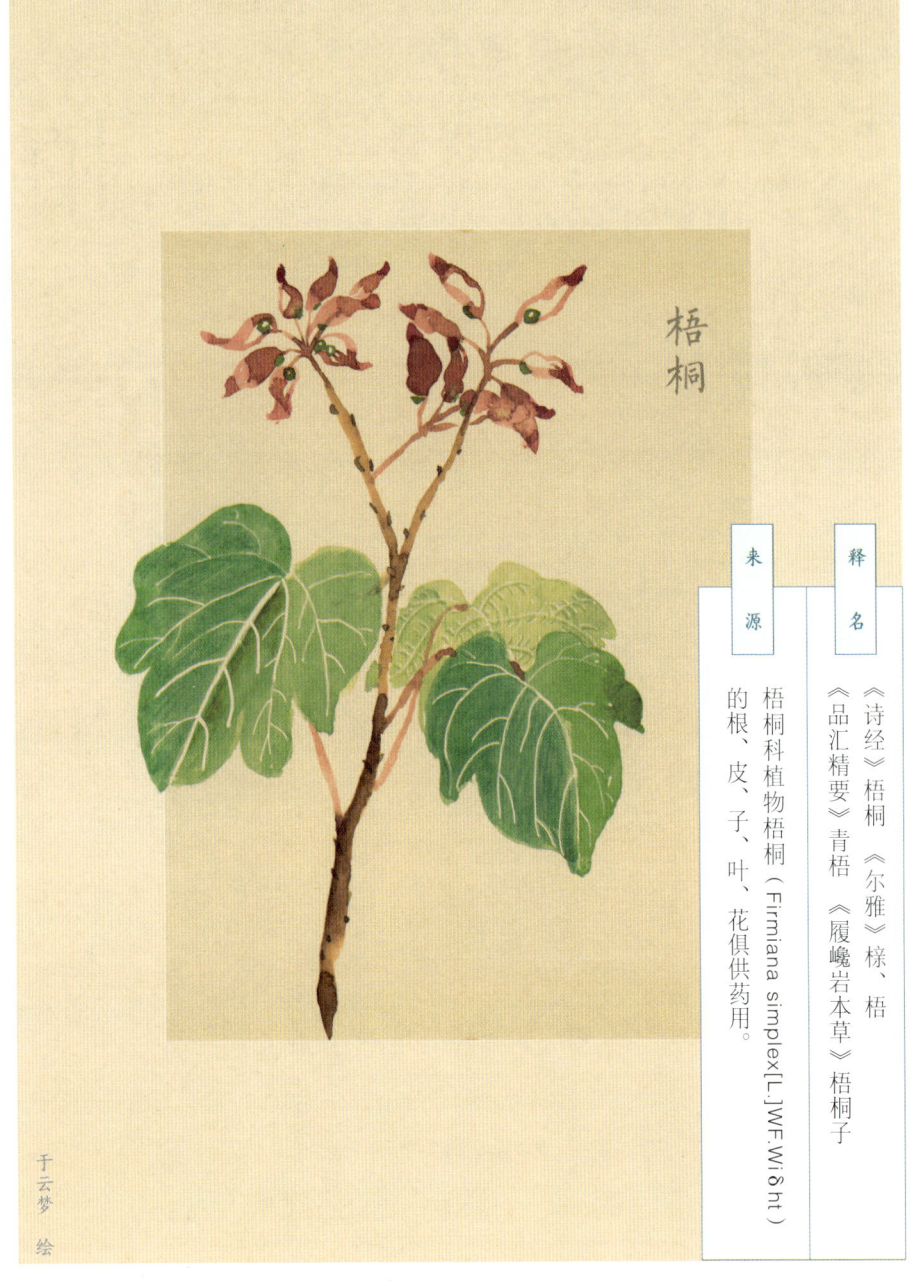

梧桐

·梧桐叶
·梧桐花
·梧桐子

《诗·大雅·卷阿》：『凤皇鸣矣，于彼高冈。梧桐生矣，于彼朝阳。菶菶萋萋，雍雍喈喈。』

性味

梧桐子：甘，平。无毒。

功效主治

梧桐子：顺气，和胃，消食。治伤食，胃痛，疝气，小儿口疮。

《随息居饮食谱》：『润肺，清热解毒。』《本草纲目》：『子捣汁涂，拔去白发根下，必生黑者。』

又治白发方：梧桐子十克，何首乌十克，黑芝麻十克，熟地十五克。水煎服。

梧桐叶：祛风除湿，清热解毒。治风湿疼痛、麻木；痈疮、臁疮、痔疮；高血压病。

《增补内经拾遗方论》：又治泄泻不止，梧桐濯足汤：梧桐叶不拘多少，水煎，浴足后跟。

梧桐花：治水肿、汤火伤。

梧桐根：治风湿疼痛。

梧桐白皮：治风湿痹痛，痔疾。跌打伤痛。

《本草纲目·木部·梧桐》：『时珍曰：梧桐处处有之，树似桐而皮青不皵，其木无节直生……罗愿《尔雅翼》云：梧桐多阴，青皮白骨，似青桐而多子。其木易生，鸟啣子堕辄生，但晚春生叶，早秋即凋。古称凤凰非梧不栖，岂亦含其实乎？《诗》云：梧桐生矣，于彼朝阳。』

檀

《诗·国风·郑风·将仲子》：『将仲子兮，无逾我园，无折我树檀。』

· 黄檀皮

释名

《诗经》檀 《本草拾遗》水檀、檀根 《本草图经》檀木 《群芳谱》忘水檀

来源

药用豆科植物黄檀（Dalbergia bupeana Hαnce）的皮及根皮。

性味

辛，温。有小毒。

功效主治

治疥疮，杀虫。研末外敷。

桐（泡桐）

《诗·小雅·湛露》：『其桐其椅，其实离离。』

·桐叶
·桐皮

释名

《诗经》桐《尔雅》荣、桐木
《诗疏》白桐《神农本草经》桐
《本草经集注》白桐、椅桐《本草纲目》泡桐

来源

药用玄参科植物泡桐 [Paulownia fortunei (Seem.) Hemsl.] 或毛泡桐 [P.tomentosa(Thunb.)Steud] 的叶和皮。

性味

桐叶：苦，寒。无毒。

功效主治

桐叶：治痈疽，疔疮，肿毒，创伤出血。生发染发。
桐皮：治痔疮，淋病，丹毒，跌扑损伤。生发润发。

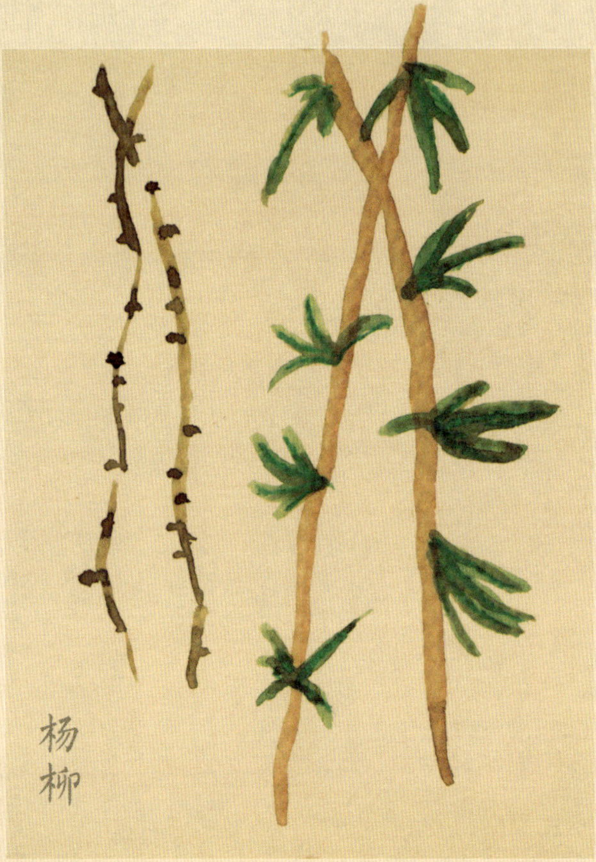

于云梦 绘

杨柳

· 柳枝

《诗·小雅·采薇》：『昔我往矣，杨柳依依。今我来思，雨雪霏霏。』

《诗·小雅·南山有台》：『南山有桑，北山有杨。』

《诗·陈风·东门之杨》：『东门之杨，其叶牂牂。昏以为期，明星煌煌。』

《诗·齐风·东方未明》：『折柳樊圃，狂夫瞿瞿。』

《诗·小雅·小弁》：『菀彼柳斯，鸣蜩嘒嘒。』

释名

《诗经》杨柳、杨、柳
《尔雅》杨，蒲柳
《神农本草经》柳叶
《本草拾遗》柳枝
《证类本草》柳根、柳白皮

来源

药用杨柳科植物垂柳（Salix babylonica L.）的枝、根、皮叶等。

性味

柳叶：苦寒。
柳枝：苦寒。
柳白皮：苦寒，无毒。

功效主治

柳叶：清热解毒，利尿，透疹。治痧疹透发不畅，白浊，疔疮疖肿，丹毒等

柳枝：祛风利尿、止痛、消肿。治风湿痹痛，淋浊，小便不利，黄疸，风肿，疔毒，齿龋龈肿等。根、皮性味功能与之相近。

柳白皮：祛风利湿，消肿止痛。治风湿骨痛，风肿瘙痒，黄疸，淋浊，乳痈，牙痛，烫伤等。

《本草纲目·木部·柳》：『时珍曰：杨枝硬而扬起，故谓之杨；柳枝弱而垂流。故谓之柳，盖一类两种也……杨可称柳，柳亦可称杨，故今南人犹并称杨柳。』

于云梦 绘

柽

(chēng)

·柽柳

《诗·大雅·皇矣》：『启之辟之，其柽其椐。』

释名

《诗经》柽《尔雅》柽、河柳

《尔雅》郑玄注：殷柽《毛诗传》河柳

《诗疏》雨师《日华子本草》赤柽

《古今注》赤杨

《开宝本草》柽柳、三春柳

《本草衍义》三眠柳《卫生易简方》观音柳

《本草汇言》西河柳《本草图经》柽柳

《本草纲目》垂丝柳

来源

药用柽柳，为柽柳科植物柽柳（Tamarix chinensis Lour.）、桧柽柳或多枝柽柳的细嫩枝叶。

性味

甘、咸，平。

功效主治

疏风，解表，利尿，解毒。治麻疹难透，风疹身痒，感冒，咳喘，风湿骨痛。

《本草经疏》：『赤柽木，近世又治痧疹热毒不能出，用为发散之药。此药正入心、肺、胃三经，三经毒解则邪透肌肤，而内热自清，此皆开发升散，甘、咸、微温之功用。』

于云梦 绘

桑

· 桑叶
· 桑椹

《诗·小雅·隰桑》：『隰桑有阿，其叶有难，既见君子，其乐如何。隰桑有阿，其叶有沃。既见君子，云何不乐。隰桑有阿，其叶有幽。既见君子，德音孔胶。心乎爱矣，遐不谓矣，中心藏之，何日忘之！』

《诗·国风·鄘风·桑中》：『爱采唐矣？沬之乡矣。云谁之思？美孟姜矣。期我乎桑中，要我乎上宫，送我乎淇之上矣。』

释名

《诗经》桑、桑葚、桑黮
《神农本草经》桑叶
《说文》桑实
《唐本草》桑葚
《素问病机气宜保命集》文武实

来源

桑科植物桑（Morus albaL.）的叶、枝、根、果穗等皆供药用。

性味

桑叶：苦、甘，寒。
桑枝：苦，平。
桑根白皮：甘，寒。
桑葚：甘，寒。

桑

- 桑叶
- 桑椹

《诗·国风·卫风·氓》：『桑之未落，其叶沃若。于嗟鸠兮，无食桑葚。于嗟女兮，无与士耽。士之耽兮，犹可说也。女之耽兮，不可说也。』

《诗·鲁颂·泮水》：『翩彼飞鸮，集于泮林。食我桑黮，怀我好音。』

功效主治

桑叶：祛风清热，凉血明目。治风温发热，头痛，目赤，口渴，肺热咳嗽，风痹，瘾疹。

《本草图经》：『桑叶可常服，以四月桑茂盛时采叶；又十月霜后，三分、二分已落时，一分在者名神仙叶，即采取与前叶同阴干，捣末，丸散任服，或煎以代茶饮，令人聪明。』

张寿颐：『桑叶，以老而经霜者为佳，欲其气之全、力之厚也，故入药用冬桑叶，亦称霜桑叶。』

桑枝：祛风湿，利关节，行水气。治风寒湿痹，关节挛痛，脚气浮肿，肌肤风痒。

桑根白皮：泻肺平喘，行水消肿。治肺热咳喘，脚气水肿，小便不利。

桑葚：补肝，益肾，熄风，生津。治肝肾阴亏，消渴，便秘，目暗，耳鸣，瘰疬，关节不利。

《本草经疏》：『桑葚，甘寒益血而除热，为凉血补血益阴之药。』

《本草纲目》：『葚有乌、白两种。《四月时令》云：四月宜饮桑葚酒，能理百种风热。其法用葚汁三斗，重汤煮至一斗半，入白蜜二合，酥油一两，生姜一合，煮令得所，瓶收。每服一合，和酒饮之。亦可以汁熬烧酒，藏之经年，味力愈佳。』

枸 (jǔ)

《诗·小雅·南山有台》：『南山有枸，北山有楰。』

· 枳椇子

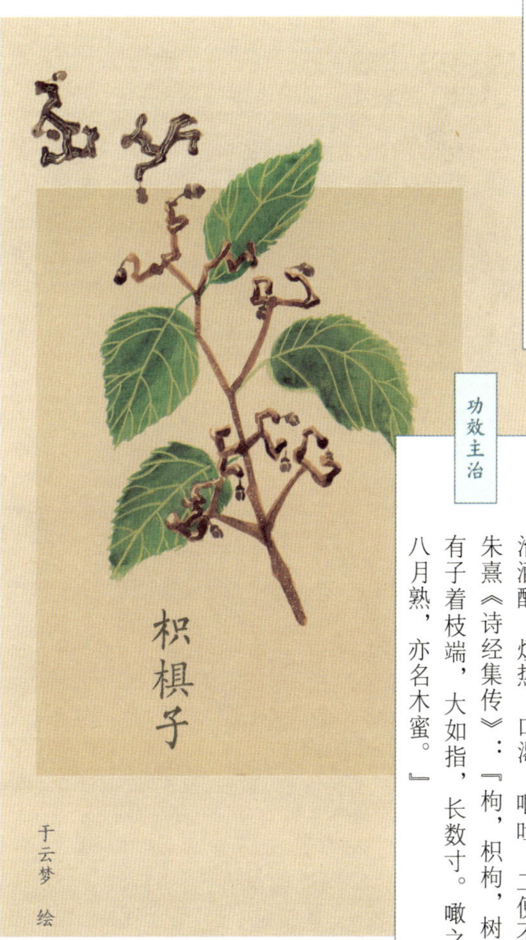

释名

《诗经》枸《诗疏》木蜜《礼记》椇
《古今注》枳椇《苏沈良方》鸡距子
《庄子》枳枸《唐本草》枳椇子

来源

药用枳椇子，为鼠李科植物枳椇（Hovenia dulcis Thunb.）带有肉质果柄的果实或种子。

性味

甘、酸，平。

功效主治

治酒醉，烦热，口渴，呕吐，二便不利。

朱熹《诗经集传》：『枸，枳枸，树高大似白杨，有子着枝端，大如指，长数寸。噉之甘美如饴。八月熟，亦名木蜜。』

于云梦 绘

杞

· 枸杞

《诗·小雅·南山有台》：「南山有杞，北山有李。」

《诗·小雅·杕杜》：「陟彼北山，言采其杞。王事靡盬，忧我父母。」

《诗·小雅·湛露》：「湛湛露斯，在彼杞棘。」

《诗·国风·郑风·将仲子》：「将仲子兮，无逾我里，无折我树杞。」

释名

《诗经》杞《毛诗传》枸继

《神农本草经》枸杞、枸忌《别录》枸杞子

《抱朴子》仙人杖、却老《本草经集注》苟起子

来源

药用枸杞子，为茄科植物枸杞（Lycium chinense Mill.）或宁夏枸杞（Lycium barbarum L.）的成熟果实。

性味

甘，平。无毒。

功效主治

滋肾，润肺，补肝，明目。治肝肾阴亏，腰膝酸软，头晕，目眩，目昏多泪，虚劳咳嗽，消渴，遗精。

《千金要方·食治》：『枸杞叶……补虚羸，益精髓。谚云：『去家千里，勿食萝摩、枸杞。』此则言强阳道、资阴气速疾也。』

《本草纲目·木部·枸杞》：『《本经》所列气、主治，盖通根、苗、花、实而言，初无分别也，后世以枸杞子为滋补药，地骨皮为清热药，始分而二之。窃谓枸杞苗叶，味苦甘而气凉，根味甘淡气寒，子味甘气平，气味既殊，则功用当别，此后人发前人未到之处者也。』

《重庆堂随笔》：『枸杞子，《圣济》以一味治短气，余谓其专补心血，非他药所能及也。与元参、甘草同用名坎离丹，可以交通心肾。』

于云梦 绘

枌

·零榆

《诗·国风·陈风·东门之枌》：『东门之枌，宛丘之栩。子仲之子，婆娑其下。』

《诗·国风·唐风·山有枢》：『山有枢，隰有榆。』

释名

《诗经》枌《毛诗传》白榆

《尔雅》白枌《尔雅》郭璞注：枌榆

《神农本草经》零榆、榆皮

来源

榆科植物榆树（Ulmus pumila L.）的叶、皮、荚仁皆供药用。

性味

榆白皮：甘，平。无毒。

功效主治

榆白皮：利水，通淋，消肿。治小便不通，淋浊，水肿，痈疽发背，丹毒，疥癣。

《本草纲目》：『榆皮、榆叶，皆性滑利下降，故人小便不通，五淋肿满，喘嗽不眠，经脉胎产诸证宜之。《本草十剂》云：滑可去着，冬葵子、榆白皮之属，盖亦取其利窍，渗湿热，消留着有形之物尔。气盛而壅者宜之。若胃寒而虚者，久服渗利，恐泄真气。』

榆叶：利小便，治石琳，消水肿，治失眠。

《本草纲目》：『煎汁洗酒皶鼻；同酸枣仁等分蜜丸，日服，治胆热虚劳不眠。』

榆荚仁：清湿热，杀虫。治妇女白带，小儿疳热有虫。

陶弘景：『初生榆荚仁，以作糜羹，令人多睡。』

柘
(zhè)

《诗·大雅·皇矣》：『攘之剔之，其檿其柘。』

• 柘木

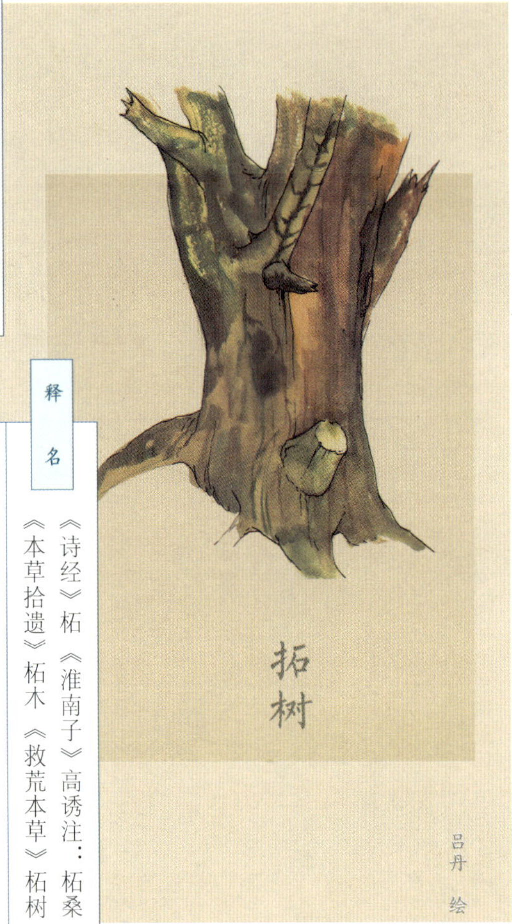

释名

《诗经》柘《淮南子》高诱注：柘桑

《本草拾遗》柘木《救荒本草》柘树

来源

药用柘木，为桑科植物柘树（Cudrania tracspidata [carr.]Bur.）的木材。

性味

甘。温，无毒。

功效主治

柘木：治妇人崩中血结，疟疾。

柘木白皮：补肾固精，凉血舒筋。治腰痛，遗精，咯血、呕血，跌打损伤。

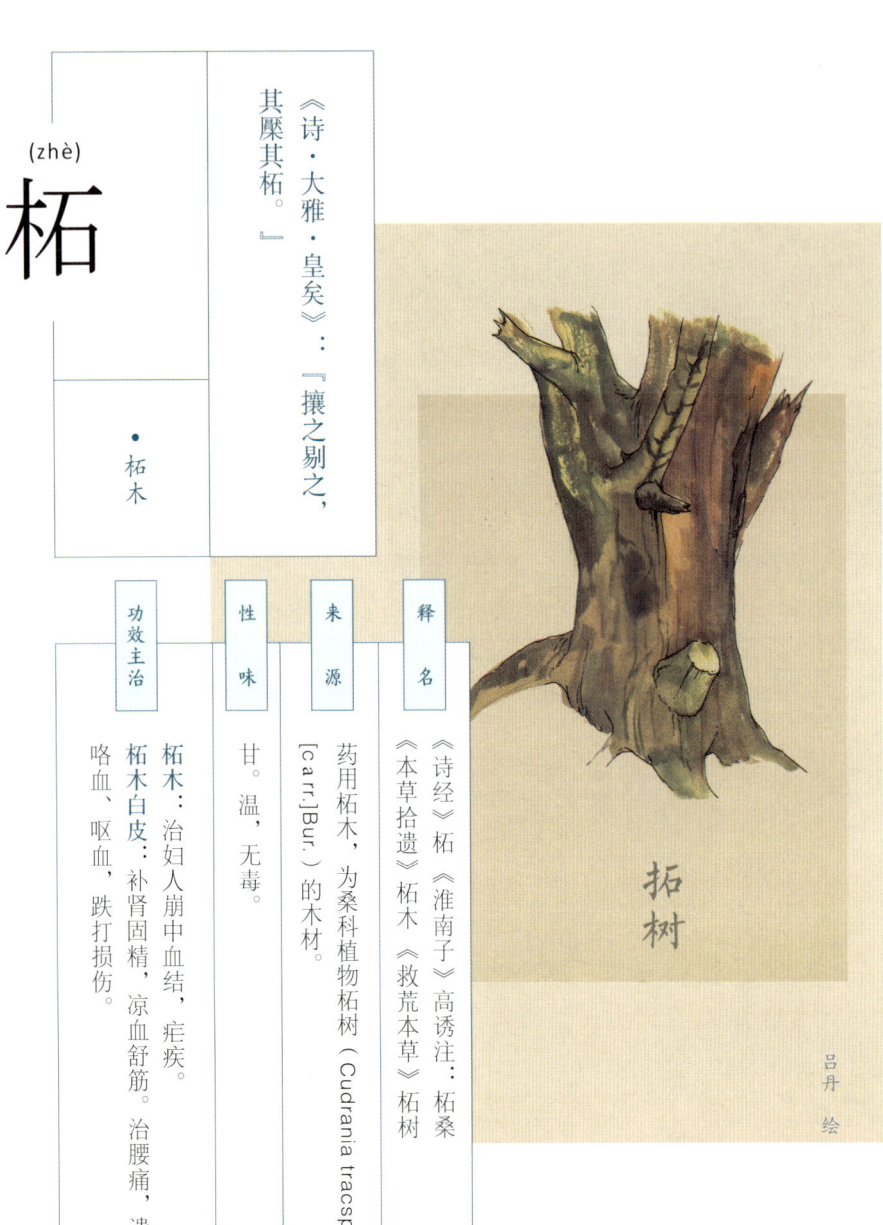

朴

• 朴树

《诗·大雅·棫朴》："芃芃棫朴，薪之槱之。"

释名

《诗经》朴

来源

药用榆科植物朴树（Celtis sinensis Pers.）的叶和皮。

功效主治

朴树叶：治漆疮。

朴树皮：治风疹、肺痈，妇女月经不调。

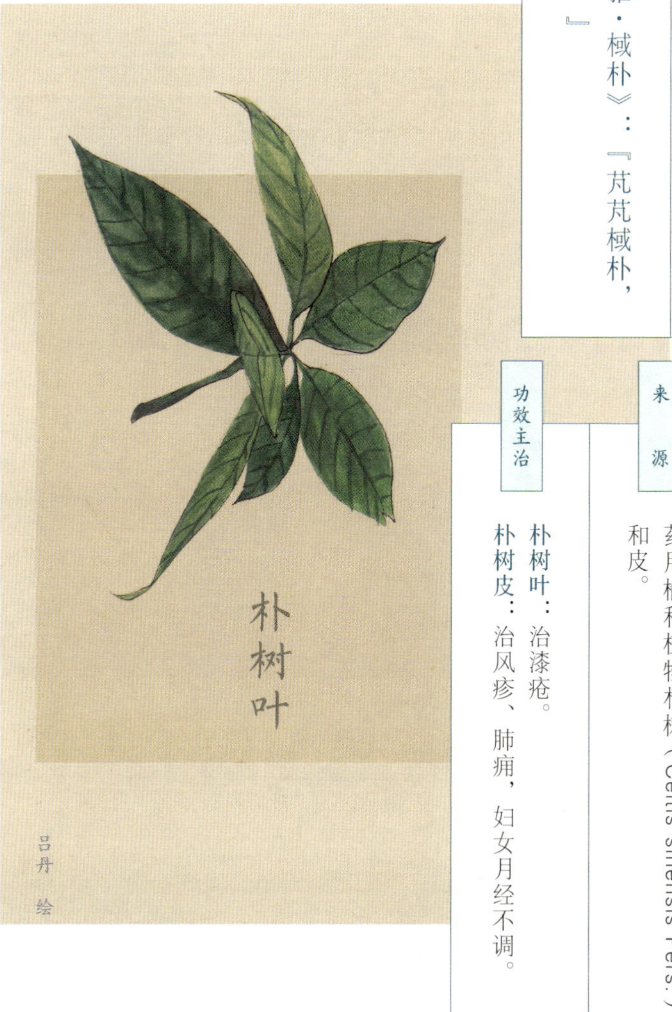

吕丹 绘

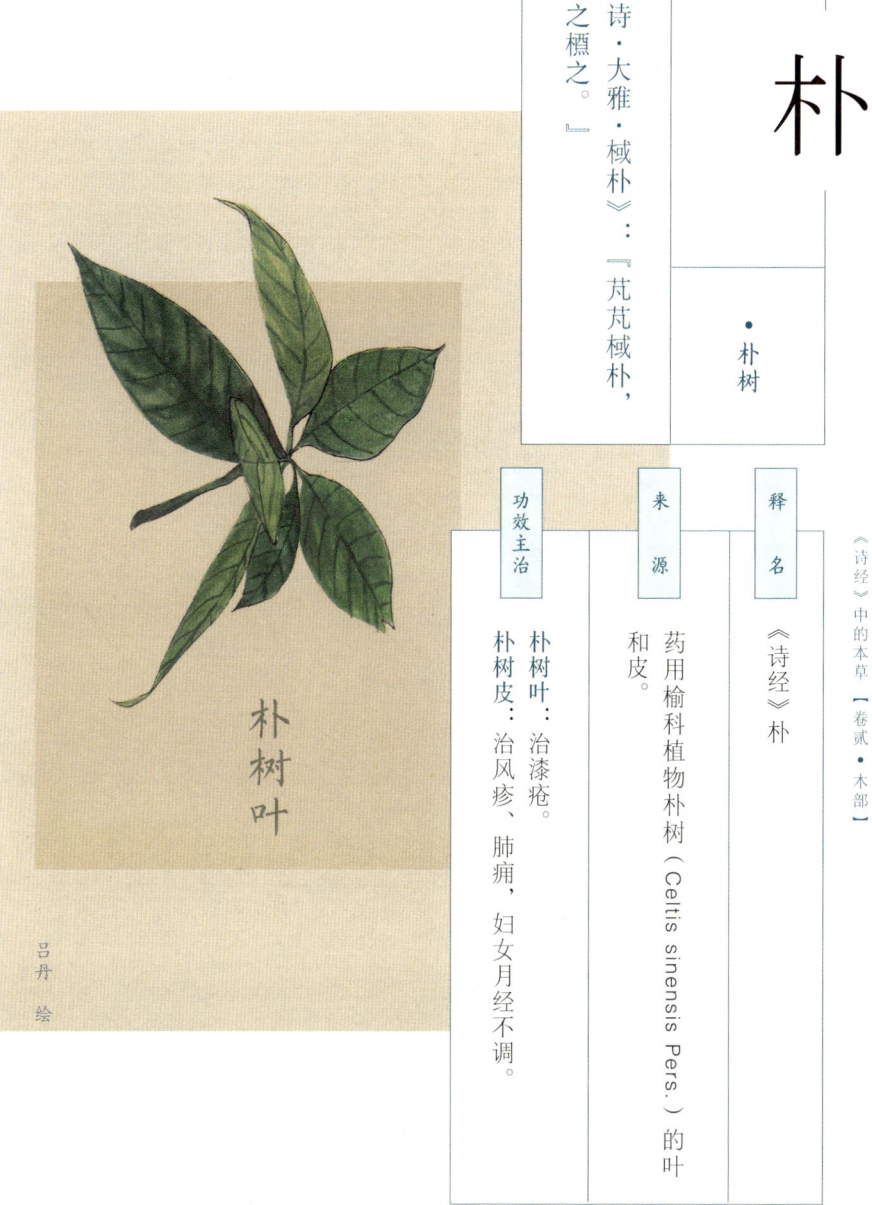

于云梦 绘

樗 (chū)

《诗经·小雅·我行其野》：『我行其野，蔽芾其樗。昏姻之故，言就尔居。』

《诗·国风·豳风·七月》：『采荼薪樗，食我农夫。』

·臭椿

释名

《诗经》樗《药性论》樗白皮

《近效方》樗根白皮

《本草拾遗》樗根皮

《本草图经》鬼目《日华子本草》樗皮

《群芳谱》臭椿

来源

药用苦木科植物臭椿（Ailantnus altissima[Mill.]）的根、干燥内皮。

性味

苦、涩，寒。

功效主治

除热燥湿，涩肠止血，杀虫。治久痢久泻，肠风便血，蛔虫。男子遗精，白浊，妇女崩漏、带下。

《本草图经》：『椿木、樗木，二者形干大抵相类，但椿木实而叶香可啖，樗木疏而气臭。北人呼樗为山椿，江东人呼为鬼目，叶脱处有痕如樗蒲子，又如眼目，故得此名。』

吕丹 绘

棣

• 扶移

《诗·国风·召南·何彼襛矣》：『何彼襛矣？唐棣之华……何彼襛矣？华如桃李。』

《诗·国风·秦风·晨风》：『山有苞棣，隰有树檖。』

释名

《诗经》唐棣
《尔雅》移
《古今注》移杨，夫移
《诗经》朱熹注：唐棣，移也，似白杨。
《本草拾遗》扶移木皮
《本草纲目》扶移

来源

药用扶移木皮，为蔷薇科植物唐棣（Amelanchier sinica [schneid.]）的树皮。

性味

苦，平。有小毒。

功效主治

祛风活血。治脚气疼痛，跌损瘀血痛，又疗妇人白崩。

崔豹《古今注》：『移杨，圆叶弱蒂，微风大摇。』

《濒湖集简方》：『治妇人白崩：扶移皮半斤，牡丹皮四两，升麻、牡蛎（煅）各一两。每用一两，酒二钟，煎一钟，食前服。』

于云梦 绘

棫 (yù)

· 蕤仁

《诗·大雅·棫朴》：「芃芃棫朴，薪之槱之。」

《诗·大雅·绵》：「柞棫拔矣，行道兑矣。」

《诗·大雅·旱麓》：「瑟彼柞棫，民所燎矣。」

释名

《诗经》棫
《尔雅》棫、白桵
《说文》桵
《雷公炮炙论》蕤仁
《神农本草经》蕤核

来源

药蕤仁，为蔷薇科植物单花扁核木（Prinsepia uniflora Batal.）的干燥成熟果核。

性味

甘，寒。无毒。入肝、心经。

功效主治

祛风，散热，养肝，明目。治目赤肿痛，昏暗羞明，眦烂多泪，鼻衄。

《本草拾遗》：「生治足睡，熟治不眠。」

《医林纂要》：「白蕤仁，功略同酸枣仁，生则咸多，布散神明之用；熟则甘多，安定神明之主。人知其治目疾，不知其能补心久矣。」

吕丹 绘

栩(xǔ)（栎）

·橡栎

《诗·国风·陈风·东门之枌》：『东门之枌，宛丘之栩。』

《诗·国风·唐风·鸨羽》：『肃肃鸨羽，集于苞栩。』

《诗·国风·秦风·晨风》：『山有苞栎，隰有六驳。』

释名

《诗经》栩、栎《尔雅》栩，杼

《毛诗传》杼《诗疏》柞栎，栩，今柞栎也。

《庄子》橡、芧栗《庄子》司马彪注：橡子

《吕氏春秋》皂斗、橡栗

《雷公炮炙论》橡实《本草图经》橡栎

来源

药用橡实、橡木皮，为壳斗植物麻栎（Quercus acutissima Carr.）的果实、树皮。

性味

橡实：苦、涩。

橡木皮：苦，平。

功效主治

橡实：涩肠固脱，治泻痢脱肛，痔血。

橡木皮：治泻痢、瘰疬、恶疮。

《本草经疏》：『湿热作痢者，不宜用。』

《本草纲目·果部·橡实》：『栎有两种，一种不结实者，其名曰棫，其木心赤，《诗》云：『瑟彼柞棫』是也。一种结实者，其名曰栩，其实为橡。』

于云梦 绘

朴(sù)樕

· 槲

《诗·国风·召南·野有死麇》：「林有朴樕，野有死鹿。白茅纯束，有女如玉。」

释名

《诗经》朴樕《崔氏纂要方》槲白皮
《尔雅》樕朴，心
《尔雅》郭璞注：槲，樕
《肘后方》赤龙皮、槲木皮
《唐本草》槲皮《本草纲目》大叶栎，栎橿子

来源

药用壳斗科植物槲树（Quercus dentata Thunb.）的叶、皮、实仁。

性味

槲皮：味苦。槲叶：甘，苦，平。槲实仁：苦，涩，平。

功效主治

槲皮：治恶疮，瘰疬，痢疾，肠风下血。
槲叶：活血止血。治吐血、衄血、血痢、血痔，淋病。
槲实仁：蒸煮作粉，涩肠止痢。

《本草纲目·果部·槲实》：「朴樕者，婆娑蓬然之貌。其树偃蹇，其叶芃芃故也。」「槲有两种，一种丛生，小者名枹……见《尔雅》；一种高者名大叶栎，树叶俱似栗，长大粗厚，冬月雕落，三四月开花亦如栗，八九月结实似橡子而稍短小，其蒂亦有斗，其实僵涩味恶。其木理粗不及橡木，所谓樗栎之材者指此。」

《尔雅·释木》：「樕朴，心。」邢昺疏：「孙炎曰：『朴樕，亦名心。』某氏曰：『朴樕，槲樕也。有心，能湿。江河间以作柱。』」

于云梦 绘

条

· 楸

《诗·国风·秦风·终南》：『终南何有？有条有梅。君子至止，锦衣狐裘。颜如渥丹，其君也哉？』

释名

《诗经》条

朱熹《诗经集传》山楸

《尔雅》槐，小叶曰榎，大而皵，楸；小而皵，榎。

《本草拾遗》楸叶、楸木皮

来源

药用紫葳科植物楸（Catalpa bungei C.A.Mey.）的叶和木皮。

性味

楸叶：苦，小寒。无毒。

功效主治

楸叶：消肿拔毒，排脓生肌。治肿疡发背，瘰疬。

楸木皮：治痈肿疮疡，痔瘘，吐逆，咳嗽。

《本草纲目·木部·楸》：『时珍曰：楸，乃外科要药，而近人少知……东晋范汪，名医也，亦称楸叶治疮肿之功，则楸有拔毒排脓之力可知。』

梓叶

释名

《诗经》梓、椅、楰

《尔雅》椅、梓；楰，鼠梓

《本经》梓

来源

药用梓白皮，为紫葳科植物梓（Catalpa ovata G.Don.）的根皮或树皮。梓叶、梓实亦供药用。

于云梦 绘

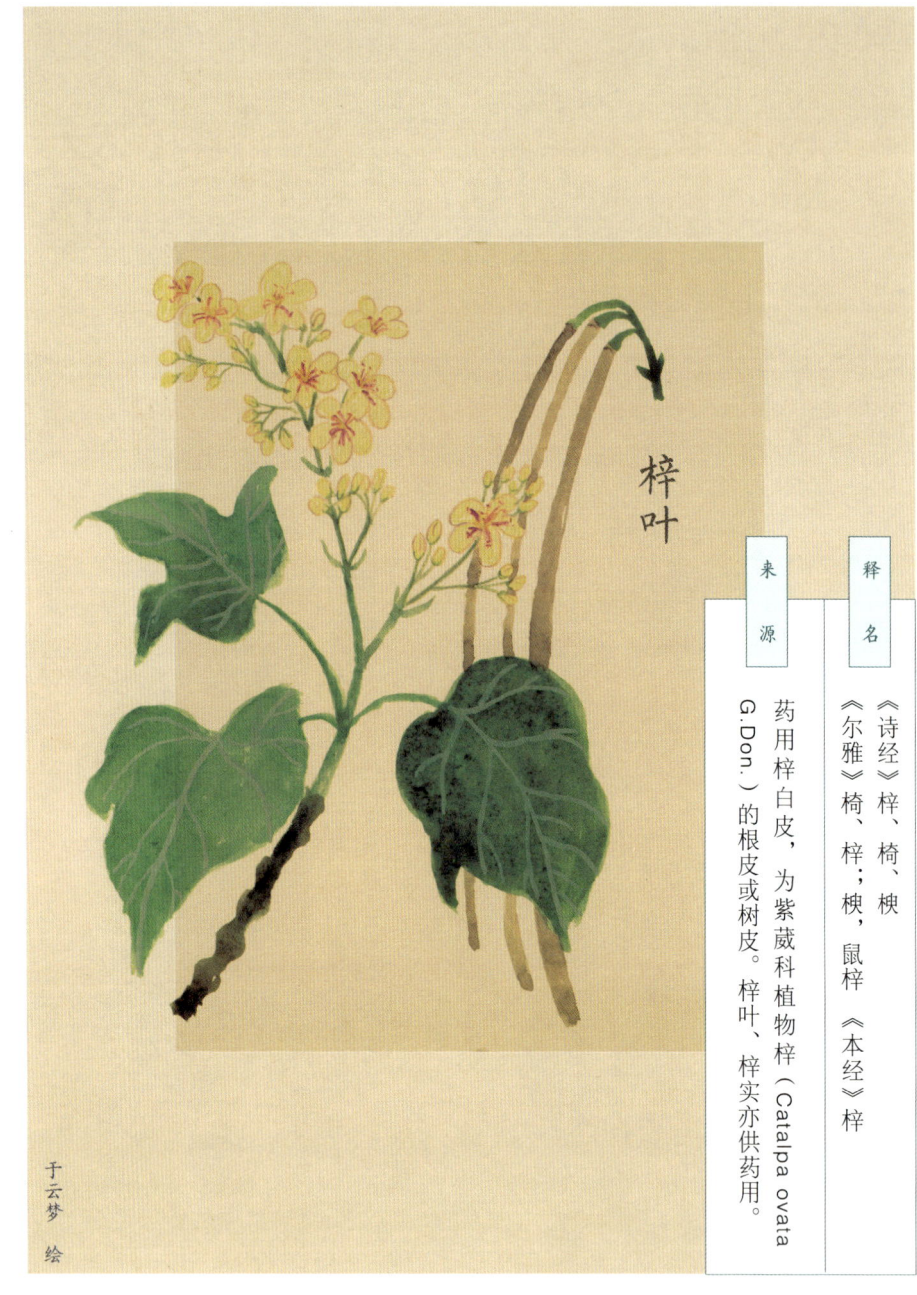

梓（椅、椇）

● 梓

《诗·小雅·小弁》：『维桑与梓，必恭敬止。靡瞻匪父，靡依匪母。』

《诗·小雅·白华》：『其桐其椅，其实离离。』

《诗·小雅·南山有台》：『南山有枸，北山有椇。乐只君子，遐不黄耇。』

性味

梓白皮：苦，寒。无毒。

功效主治

梓白皮：清热解毒、杀虫。治时病发热，黄疸，反胃，皮肤瘙痒，疥疮。

梓木：治痛风。

《握灵本草》：『治手足痛风，梓木煎汤，桶上蒸之。勿令汤气入目。』

梓实：利尿，治浮肿。

《本草图经》：『梓，今近道皆有之。《尔雅》云：「椅、梓。」郭璞注云：「即楸也。」《诗·鄘风》云：「椅、桐、梓、漆。」陆玑云：「梓者，楸之疏理白色，而生子者为梓；梓实桐皮曰椅，大同而小别也。又一种鼠梓，一名楰，亦楸之属也，江东人谓之虎梓。」《诗·小雅》云：「北山有楰。」陆玑云：「其枝叶木理如楸，山楸之异者，今人谓之苦楸是也。」……梓之入药，当用有子者。』

《本草纲目·木部·梓》：『梓木，处处有之。有三种：木理白者为梓，赤者为楸，梓之美文者为椅。楸之小者为榎。诸家注疏，殊欠分明。桐亦名椅，与此不同，此即《尸子》所谓「荆有长松、文椅」者也。』

于云梦 绘

穀(gǔ)

·楮

《诗·小雅·鹤鸣》：「鹤鸣于九皋，声闻于天。鱼在于渚，或潜在渊。乐彼之园，爰有树檀，其下维穀。他山之石，可以攻玉。」

《诗·小雅·黄鸟》：「黄鸟黄鸟，无集于穀，无啄我粟。此邦之人，不我肯穀。言旋言归，复我邦族。」

释名

《诗经》穀

《诗疏》穀桑、楮桑

《说文》楮《吴普本草》穀木皮

《别录》楮实、楮树皮

来源

药用为桑科植物构树（Broussonetia Papyrifera [L.]Vent.）的叶、果实、树皮及皮间白汁。

性味

楮实：甘，寒。无毒。

楮叶：甘，凉。

功效主治

楮实：滋肾，清肝，明目。治虚劳，目昏、目翳，水气浮肿。

《本草纲目·木部·楮》：「《别录》载楮实功用大补益，而《修真秘旨书》言，久服人成骨软之痿。《济生秘览》治骨鲠，用楮实煎汤服之，岂非软骨之征乎？」

楮叶：凉血，利水。治吐、衄、血崩，水肿，癣疮。

楮白皮：行水，止血。

楮树汁：治癣疾，敷蛇虫蜂蝎咬蛰。

栲

・柯树

《诗·小雅·南山有台》:「南山有栲，北山有杻。乐只君子，遐不眉寿。」

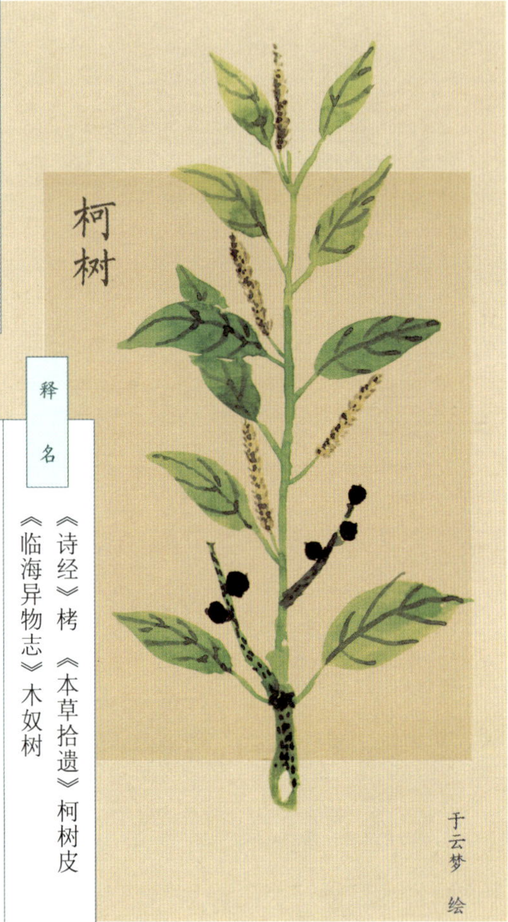

释名

《诗经》栲 《本草拾遗》柯树皮

《临海异物志》木奴树

来源

药用柯树皮，为壳斗科植物柯树[Litnocarpus glaber(Thunb.)Nakai]树皮的韧皮部。

性味

辛，平。有小毒。

功效主治

治大腹水病。

《本草拾遗》:「主大腹水病，取白皮作煎，令可凡，如梧桐子大。平旦三丸，须臾又一丸。」

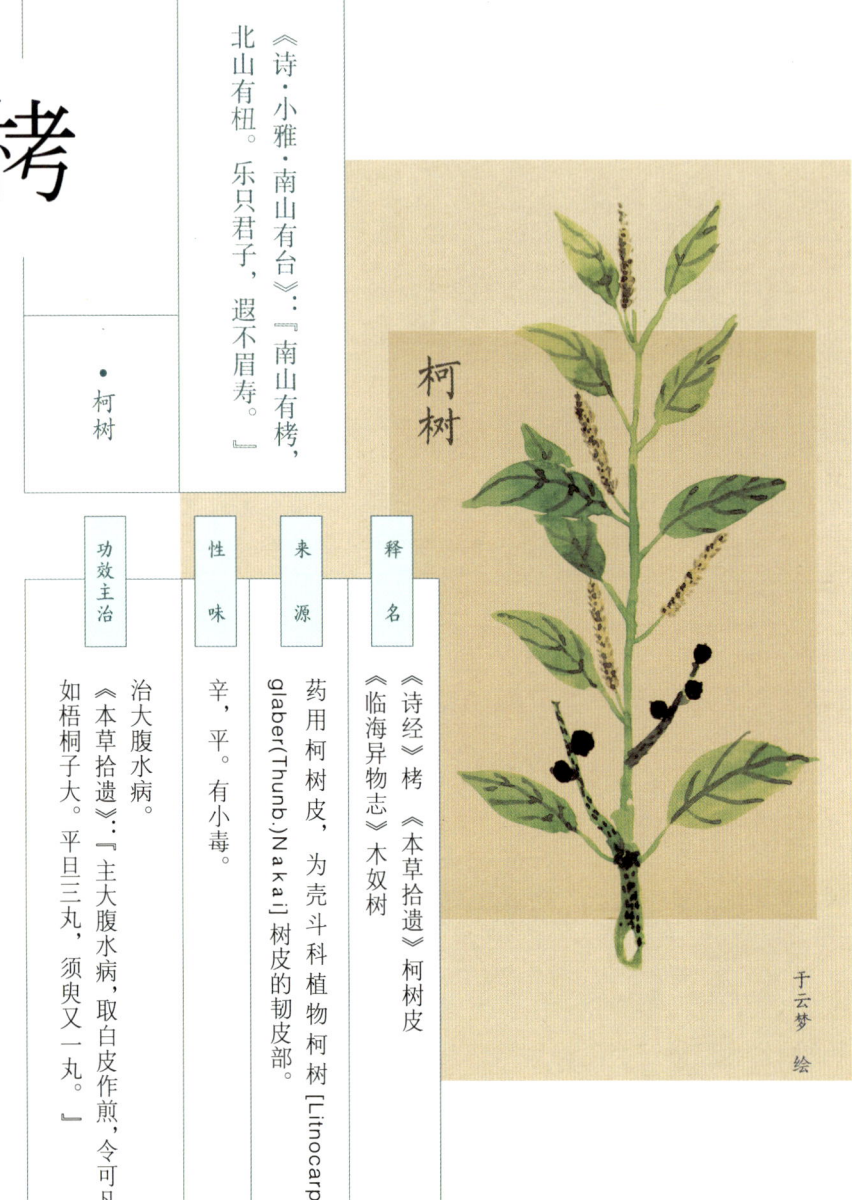

茨

·蒺藜

《诗·小雅·楚茨》：「楚楚者茨，言抽其棘。自昔何为？我蓺黍稷。」

《诗·国风·鄘风·墙有茨》：「墙有茨，不可埽也。」

释名

《诗经》茨 《尔雅》茨，蒺蔾

《毛诗传》蒺藜 《别录》藜

《药性论》白蒺藜

来源

药用白蒺藜为蒺藜科植物蒺藜（Tribulus terestris L.）的果实。

性味

苦、辛，温。

功效主治

散风明目，下气，行血。治头痛，身痒，目赤肿翳，胸满咳逆，癥瘕，乳痈，痈疽，瘰疬。

于云梦 绘

柞

柞木

《诗·小雅·采菽》：『维柞之枝，其叶蓬蓬。』

《诗·周颂·载芟》：『载芟载柞，其耕泽泽。』

释名

《诗经》柞《本草拾遗》柞木

《本草纲目》凿子木

来源

为大风子科植物柞木（Xylosmajaponicum[Walp.]A.Gray.），皮、根、叶俱作药用。

性味

柞木皮：苦，平。无毒。

功效主治

柞木皮：燥湿除热。治黄疸、瘰疬、疮毒溃疡。妇人难产催生。

柞木叶：治痈疽肿毒，下死胎。

柞木根：治黄疸、水肿，痢疾，瘰疬。

《本草经疏》：『柞木皮，主黄疸者，盖黄疸因湿热郁于肠胃而发，此药苦能燥湿，微寒能除热，兼得下走利窍之性，则湿热皆从小便出而黄自退矣。今世又以为治难产催生之要药。亦取其下达利窍之性耳。』

《本草纲目·木部·柞木》：『时珍曰：此木处处山中有之。高者丈余，叶小而有细齿，光滑而韧。其木及叶丫皆有针刺，经冬不凋。五月开碎白花，不结子，其木心理皆白色。』

按

柞木与柞树不同。柞树为壳斗科植物蒙栎（Quercus monglica Fisch.）。二者不能混淆。

牡荆

释名

《诗经》楚、楛 《广雅》荆

《神农本草经》小荆实

《本草经集注》牡荆实，牡荆子

来源

药用马鞭草科植物牡荆[Vitex negundo L. var. cannabifolia (Sieb.et Zucc.)Hand. -Mazz.]的果实、叶和茎汁。

于云梦 绘

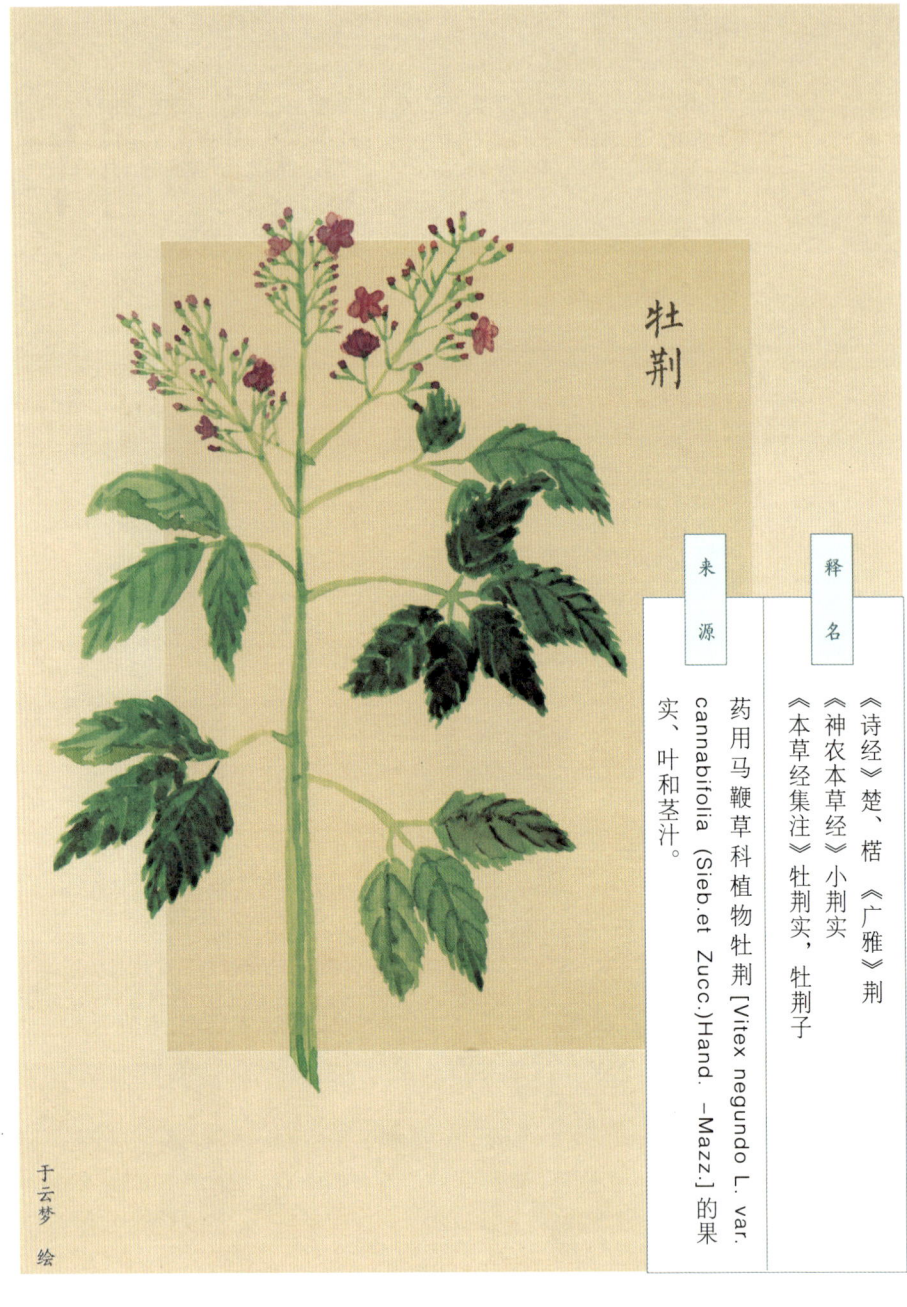

楚（楛）

· 牡荆

《诗经·国风·秦风·黄鸟》：『交交黄鸟，止于楚。』

《诗·国风·周南·汉广》：『翘翘错薪，言刈其楚。』

《诗·大雅·旱麓》：『瞻彼旱麓，榛楛济济。』

性味

牡荆子：辛、微苦，温。

功效主治

牡荆子：祛风化痰，下气止痛。治咳嗽痰喘，中暑发痧，胃痛，疝气，妇女白带等。

牡荆叶：祛风解表，除湿杀虫，止痛。治风寒感冒，疝气腹痛吐泻，痢疾，风湿痛，脚气，痈肿，足癣。

牡荆沥：除风湿，开经路，导痰，行气血。

《丹溪心法》：『中风，大率主血虚有痰。治痰，气实而能食用荆沥，气虚少食用竹沥，必用姜汁助之。』

《本草纲目·木部·牡荆沥》云：『荆沥，化痰祛风妙药，故孙思邈《千金翼方》云：凡患风人多热，常宜以竹沥、荆沥、姜汁合五合和匀热服，以瘥为度。陶弘景亦云：牡荆沥治心风为第一。《延年秘录》云：热多用竹沥，寒多用荆沥。』

又『牡荆，处处山野多有，樵采为薪，年久不樵者，其树大如碗也。其木心方，其枝对生，一枝五叶或七叶。叶如榆叶，长而尖，有锯齿。五月杪间开花成穗，红紫色。其子如胡荽子，而有白膜裹之……青赤两种，青者为荆，赤者为楛。』

于云梦 绘

漆

· 漆

《诗·国风·秦风·车邻》：『阪有漆，隰有栗。既见君子，并坐鼓瑟。今者不乐，逝者其耋。』

释名

《诗经》漆

《本经》《本草纲目》等皆称漆

来源

药用漆树科植物漆树（Rhus verniciflua stokes）的叶、树皮、根、子及干漆。

性味

辛，温。有小毒。

功效主治

漆叶：主劳疾，杀虫。治紫云风，外伤出血，疮疡溃烂。

漆树皮：捣烂酒炒敷，接骨。

漆树根：治胸部打伤久积。

漆树子：治下血、瘀滞。

《后汉书·华佗传》：『（樊）阿从佗求方，可服食益于人者。佗授以漆叶青黏散……言久服去三虫，利五藏，轻体，使人头不白。阿从其言，寿百余岁。漆叶处所而有。』

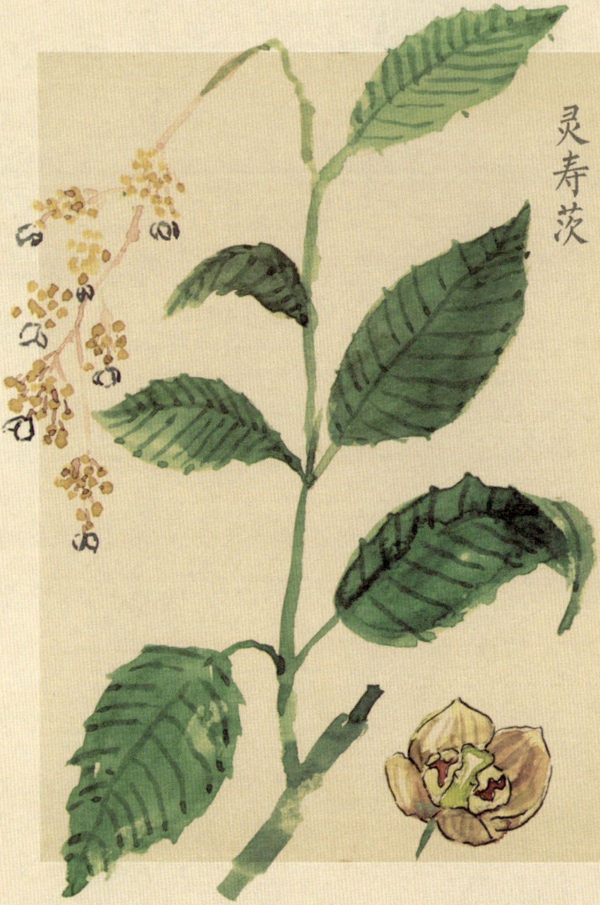

于云梦 绘

椐

· 龙须木
· 灵寿茨

《诗经·大雅·皇矣》：『启之辟之，其柽其椐。』

释名

《诗经》椐
《中国树木分类学》黑果木、龙须木
《陕西中草药》灵寿茨、降龙木

来源

药用清风藤科植物泡花树（Meliosma cuneifolia Frauch）的根皮。

性味

甘、辛，平。

功效主治

清热解毒，镇痛利水。治无名肿毒，毒蛇咬伤，臌胀水肿。

按

椐，即灵寿木。《汉书·孔光传》：『赐太师灵寿杖。』颜师古注：『木似竹有枝节，长不过八九尺，围之四寸，自然有合杖制，不须削治也。』

《文选·左思〈蜀都赋〉》刘逵注云：『灵寿，木名也，出涪陵县。』

于云梦 绘

竹（笋）

- 竹叶
- 竹茹
- 竹沥

《诗·国风·卫风·竹竿》：『籊籊竹竿，以钓于淇。岂不尔思？远莫致之。』

《诗·国风·卫风·淇奥》：『瞻彼淇奥，绿竹猗猗……瞻彼淇奥，绿竹青青……瞻彼淇奥，绿竹如箦。』

《诗·小雅·斯干》：『秩秩斯干，幽幽南山。如竹苞矣，如松茂矣。兄及弟矣，式相好矣，无相犹矣。』

《诗·大雅·韩奕》：『其蔌维何？维笋及蒲。其赠维何？乘马路车。』

释名

《诗经》竹、笋《尔雅》如竹箭曰苞《别录》淡竹

《神农本草经》竹《本草纲目》水竹

《尔雅》笋，竹萌《蜀本草》竹笋

来源

药用禾本科植物淡竹（Phyllostachys nigra[Lodd.] Munro var.henonis[Mitf.] Stapf ex Rendle.）的叶、皮、茎汁等。

性味

竹叶：甘、淡，寒。竹茹：甘，凉。

竹沥：甘、苦，寒。笋：甘，微寒。无毒。

功效主治

竹叶：清热除烦，生津利尿。治热病烦渴，小儿惊痫，咳逆吐衄，小便短赤，口舌生疮。

竹茹：清热、凉血，化痰，止呕。

竹沥：清热化痰，镇惊利窍。

笋：治消渴，利水道，益气。利膈下气，化热，消痰。

《本草纲目·菜部·竹笋》：『（寇）宗奭曰：笋难化，不益人。脾病不宜食之……时珍曰：赞宁《笋谱》云：笋虽甘美，而滑利大肠，无益于脾，俗谓之刮肠篦。惟生姜及麻油能杀其毒。』

芦根

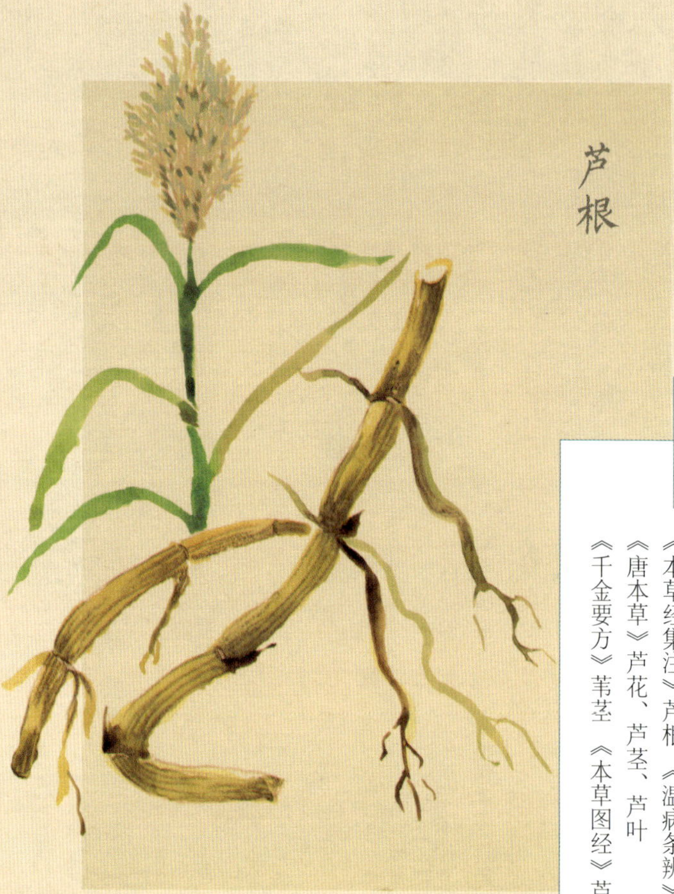

释名

《诗经》蒹、葭、苇、蓬、菼

《尔雅》苇，苕；蒹，薕；葭，芦；菼，薍，其萌虇

《别录》芦《小品方》芦蓬茸

《本草经集注》芦根《温病条辨》苇根

《唐本草》芦花、芦茎、芦叶

《千金要方》苇茎《本草图经》芦笋、蓬茸

于云梦 绘

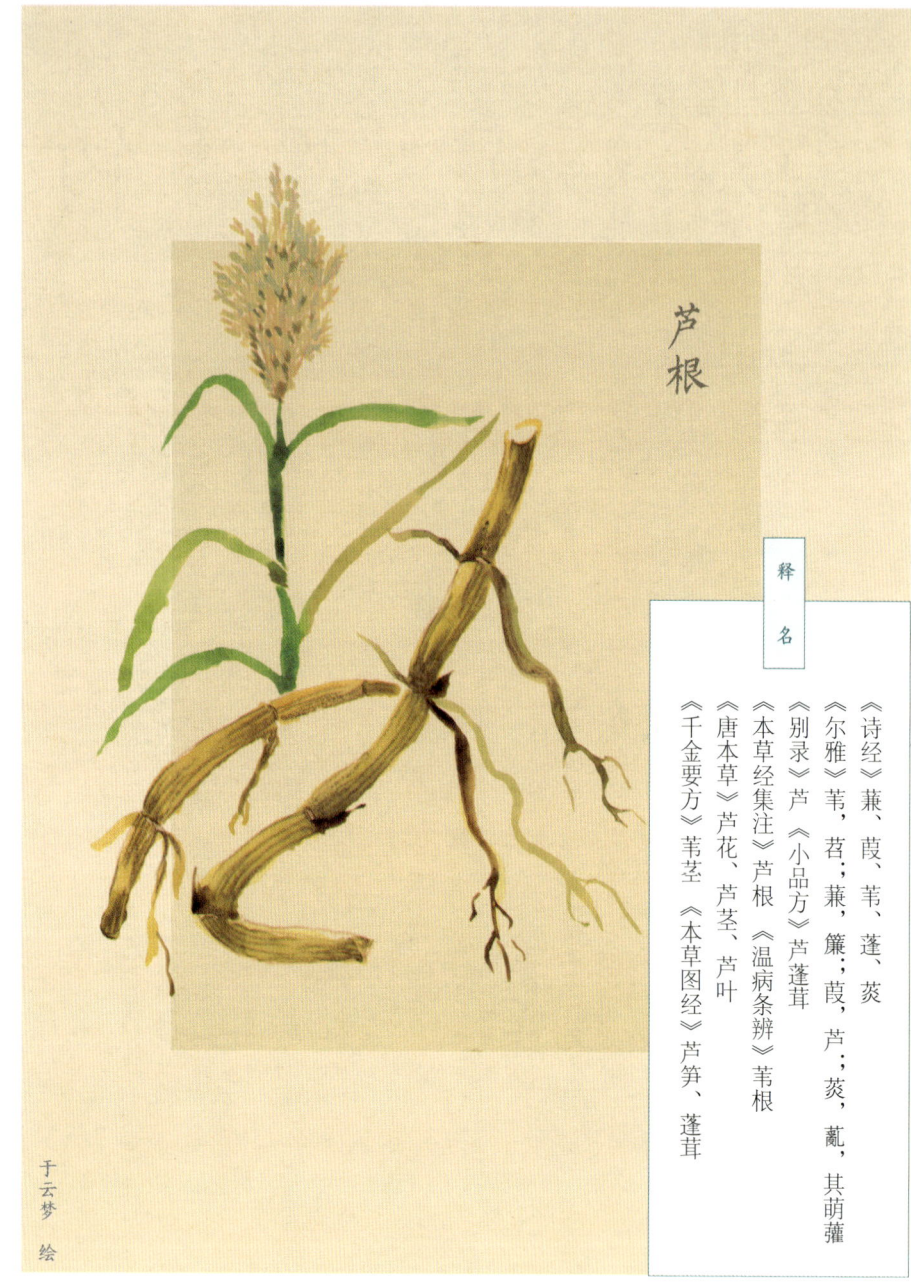

蒹(葭、苇 蓬、菼)

· 芦

《诗·国风·秦风·蒹葭》:『蒹葭苍苍,白露为霜。所谓伊人,在水一方。』

《诗·国风·召南·驺虞》:『彼茁者葭,壹发五豝……彼茁者蓬,壹发五豵。』

《诗·国风·卫风·河广》:『谁谓河广,一苇杭之。』

《诗·国风·卫风·硕人》:『鳣鲔发发,葭菼揭揭。』

来源

药用禾本科植物芦苇(Phragmites communis Trin.)的叶、花、茎、根、苗等。

性味

芦叶:甘,寒。芦花:甘,寒。

芦茎:甘,寒。芦根:甘,寒。

芦笋:甘,寒。

功效主治

芦叶:治吐泻,吐血、衄血,肺痈,发背。

芦花:止血解毒。治鼻衄、血崩,上吐下泻。

芦茎:治肺痈,烦热,口渴。

芦根:清热生津,除烦止呕。治热病烦渴,胃热呕吐,噎膈,反胃,肺痿,肺痈,并解河豚毒。

芦笋:治热病口渴,淋病,小便不利。

《本草纲目·草部·芦》:『时珍曰:芦有数种,其长丈许,中空、皮薄、色白者葭也、芦也、苇也;短小于苇而中空、皮厚、色青苍者菼也、薍也、荻也、萑也;其最短小而中实着蒹也。』

于云梦 绘

菅（白华）

● 菅茅根

《诗·小雅·白华》：『白华菅兮，白茅束兮……英英白云，露彼菅茅。』

《诗·国风·陈风·东门之池》：『东门之池，可以纻菅，彼美淑姬，可与晤言。』

释名

《诗经》白华、菅
《尔雅》白华、野菅
《本草纲目》菅茅根

来源

药用菅茅根，为禾本科植物菅（Thenmeda gigamtea Hack. Var.villosa [poir] Keng）的根茎。

性味

微甘、辛，温。

功效主治

解表散寒，祛风湿，利小便。治风寒感冒，风湿麻木，水肿。

《本草图经》：『菅，亦茅类也。陆玑《草木疏》云：菅似茅而滑，无毛，根下五寸中有白粉者，柔韧宜为索，沤之尤善，其未沤者名野菅，《诗》所谓白茅菅兮是此也。入药与茅等。』

《本草纲目·草部》：『菅茅只生山上，似白茅而长，入秋抽茎，开花成穗如荻花，结实尖黑，长分许，粘衣刺人，其根短硬如细竹根，无节而微甘，亦可入药，功不及白茅。《尔雅》所谓『白华，野菅』是也。』

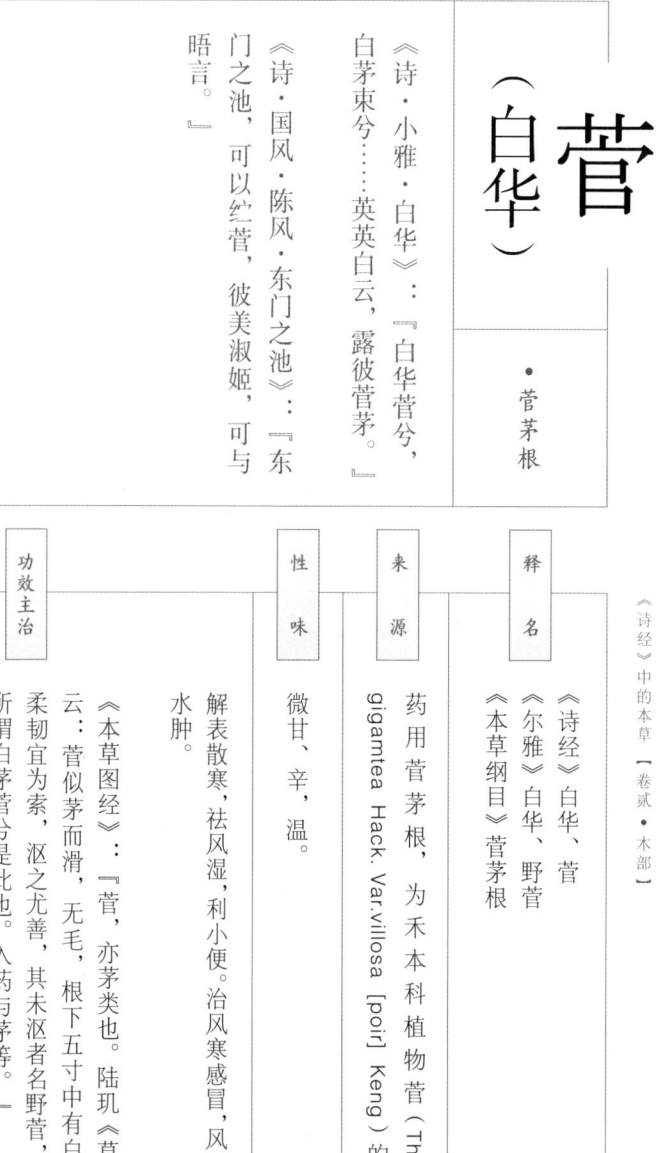

菜部

目录

卷贰

木部

桧 077
松 079
柏 081
梧桐 083
檀 084
桐（泡桐） 085
杨柳 087
柽 089
桑 091
枸 093
杞 095
枌 097
柘 098
朴 099
樗 101
棣 103
棫 105
栩（栎） 107
朴樕 109
条 111
梓（椅、楰） 113
榖 115
栲 116
茨 117
柞 119
楚（楛） 121
漆 123
椐 125
竹（笋） 127
蒹（葭、苇、蓬、菼） 129
菅（白华） 131

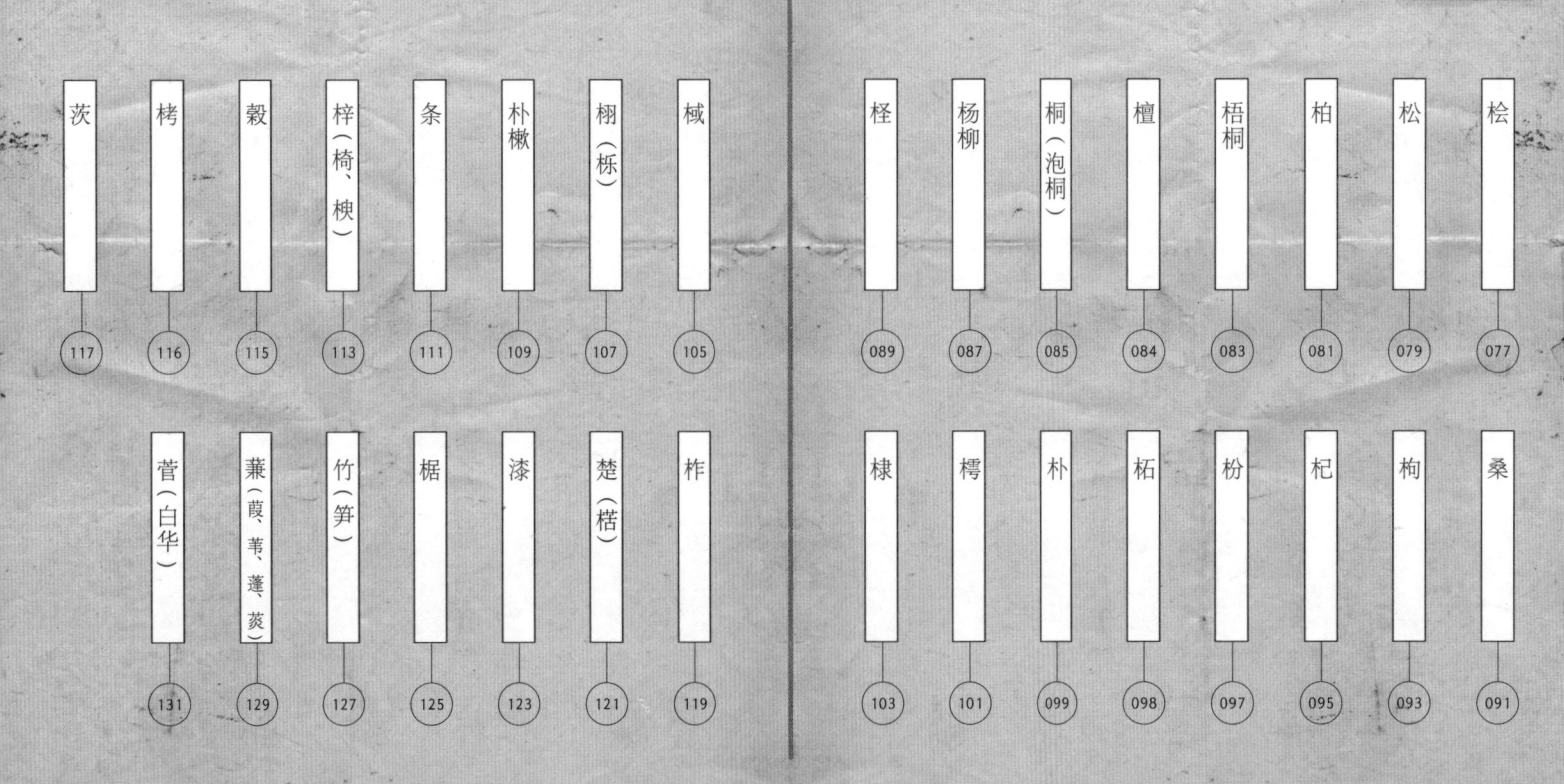

卷叁 目录

菜部

葱 133
韭 135
蕨 137
薇 139
荠 141
芹 143
堇 144
藿 145
苦（荼、芑） 147
葵 149
蓫 151
莫 153
莱 155
葑 157
芋 159
荇菜 161
茆 163
甘瓠（瓠） 165
匏（壶） 167

葱

《诗·小雅·采芑》：『服其命服，朱芾斯皇，有玱葱珩。』

·葱白

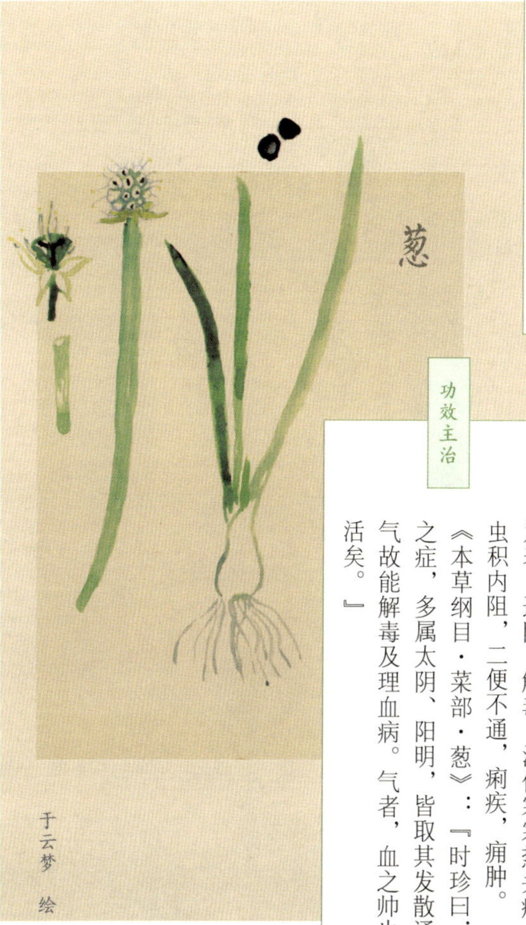

释名

《诗经》葱

《别录》葱白

《本草纲目》葱茎白、芤

来源

药用百合科食物葱（Allium fosti osum L.）的鳞茎。

性味

辛，温。

功效主治

发表，通阳，解毒。治伤寒寒热头痛，阴寒腹痛，虫积内阻，二便不通，痢疾，痈肿。

《本草纲目·菜部·葱》：『时珍曰：葱……所治之症，多属太阴、阳明，皆取其发散通气之功。通气故能解毒及理血病。气者，血之帅也，气通则血活矣。』

韭菜
于云梦 绘

韭

· 韭菜

《诗·国风·豳风·七月》：『四之日其蚤，献羔祭韭。』

释名

《诗经》韭《礼记》丰本
《尔雅翼》懒人菜
《本草拾遗》草钟乳
《滇南本草》韭菜
《侯氏药谱》起阳草
《本草述》壮阳草

来源

药用百合科植物韭（Allium tuberosun Rottler.）的叶、根、汁、子。

性味

辛，温。无毒。

功效主治

温中，行气，散血，解毒。治胸痹，噎膈，反胃，吐血，衄血，尿血，痢疾，消渴，痔漏，脱肛，跌扑损伤，虫蝎咬伤。

朱震亨：『心痛，有食热物及郁怒，致死血留于胃口作痛者，宜用韭汁、桔梗加入药中，升提气血。盖韭性急，能散胃口血滞也。又反胃宜用韭汁二杯，入姜汁、牛乳各一杯，细细温服，盖韭汁消血，姜汁下气消痰和胃，牛乳能解热润燥补虚也。』

《本经逢源》：『韭，昔人言治噎膈，惟死血在胃者宜之。若胃虚而噎，勿用，恐致呕吐也。』

于云梦 绘

蕨

· 蕨萁

《诗·国风·召南·草虫》：『陟彼南山，言采其蕨，未见君子，忧心惙惙。亦既见止，亦既觏止，我心则说。』

释名

《诗经》蕨《尔雅》蕨
《食经》蕨菜《本草纲目》蕨萁

来源

药用凤尾蕨科植物蕨[Pteridium aquitinum (L.)Kuhn Var. latiusculum (Desv)Underw.]的嫩叶。

性味

甘，寒。

功效主治

清热，滑肠，降气，化痰。治食膈、气膈，肠风热毒。

孟诜：『令人脚弱不能行，消阳事，缩玉茎，多食令人发落，鼻塞目暗。』

《食疗本草》：『冷气人食之多腹胀。』

《本草纲目·草部·蕨》：『时珍曰：蕨，处处山中有之。二三月生芽，拳曲状如小儿拳，长则展开如凤尾，高三四尺。其茎嫩时采取，以灰汤煮去涎滑，晒干作蔬，味甘清，亦可醋食。其根紫色，皮内有白粉，捣烂，再三洗澄，取粉作粔籹，荡皮作线食之，色淡紫而甚滑美也。』

《中药大辞典》：『本品之原种植物……牛、羊及马食之可中毒，猪食之无碍……牛大量食此草后，有小肠的伤害，溃疡、血尿及膀胱肿瘤，给大鼠喂食，也可致癌，特别是小肠部位。』

于云梦 绘

薇

· 巢菜

《诗·小雅·四月》：『山有蕨薇，隰有杞桋。君子作歌，维以告哀。』

《诗·国风·召南·草虫》：『陟彼南山，言采其薇。』

《诗·小雅·采薇》：『采薇采薇，薇亦作止。曰归曰归，岁亦莫止……采薇采薇，薇亦柔止。曰归曰归，心亦忧止。』

释名

《诗经》薇　《尔雅》薇、垂水

《本草纲目》大巢菜

《品汇精要》薇菜、巢菜、野豌豆

来源

药用豆科植物大巢菜（Vicia Sativa L.）的全草。

性味

甘、辛，寒。

功效主治

清热利湿，和血去瘀。治黄疸，浮肿，疟疾，鼻衄，心悸，梦遗，妇女月经不调。

《本草纲目·草部·薇》：『时珍曰：薇，生麦田中，原泽亦有。故《诗》云『山有蕨薇』，非水草也。即今野豌豆，蜀人谓之巢菜。蔓生，茎叶气味皆似豌豆。其藿作蔬，入羹皆宜。《诗》云：『采薇采薇，薇亦柔止。』……项氏云：巢菜有大小两种。大者即薇，乃野豌豆之不实者；小者即苏东坡所谓元修菜也。此说得之。』又《纲目》云：『陆放翁诗序云：蜀蔬有两巢。大巢即豌豆之不实者，小巢生稻田中，吴地亦多，一名漂摇草，一名野蚕豆』；『翘摇处处皆有，蜀人秋种春采，老时耕转壅田。蔓似莹豆而细叶，似放生槐芽及蒺藜，而色青黄。至三月，开小花紫白色，结角子似豌豆而小。』

于云梦 绘

荠

• 荠菜

《诗·国风·邶风·谷风》：『谁谓荼苦，其甘如荠。』

释名

《诗经》荠

《尔雅》菥蓂、大荠、蒫、荠实

《食性本草》菥蓂子

《千金要方·食治》荠菜子

来源

药用十字花科植物荠菜（Capsella bursa-pastori[L.] Medic.）的根、叶、花、子。

性味

甘，平。无毒。

功效主治

祛风，明目，止痢。治目痛，青盲，翳障；赤白痢疾，黄疸。

治黄疸：荠菜子一至二两，大青根或叶一至二两，水煎服。（《湖南药物志》）

《本草纲目·菜部·荠》：『时珍曰：荠与菥蓂一物也，分大小种耳，小者为荠，大者为菥蓂，菥蓂有毛。故其子功用相同。』

又『根叶烧灰，治赤白痢极效（甄权）』；『荠菜花，阴干，研末，枣汤日服二钱，治久痢。』

于云梦 绘

芹

· 水芹

《诗·鲁颂·泮水》：「思乐泮水，薄采其芹。」

《诗·小雅·采菽》：「觱沸槛泉，言采其芹。」

释名

《诗经》芹

《尔雅》芹、楚葵

《尔雅》郭璞注：芹菜

《神农本草经》水芹、水英

《千金翼方》水芹

来源

药用伞形科植物水芹（Oenanthe javaniea [Bl.] DC）的全草。

性味

甘、辛，凉。

功效主治

清热，利水。治暴热烦渴，黄疸，水肿，淋病，妇女带下，瘰疬，痄腮。

《本草纲目·菜部·水芹》：「时珍曰：……《尔雅》谓之『楚葵』。《吕氏春秋》『菜之美者，有云梦之芹。』云梦，楚地也。楚有蕲州、蕲县，俱音淇。罗愿《尔雅翼》云：地多产芹，故字从芹。』又「时珍曰：芹有水芹、旱芹。水芹气芬芳……《诗》云：『觱沸槛泉，言采其芹』」。

堇

《诗·大雅·绵》：『周原朊朊，堇荼如饴。』

·旱芹

旱芹

于云梦 绘

释名

《诗经》堇 《尔雅》苦堇

《尔雅》郭璞注：堇葵

《唐本草》堇，堇葵 《本草纲目》旱芹

来源

药用伞形科植物旱芹（Apium graveolens L. var dulee DC）的全草。

性味

甘，寒。

功效主治

除烦热，治寒热，鼠瘘，瘰疬，结核，痈肿，下瘀血。涂蛇蝎毒。

《本草纲目·菜部·堇》：『时珍曰：此旱芹也。其性滑利……一种黄花者，有毒，杀人，即毛芹也（毛茛）。又乌（头）苗亦名堇，有毒。』

藿

● 鹿藿

《诗·小雅·白驹》："皎皎白驹，食我场藿。絷之维之，以永今夕。"

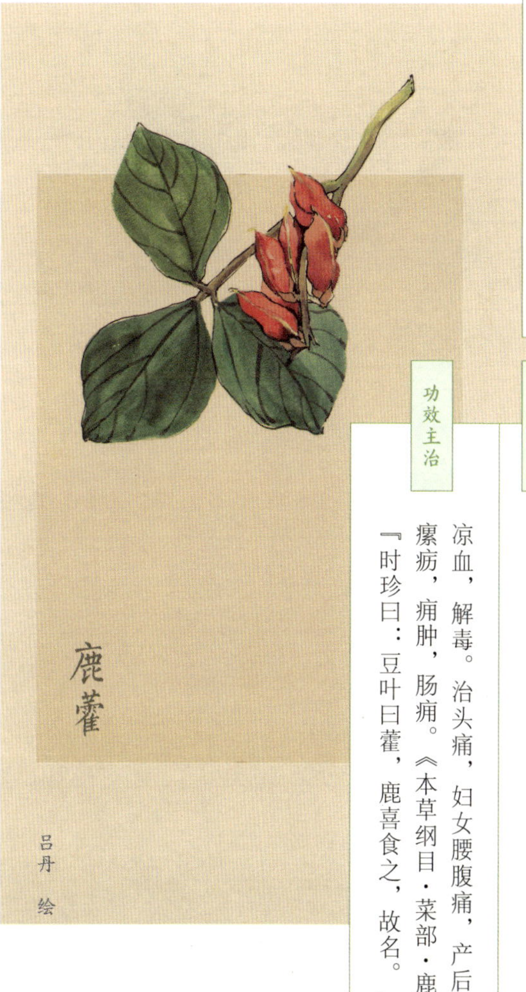

吕丹 绘

释名

《诗》藿《尔雅》蔨、鹿藿
《尔雅》郭璞注：鹿豆
《神农本草经》鹿藿
《本草纲目》登豆、野绿豆

来源

药用豆科植物鹿藿（Rhynchosia Volubilis L our）的茎叶。

性味

苦，平。无毒。

功效主治

凉血，解毒。治头痛，妇女腰腹痛，产后发热，瘰疬，痈肿，肠痈。《本草纲目·菜部·鹿藿》："时珍曰：豆叶曰藿，鹿喜食之，故名。"

于云梦 绘

苦（荼、芑）

· 苦苣

《诗·国风·唐风·采苓》：『采苦采苦，首阳之下。』

《诗·国风·邶风·谷风》：『谁谓荼苦，其甘如荠。』

《诗·周颂·良耜》：『其笠伊纠，其镈斯赵，以薅荼蓼。』

《诗·小雅·采芑》：『薄言采芑，于彼新田。』

释名

《诗经》苦、荼、芑
《尔雅》荼、苦菜
《诗经集传》芑、苦菜
《神农本草经》荼、苦菜
《嘉佑本草》苦苣、苦荬
《本草纲目》苦菜、苦荬

来源

药用菊科植物苦苣（Sonchus cleraceus L.）的全草和子。

功效主治

清热凉毒，解毒。治痢疾，黄疸，血淋，痔瘘，疔肿，蛇咬伤。

朱熹《诗经集传》：『苦，苦菜也。生山田及泽中，得霜甜脆而美』；『芑，苦菜也。青白色，摘其叶有白汁出。但可生食，亦可蒸可茹。即今苦荬菜。』

《本草纲目·菜部·苦菜》：『时珍曰：苦菜，即苦荬也。家栽者呼为苦苣，实一物也』；『（苏）恭曰：《诗》云『谁谓荼苦』，即苦菜异名也。』

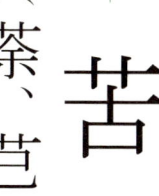

于云梦 绘

葵

冬葵

《诗·国风·豳风·七月》：『六月食郁及薁，七月亨葵及菽。』

释名

《诗经》葵 《说文》葵菜

《尔雅翼》露葵 《本经》冬葵

《本草纲目》滑菜

来源

药用锦葵科植物冬葵（Malva verticillata L.）的子、叶、根。

性味

冬葵子：甘，寒。无毒。

冬葵叶：甘，寒。

功效主治

冬葵子：利水，滑肠，下乳。治二便不通，淋病，水肿，产妇乳汁不行，乳房肿痛。

冬葵叶：清热，利水，滑肠。

冬葵根：亦有清热解毒、利窍通淋之效。

《本草纲目·草部·葵》：『时珍曰：葵菜，古人种为尝食，今之种者颇稀……为百菜之主，备四时之饥。本丰而耐寒，味甘而无毒。可防荒俭，可以菹腊。其枯枿可以榜族，其棍子又能疗疾，咸无遗弃，诚蔬茹之要品。』

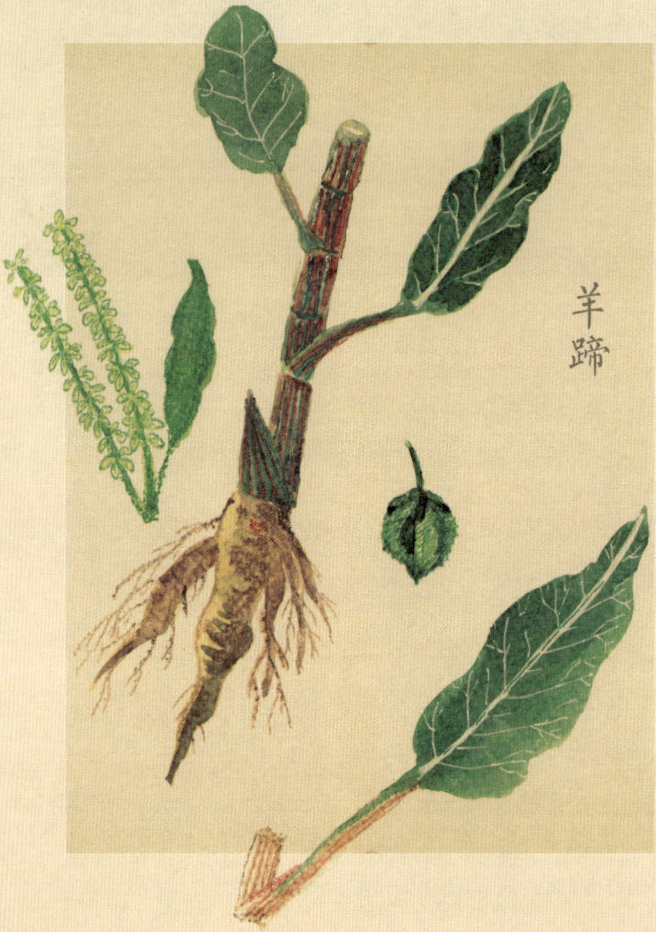

于云梦 绘

(zhú) 蓫

• 羊蹄

《诗·小雅·我行其野》：『我行其野，言采其蓫。昏姻之故，言就尔宿。』

释名

《诗经》蓫 《毛诗传》恶菜

陆玑《诗疏》牛蘈 《神农本草经》羊蹄

《庚辛玉册》羊蹄大黄 陶弘景：秃菜

《本草纲目》败毒菜、牛舌菜

来源

药用蓼科植物羊蹄（Rumex japonieus Houtt）的根、叶和子。

性味

羊蹄根：苦，寒。有小毒。

羊蹄叶：甘、苦，寒。无毒。

羊蹄子（又名金荞麦）：苦、涩，平。无毒。

功效主治

羊蹄根：清热，通便利水，止血，杀虫。治大便秘结，淋浊，黄疸，吐血，肠风，秃疮，疥癣，痈肿等。

羊蹄叶：治肠痔便脓血，小儿疳积，目赤，舌肿，疥癣。

羊蹄子：治赤白痢，妇人血气。

《本草纲目·草部·羊蹄》：『时珍曰：羊蹄以根名；牛舌以叶形名；秃菜以治秃疮名也。《诗·小雅》云『言采其蓫。』陆玑注云：蓫，即蓄字，今之羊蹄也。幽州人谓之『蓫』。根似长芦菔，而茎赤，亦可瀹为茹，滑美……金荞麦，以相似名。』

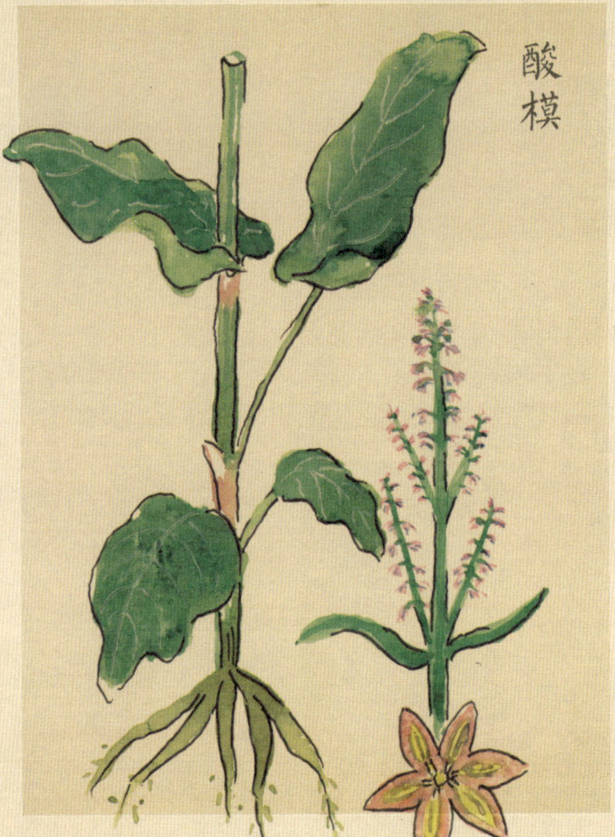

于云梦 绘

莫

• 酸模

《诗·国风·魏风·汾沮洳》：『彼汾沮洳，言采其莫。』

释名

《诗经》莫《尔雅》须、蕵芜
《本草经集注》酸模
《本草纲目》酸母、山羊蹄、山大黄
《中国土农药志》莫菜

来源

药用蓼科植物酸模（Rumex acetosa L.）的根。

性味

酸，寒。

功效主治

清热，利尿，凉血，杀虫。治热痢，淋病，小便不通，吐血，恶疮，疮癣。

《尔雅》郭璞注：『蕵芜似羊蹄叶细，味酢，可食。』

《本草纲目·草部·酸模》：『时珍曰：『蕵芜』，乃酸模之音转……（陈）藏器曰：即是山大黄，一名当药。其叶酸美，人亦采食其英。』

吕丹 绘

莱

· 藜

《诗·小雅·南山有台》：『南山有台，北山有莱，乐只君子，邦家之基。乐只君子，万寿无期！』

释名

《诗经》莱
《尔雅》厘、蔓华
《尔雅》郭璞注：蒙华
《本草拾遗》藜
《庚辛玉册》红心灰藋

来源

药用藜科植物藜（Chenopodium album L.）的幼嫩全草。

性味

甘，平。微毒。

功效主治

清热，利湿，杀虫。治痢疾，腹泻，湿疮痒疹，虫咬伤。

《本草纲目·菜部·藜》：『时珍曰：藜，处处有之，即灰藋之红心者……嫩时亦可食，故昔人谓藜藿与膏粱不同。老则茎可为杖。《诗》云：「南山有台，北山有莱」。陆玑注云：莱即藜也。』

于云梦 绘

葑

· 芜菁

《诗·唐风·采苓》：「采葑采葑，首阳之东。」

《诗·国风·邶风·谷风》：「采葑采菲，无以下体？」

释名

《诗经》葑
《尔雅》葑苁
《礼记·坊记》郑玄注：蔓菁
《别录》芜菁
《食疗本草》九英菘
《本草拾遗》九英蔓菁 别称诸葛菜、大头菜等。

来源

药用为十字花科植物芜菁（Brassica rapa L.）的块根及叶。

性味

苦、辛、甘，平。无毒。

功效主治

开胃下气，利湿解毒。治食积不化，黄疸，消渴，热毒风肿，疔疮，乳痈。

《千金要方·食治》云：「不可多食，令人气胀。」

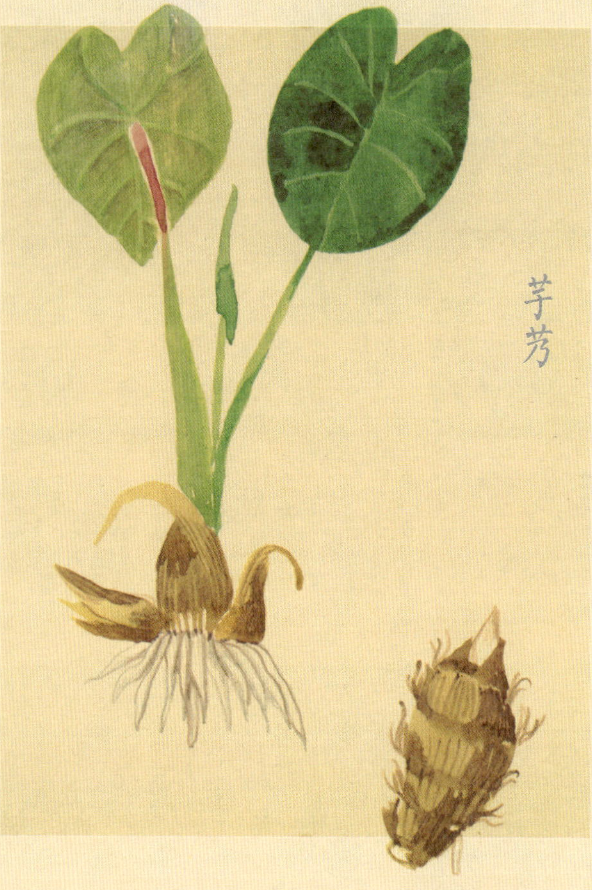

于云梦 绘

芋

・芋艿

《诗・小雅・斯干》：「风雨攸除，鸟鼠攸去，君子攸芋。」

释名

《诗经》芋

《史记》蹲鸱

《别录》芋、土芝

《本草衍义》芋头

《中国医学大辞典》芋艿

来源

药用天南星科植物芋（Colocasia esculenta [L.] Schott）的叶和块茎。

性味

芋叶：辛，凉。

芋头：甘、辛，平。

功效主治

芋叶：止泻、敛汗，消肿毒。茎叶汁涂蜘蛛伤。

芋头：消疬散结。治瘰疬、肿毒，腹中癖块。

芋梗：治泻痢，肿毒。外擦蜂蜇处。

于云梦 绘

荇菜

· 莕菜

《诗经·国风·周南·关雎》：『参差荇菜，左右流之。窈窕淑女，寤寐求之……参差荇菜，左右采之。窈窕淑女，琴瑟友之。参差荇菜，左右芼之。窈窕淑女，钟鼓乐之。』

释名

《诗经》荇菜 《尔雅》莕、接余

《唐本草》莕菜、凫葵

《本草纲目》金莲子、莕公须

《救荒本草》莕絲菜、藕蔬菜

来源

药用龙胆科植物莕菜(Nymphoides peltatum [GmeL] o. Ktze.)的全草。

性味

甘，寒。

功效主治

清热利尿，消肿，解毒。治热淋，痈肿，火丹。

《本草纲目·草部·莕菜》：『时珍曰：按《尔雅》云：莕，接余也。其叶苻。则『凫葵』当作‘苻葵’，古文通用耳；或云凫喜食之，故称凫葵，亦通。其性滑如葵，其叶颇似莕，故曰葵曰莕。《诗经》作『荇』，俗呼荇丝菜……』

又『时珍曰：莕与莼，一类两种也，并根连水底，叶浮水上。其叶似马蹄而圆者莼也，叶似莼而微尖长者莕也。』

于云梦 绘

茆 (mǎo)

·莼菜

《诗·鲁颂·泮水》：『思乐泮水，薄采其茆。』

释名

《诗经》茆

《毛诗传》凫葵

《诗疏》水葵、莼菜

《别录》莼《唐本草》丝莼

来源

药用睡莲科植物莼菜（Brasenia schreberi J.F.Gmel.）茎叶。

性味

甘，寒，无毒。

功效主治

清热，利水，消肿，解毒。治热痢，黄疸，痈肿，疮疔。

孔颖达疏：『茆……江南人谓之莼菜。』

《本草纲目·草部·蓴》：『时珍曰：蓴字本作莼，从纯。纯乃丝名，其茎似之故也。《齐民要术》云：莼性纯而易生，种以浅深为候，水深则茎肥而叶少；水浅则茎瘦而叶多，其性逐水而滑……《诗》云「薄采其茆」即莼也。』《本草汇言》：『莼菜，凉胃疗疸，散热痹之药也。此草性冷而滑，和姜醋作羹食，大清胃火，消酒积，止暑热成痢。但不宜多食久食，恐发冷气，困脾胃，亦能损人。』

于云梦绘

甘瓠（瓠）

· 瓠瓜

《诗·小雅·南有嘉鱼》：『南有樛木，甘瓠累之。君子有酒，嘉宾式燕绥之。』

《诗·小雅·瓠叶》：『幡幡瓠叶，采之亨之。君子有酒，酌言尝之。』

释名

《诗经》甘瓠、瓠

《唐本草》瓠子

《千金要方》甜瓠

来源

药用葫芦科植物瓠子（Lagenaria siceraria (Molina) Stamdl. Var.clavata）的果实。

性味

甘，寒。无毒。

功效主治

利水，清热，止渴，除烦。治水肿腹胀，烦热口渴，疮毒。

《千金要方·食治》：『扁鹊云：患脚气虚胀者，不得食之。』

于云梦 绘

匏（壶）

· 葫芦

《诗·国风·邶风·匏有苦叶》：「匏有苦叶，济有深涉。深泽厉，浅则揭。」

《诗·国风·豳风·七月》：「七月食瓜，八月断壶，九月叔苴。」

释名

《诗经》匏、壶
《论语》匏瓜
《滇南本草》匏瓠
《日华子本草》壶卢
《本草求原》葫芦瓜
《饮片新参》葫芦

来源

药用葫芦科植物葫芦（Lagenaria siceraria[Molina.] stanall. Var. depressa Ser）果实。

性味

甘，寒。无毒。

功效主治

利水，通淋。治水肿，腹胀，黄疸，淋病。

《本草纲目·菜部·壶卢》：「时珍曰：……古人壶、瓠、匏三名皆可通称，初无分别。而后世以长如越瓜，首尾如一者为瓠；瓠之一头有腹，长柄者为悬瓠，无柄而圆大形扁者为匏。匏之有短柄大腹者为壶；壶之细腰者为蒲芦，各分各色，迥异于古。以今参详，其形状虽各不同，而苗叶皮子性味则一。」

谷部

卷肆

目录

谷部

稷 169
黍（秬、秠、穈、芑） 171
粟（粱） 173
麦（来牟） 175
稻（稌） 177
荏菽 179
菽 181
麻（苴） 183
莠 184
稂 185

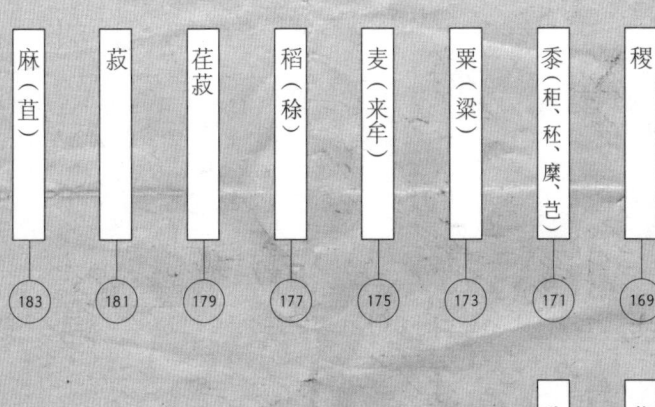

稷

·稷米

《诗·国风·王风·黍离》：『彼黍离离，彼稷之苗。行迈靡靡，中心摇摇……彼黍离离，彼稷之穗。行迈靡靡，中心如醉……彼黍离离，彼稷之实，行迈靡靡，中心如噎。』

《诗·小雅·出车》：『昔我往矣，黍稷方华。今我来思，雨雪载涂。』

释名

《诗经》稷 《别录》稷米

《补缺肘后方》粢米、穄米 《饮膳正要》糜子米

来源

来源稷米，为禾本科植物黍（Panioum miliaceum L.）的种子之不黏者。

性味

甘，平。

功效主治

和中益气，凉血解暑。

《本草纲目·谷部·稷》：『时珍曰：稷与黍，一类两种也，黏者为黍，不黏者为稷。』

吕丹绘

黍（秬、秠、穈、芑）

·黍米

《诗·国风·王风·黍离》：「彼黍离离，彼稷之苗。行迈靡靡，中心摇摇。」

《诗·小雅·黍苗》：「芃芃黍苗，阴雨膏之。悠悠南行，召伯劳之。」

《诗·大雅·生民》：「诞降嘉种，维秬维秠，维穈维芑。」

释名

《诗经》黍

《别录》黍米

来源

药用黍米，为禾本科植物黍（Panicum miliaceum L.）的种子。

性味

甘，平。

功效主治

益气补中。治泻痢，烦渴，吐逆，咳嗽，胃痛，小儿鹅口疮，烫伤。

《尔雅》**虋**，赤苗；芑，白苗；秬，黑黍；秠，一稃二米。

《本草纲目·谷部·黍》：「时珍云：《诗》中『诞降嘉种，维秬维秠，维穈维芑。』『穈』即『**虋**』音转也。」

吕丹 绘

粟（粱）

• 粟米

《诗·小雅·黄鸟》：『黄鸟黄鸟，无集于榖，无啄我粟。』

《诗·国风·唐风·鸨羽》：『王事靡盬，不能蓺稻粱，父母何尝？』

《诗·小雅·甫田》：『黍稷稻粱，农夫之庆。』

释名

《诗经》粟、粱 《别录》粟米 陶弘景：白粱粟、粢米

《齐民要术》粟谷

《本草纲目》粱：黄粱米，白粱米；粟：籼粟，粟米

来源

药用粟米，为禾本科植物粟（Setaria italica[L.]Beauv.）的种仁。

性味

甘，凉。陈粟米苦，寒。

功效主治

和中，益肾，除热，解毒。治脾胃虚热，反胃呕吐，消渴，泄泻。陈粟米，止痢，解烦闷。

《本草纲目·谷部·粱》：『时珍曰：……粱即粟也。考之《周礼》九谷，六谷之名，有粱无粟，可知矣。』《本草纲目·谷部·粟》：『时珍曰：古者以粟为黍、稷、粱、秫之总称。而今之粟，在古但呼为粱，后人乃专以粱之细者名粟，故唐孟诜《本草》言人不识粟，而近世皆不识粱也。大抵黏者为秫，不黏者为粟，故呼此为籼粟，以别秫而配籼，北人谓之小米也』；『按贾思勰《齐民要术》云，粟之成熟有早晚，苗秆有高下，收实有息耗，质性有强弱，米味有美恶，山泽有异宜……大抵早粟皮薄米实，晚粟皮厚米少。』

于云梦 绘

麦（来牟）

- 牟麦
- 浮小麦

《诗·国风·鄘风·载驰》：『我行其野，芃芃其麦。』

《诗·国风·王风·丘中有麻》：『丘中有麦，彼留子国。彼留子国，将其来食。』

《诗·国风·鄘风·桑中》：『爰采麦矣？沬之北矣。云谁之思？美孟姜矣。』

《诗·周颂·思文》：『贻我来牟，帝命率育。』

释名

《诗经》麦、来牟

《广雅》麳、麰

《本草纲目》牟麦《本草经集住》大麦、小麦

来源

药用禾本科植物小麦（Triticum Gestirum L.）和大麦（Hordeum ulgare L.）

性味

小麦：甘，凉。

大麦：甘、咸，凉。

麦芽：甘，微温。

浮小麦：甘、咸，凉。

功效主治

小麦：养心益肾，除热止渴。治脏躁烦热，消渴，泄痢，痈肿等。

大麦：和胃，宽肠，行水。治食滞泄泻，小便淋痛，水肿，烫火伤。

麦芽：消食，和中，下气。治食积不消，脘腹胀满，食欲不振，呕吐泄泻，妇女乳胀不消。

浮小麦：益气除热，止自汗、盗汗，治骨蒸虚热。

粳米
于云梦 绘

稻（稌）

·粳米

《诗·国风·豳风·七月》：「八月剥枣，十月获稻。」

《诗·周颂·丰年》：「丰年多黍多稌，亦有高廪。」

释名

《诗经》稻、稌

《尔雅》稌，稻

《礼记》嘉蔬

《别录》粳米

来源

粳米，为禾本科植物稻（粳稻）（Oryza sativa L.）的种仁。

性味

甘，平。

功效主治

补中益气，健脾和胃，除烦渴，止泻痢。

宁原《食鉴本草》「补脾，益五脏，壮气力，止泄痢，惟粳米之功第一耳。」

《本草纲目·谷部·稻》：「时珍曰：稻、稌者，秔、糯之通称。《物理论》所谓稻者，溉种之总称是矣。《本草》则专指糯以为稻也」；「（掌）禹锡曰：《尔雅》云：稌，稻。郭璞注云：别二名也。今沛国呼『稌』。《周颂》云：『丰年多黍多稌』；《礼记》云：『牛宜稌』；《豳风》云：『十月获稻』，皆是一物也。」

于云梦 绘

荏菽

· 玉蜀黍

《诗·大雅·生民》：『蓺之荏菽，荏菽旆旆。』

释名

《诗经》荏菽

《本草纲目》玉蜀黍、玉高粱

来源

药用禾本科植物玉蜀黍（Zea maysL.）的根、叶、花柱等。

性味

玉蜀黍：甘，平。

玉米轴：甘，平。

玉米须：甘，平。

功效主治

玉蜀黍：调中开胃。

玉蜀黍根：利尿，祛瘀。治石淋、吐血。

玉蜀黍叶：治淋沥砂石、疼痛。

玉米轴：健脾利湿。治小便不利，水肿，脚气，泄泻。

玉米须：利尿泄热，平肝，利胆。治肾炎水肿，脚气，黄疸，胆结石，糖尿病等。

吕丹 绘

菽

•豆 •黑大豆

《诗·小雅·小明》：『岁聿云莫，采萧获菽。』

《诗·小雅·小宛》：『中原有菽，庶民采之。』

《诗·小雅·采菽》：『采菽采菽，筐之筥之。』

释名

《诗经》菽 《管子》大菽

《神农本草经》大豆

《肘后方》乌豆 《日华子本草》黑豆

《本草图经》黑大豆

来源

药用黑大豆，为豆科植物大豆（Glycine max[L.] Merr.）的黑色种子。

性味

甘，平。

功效主治

活血，利水，祛风，解毒。治水肿胀满，风毒脚气，黄疸浮肿，风痹筋挛，产后风痉，口噤，痈肿疮毒，解药毒。

《本草汇言》孙真人曰：『少食醒脾，多食损脾也。』

《本草纲目·谷部·大豆》：『时珍曰：大豆有黑、白、黄、青斑数色，黑者名乌豆，可入药及充食』；『古方称大豆解百药毒。予每试之，大不然，又加甘草，其验乃奇。如此之事，不可不知。』

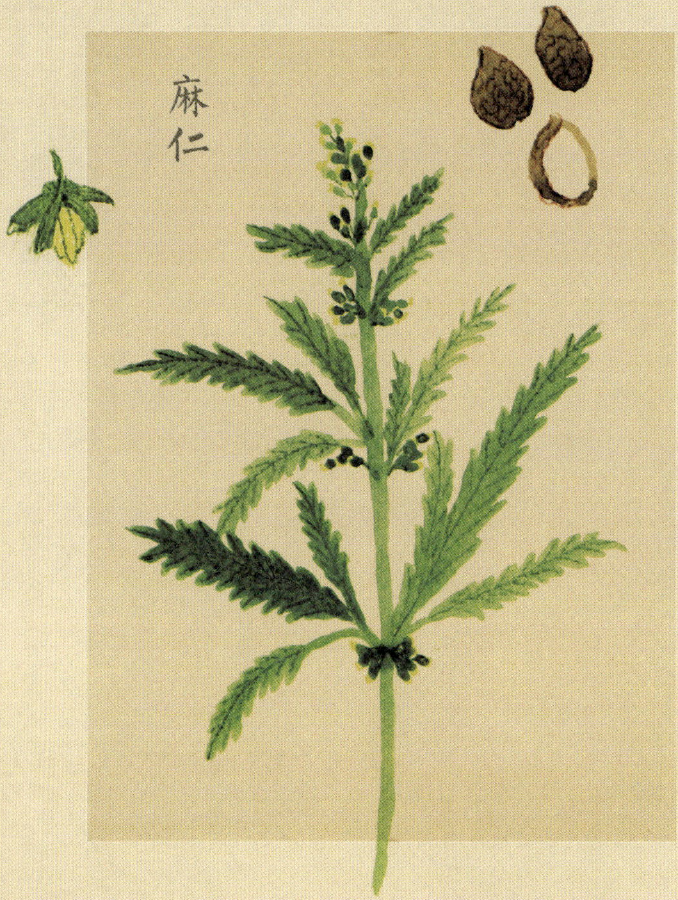

于云梦 绘

麻（苴）

·火麻仁

《诗·国风·王风·丘中有麻》：『丘中有麻，彼留子嗟。』

《诗·大雅·生民》：『麻麦幪幪，瓜瓞唪唪。』

《诗·国风·齐风·南山》：『艺麻如之何？衡从其亩。取妻如之何？必告父母。』

《诗·国风·豳风·七月》：『九月叔苴，采荼薪樗，食我农夫』

释名

《诗经》麻、苴

《神农本草经》麻子

《伤寒论》麻子仁

《药性论》大麻仁

《日用本草》火麻、火麻仁

来源

药用桑科植物大麻（Cannabis sativa L.）的种仁。

性味

甘，平。

功效主治

润燥滑肠，通淋、活血。治肠燥便秘，消渴，热淋，风痹、痢疾，月经不调等。

过量食用可致中毒。

莠

《诗·国风·齐风·甫田》：『无田甫田，维莠骄骄。』

· 狗尾草
· 莠草

释名

《诗经》莠《本草纲目》狗尾草、光明草《植物名汇》谷莠子

来源

药用禾本科植物狗尾草（Sctaria viridis[L.]Be a uv.）的全草。

性味

平，淡。无毒。

功效主治

除热，祛湿，消肿。治赤眼，痈肿，疮癣。《本草纲目·草部·莠草》：『时珍曰：莠草，秀而不实，故字从秀。穗形象狗尾，故俗名狗尾。其茎治目痛，故方士称为光明草。』『原野、垣墙多生之，苗叶似粟而小，其穗亦似粟，黄白色而无实。采茎筒盛，以治目痧。恶莠之乱苗，即此也。』

稂

·狼尾草

《诗·国风·曹风·下泉》：『冽彼下泉，浸彼苞稂。忾我寤叹，念彼周京。』

释名

《诗经》稂 《尔雅》稂，童粱 《诗疏》宿田翁 《本草拾遗》狼尾草

来源

药用狼尾草，为禾本科植物狼尾草（Pernisetum alopecmroides [L.] spr.）的全草和种子。

性味

狼尾草子：甘，平。无毒。

功效主治

狼尾草：明目散血。治眼目赤痛。
狼尾草子：作饭食可充饥。

果部

卷伍

目录

果部

枣 187
棘 189
栗 191
榛 193
桃 195
苌楚 197
梅 199
檖 200
李 201
郁 203
木桃 205
木李 207
木瓜 209
薁 211
葛藟 213

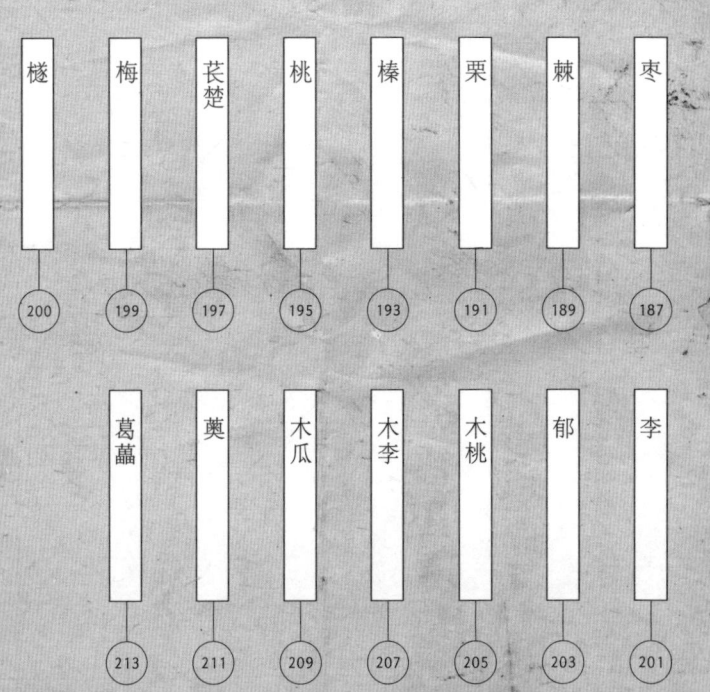

枣

· 大枣

《诗·国风·豳风·七月》：『八月剥枣，十月获稻。为此春酒，以介眉寿。』

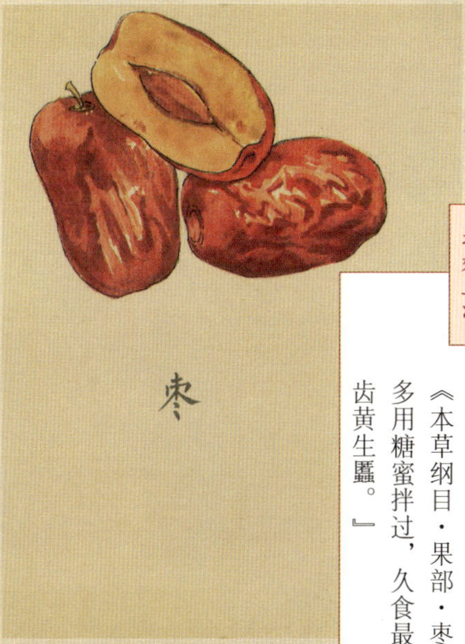

吕丹 绘

释名

《诗经》枣 《神农本草经》大枣

《别录》干枣、美枣、良枣

来源

药用鼠李科植物枣（Ziziphus jujuba Mill.var. inermis[Bδe.]Rehd.）的成熟果实。

性味

辛，温。

功效主治

补脾和胃，益气生津，调营血，解药毒。治脾胃虚弱，食少便溏，气血津液不足，营血不和，心悸怔忡，妇女脏躁。

《本草纲目·果部·枣》：『时珍曰：今人蒸枣，多用糖蜜拌过，久食最损脾助湿热也。啖枣多令人齿黄生䘌。』

于云梦 绘

棘

· 酸枣

《诗·国风·邶风·凯风》：「凯风自南，吹彼棘心。棘心夭夭，母氏劬劳」

《诗·国风·秦风·黄鸟》：「交交黄鸟，止于棘。」

释名

《诗经》棘

《尔雅》樲、酸枣

《神农本草经》酸枣

《雷公炮炙论》酸枣仁

来源

药用酸枣仁，为鼠李科植物酸枣（Ziziphus jujuba Mill.）的种子。

性味

甘，平。无毒。

功效主治

养肝，宁心，安神，敛汗。治虚烦不得眠，惊悸怔忡，烦渴，虚汗。

《本草图经》：『酸枣仁，《本经》主心烦不得眠，今医家两用之，睡多生使，不得睡炒熟，生熟便尔顿异。而胡洽治振悸不得眠，有酸枣仁汤……深师主虚不得眠，烦而不宁，有酸枣仁汤……二汤酸枣并生用，疗不得眠，岂便以煮汤为熟乎？』

《本草纲目》：『酸枣仁，甘而润，故熟用疗胆虚不得眠，烦渴虚汗之疗，生用疗胆热好眠。皆足厥阴、少阳药也，今人专以为心家药，殊昧此理。』

吕丹 绘

栗

·板栗

《诗·国风·唐风·山有枢》：『山有漆，隰有栗。子有酒食，何不日鼓瑟？且以喜乐，且以永日。』

释名

《诗经》栗《唐本草》板栗
《千金要方》栗子

来源

药用栗为壳斗科植物栗（Castanea mollissima Bl.）的种仁。

性味

甘，温。无毒。

功效主治

养胃健脾，补肾强筋，活血止血。治反胃泄泻，腰脚软弱，吐衄、便血、金疮、折伤肿痛，瘰疬。

《千金要方·食治》：『栗子……益气，厚肠胃，补肾气。令人耐饥。生食之，甚治腰脚不遂。』

《本草纲目·果部·栗》：『时珍曰：……有人内寒，暴泄如注，令食煨栗二三十枚顿愈。肾主大便，栗能通肾，于此可验。《经验方》治肾虚腰脚无力，以袋盛生栗悬干，每旦吃十余颗，次吃猪肾粥助之，久必强健。盖风干之栗，胜于日曝，而火煨油炒，胜于煮蒸，仍须细嚼，连液吞咽，则有益，若顿食至饱，反至伤脾也。』

《玉楸药解》：『栗子，补中助气，充虚益馁，培土实脾，诸物莫逮。但多食则气滞难消，少啖则气达易克耳。』

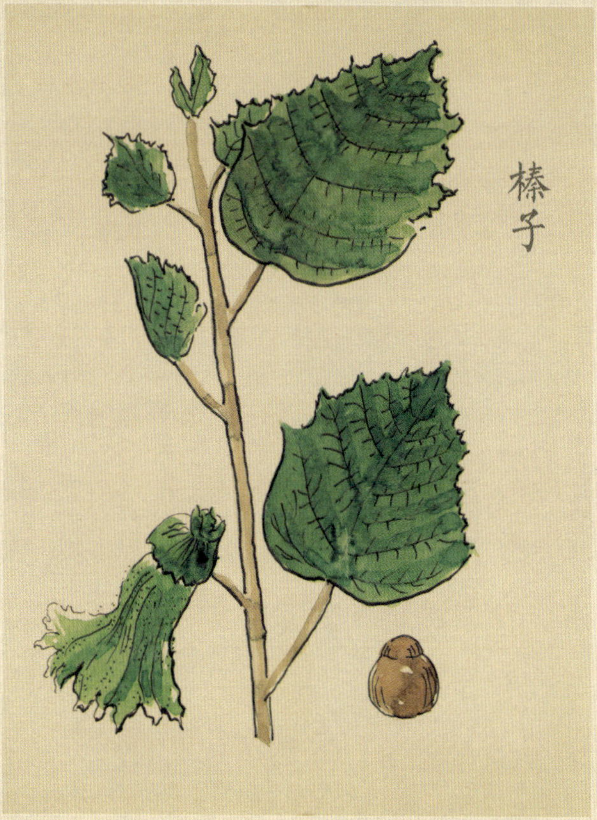

于云梦 绘

榛

· 榛子

《诗·国风·鄘风·定之方中》：『定之方中，作于楚宫。揆之以日，作于楚室。树之榛栗，椅桐梓漆，爰伐琴瑟。』

《诗·国风·邶风·简兮》：『山有榛，隰有苓。云谁之思？西方美人。彼美人兮，西方之人兮！』

《诗·国风·曹风·鸤鸠》：『鸤鸠在桑，其子在榛。』

《诗·小雅·青蝇》：『营营青蝇，止于榛。谗人罔极，构我二人。』

释名

《诗经》榛

《日华子本草》榛子

来源

药用榛子，为桦木科植物榛（Corylus heterophylla Fisch.ex Bess）的种仁。

性味

甘，平。无毒。

功效主治

调中，开胃，明目。

《本草纲目·木部·榛》：『陆玑《诗疏》云：榛有两种，一种大小枝叶皮树皆如栗而子小，形如橡子，味赤如栗，枝茎可以为烛，《诗》所谓‘树之榛栗’者也。』

桃

于云梦　绘

释名

《诗经》桃　《尔雅》山桃、榹桃　《神农本草经》桃核仁　《本草经集注》桃仁

来源

药用蔷薇科植物桃（Prunus persica[L.]Batson）或山桃（Prunus davidiana[Carr.]Franch.）的种仁、花、叶、根及树脂等。

桃

·桃树

《诗·国风·魏风·园有桃》：『园有桃，其实之肴。心之忧矣，我歌且谣。不知我者，谓我『士也骄』。』

《诗·周南·桃夭》：『桃之夭夭，灼灼其华。之子于归，宜其室家。桃之夭夭，有蕡其实。之子于归，宜其家室。桃之夭夭，其叶蓁蓁。之子于归，宜其家人。』

《诗·大雅·抑》：『投我以桃，报之以李。』

性味

桃仁：甘、苦，平。

桃花：苦，平。

功效主治

桃仁：破血行瘀，润燥滑肠。治经闭，癥瘕，热病蓄血，风痹，疟疾，跌打损伤，瘀血肿痛，血燥便秘。

《本草纲目·果部·桃》：『惟山中毛桃，即《尔雅》所谓榹桃者，小而多毛，核黏味恶，其仁充满多脂，可入药用，盖外不足者，内有余也。』

桃花：利水、活血、通便。

《本草纲目·果部·桃》：『桃花性走泄下降，利大肠甚快。用以治气实人病水饮肿满，积滞、大小便闭塞者，则有动无害，若久服即耗人阴血，损元气。』

桃叶：祛风湿，清热，杀虫。

桃根：治黄疸，行血。

桃胶：治石淋、血淋。

桃枭：治虚汗。

《经验方》盗汗不止：树上干桃子一个，霜梅二个，葱根七个，灯心二茎，陈皮一钱，稻根、大麦芽各一撮，水二钟煎服。

吕丹 绘

苌楚

·杨桃

《诗·国风·桧风·隰有苌楚》：『隰有苌楚，猗傩其枝。夭之沃沃，乐子之无知。隰有苌楚，猗傩其华。夭之沃沃，乐子之无家。隰有苌楚，猗傩其实。夭之沃沃，乐子之无室。』

释名

《诗经》苌楚 《尔雅》长楚，铫芅

《诗经集传》苌楚、铫弋，羊桃

《南方草木状》五敛子

《桂海虞衡志》羊桃 《本草纲目》阳桃

来源

药用酢浆草科植物阳桃（Averrhoa carambola L.）的果实、花、叶、根。

性味

甘、酸，寒。

功效主治

杨桃：清热生津，利水，解毒。治风热咳嗽，烦渴，口糜，牙痛，石淋。

杨桃叶：利小便，散热毒。治小便不利，血热瘙痒。

杨桃花：治寒热往来，解鸦片毒。

杨桃根：治头痛、关节痛。

于云梦 绘

梅

·乌梅
·白梅

《诗经·国风·召南·摽有梅》：『摽有梅，其实七兮。求我庶士，迨其吉兮。』

《诗经·小雅·四月》：『山有嘉卉，侯栗侯梅。』

释名

《诗经》梅　《尚书》盐梅

《神农本草经》梅实

《本草经集注》白梅、乌梅

《本草纲目》霜梅

来源

药用蔷薇科植物梅（Prunus mume[Sieb.]et Zucc.）的干燥未成熟果实。

性味

乌梅：酸，平。无毒。

白梅：酸、咸，平。

功效主治

乌梅：收敛生津，安蛔驱虫。治久咳，虚热烦渴，久疟久泻，久痢便血，蛔厥呕吐，妇女血崩等。

白梅：治喉痹，泄痢烦渴，梅核气。外治点痣蚀恶肉。

《齐民要术》：『做白梅法，梅子核初成时摘取，夜以盐汁渍之，昼则日曝，凡做十宿十浸十曝便成。』

《本草品汇精要》：『五月采将熟大于杏者，以百草霜熏至黑色为乌梅，以盐渍曝干者为白梅也。』

樕

• 鹿梨

《诗·国风·秦风·晨风》：「山有苞棣，隰有树樕。未见君子，忧心如醉。如何如何？忘我实多！」

释名

《诗经》樕《毛诗传》赤罗
《尔雅》罗
《诗疏》山梨、杨樕、鼠梨、赤罗
《本草图经》鹿梨《本草纲目》树梨

来源

药用鹿梨，为蔷薇科植物豆梨（Pyrus calleryana Decne）的果实。花、叶亦作药用。

性味

酸、涩，寒。无毒。

功效主治

鹿梨煨食治痢。花、叶捣汁，治藜芦中毒、闹羊花中毒。

李

• 李子

《诗·小雅·南山有台》：『南山有杞，北山有李。乐只君子，民之父母。乐只君子，德音不已！』

《诗·国风·王风·丘中有麻》：『丘中有李，彼留之子。彼留之子，贻我佩玖。』

吕丹 绘

释名

《诗经》李《别录》李实《滇南本草》李子

来源

药用蔷薇科植物李(Prunus salicina Lindl)的果实、根皮等。

性味

李子：甘、酸，平。

李根皮：苦、咸，寒。

功效主治

李子：清肝涤热，生津利水。治虚劳骨蒸，消渴，腹水。

李根皮：清热下气。治消渴心烦，奔豚气逆，妇女带下，齿痛。

于云梦 绘

郁

●郁李

《诗·国风·豳风·七月》：『六月食郁及薁，七月亨葵及菽。』

释名

《诗经》郁
《尔雅》英梅
《说文》白棣
《神农本草经》郁李、郁李仁

来源

药用郁李仁，为蔷薇科植物郁李（Prunus japonica Thunb.）的种子。

性味

辛、苦、甘，平。

功效主治

润燥滑肠，下气利水。治大肠气滞，燥涩不通，小水不利，大腹水肿，小肢浮肿，脚气肿满。

姚和众《至宝方》治卒心痛：郁李仁三七枚，嚼烂，以新汲水下之，饮温汤尤妙。须臾痛止，却煎薄荷、盐汤热呷之。《本草经疏》：『郁李仁，性专降下，善导大肠燥结，利周身水气，然而下后多令人津液亏损，燥结愈甚，乃治标救急之药。』

吕丹 绘

木桃

● 毛叶木瓜
● 狭叶木瓜

《诗·国风·卫风·木瓜》：『投我以木桃，报之以琼瑶。匪报也，永以为好也。』

释名

《诗经》木桃
《本草经集注》樝子
《雷公炮炙论》和圆子
《中药志》西南木瓜

来源

药用蔷薇科植物木桃（Chaenomeles lagenaria [Loisel.] Koidz.var.cathayensis[Hemsl.]Rehd.）的果实。

性味

酸、涩，平。

功效主治

治吐泻转筋，恶心泛酸，痢疾。

《本草纲目·果部·樝子》：『时珍曰：樝子乃木瓜之酢涩者，小于木瓜，色微黄，蒂核皆粗，核中之子小圆也。王祯《农书》云：樝似小梨，西川唐邓间多种之，味劣于梨。与木瓜同入蜜煮汤，则香美过之。《庄子》云：樝梨橘柚，皆可于口。《淮南子》云：树樝梨橘，食之则美，嗅之则香。皆指此也。』

吕丹 绘

木李

· 榠樝

《诗·国风·卫风·木瓜》：『投我以木李，报之以琼玖。匪报也，永以为好也！』

释名

《诗经》木李
《埤雅》木梨
《本草经集注》榠樝

来源

药用榠樝，为蔷薇科植物光皮木瓜 [Chaenomeles sinensis (Thouin) Koehne] 的果实。

性味

酸，平。无毒。

功效主治

解酒去痰，祛风湿。治恶心，泛酸，吐泻转筋，痢疾，风湿筋骨酸痛。

《本草经集注》：『榠樝，大而黄，可进酒去痰。』

《本草纲目·果部·榠樝》：『榠樝乃木瓜之大而黄色、无重蒂者也；樝子乃木瓜之短小者而味酢涩者也；榅桲则樝类之生于北土者也。三物与木瓜皆是一类各种，故其形状功用不甚相远，但木瓜得木之正气为可贵耳。』

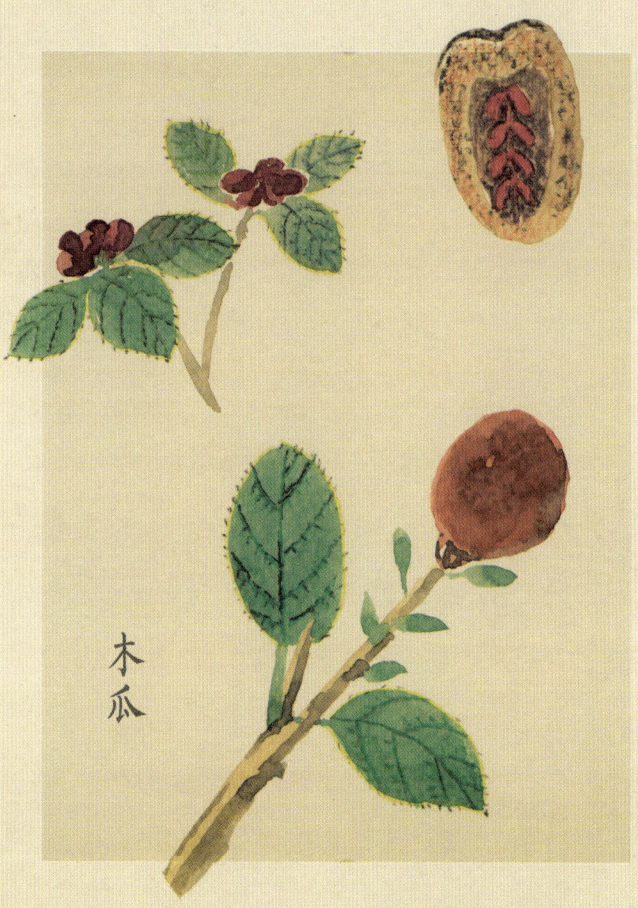

于云梦 绘

木瓜

• 木瓜

《诗经·国风·卫风·木瓜》：『投我以木瓜，报之以琼琚。匪报也，永以为好也！』

释名

《诗经》木瓜

《尔雅》楙，木瓜

《别录》木瓜实

《雷公炮炙论》木瓜

来源

中药木瓜，为蔷薇科植物贴梗海棠（Chaenomeles lagenaria[Loisel.]Koidz）的果实、根、枝、种子亦可供药用。

性味

酸，温。

功效主治

平肝和胃，祛湿舒筋。治吐泻转筋、湿痹，脚气水肿，痢疾。

《雷公炮炙论》：『调营卫，助谷气。』

《本草纲目·果部·木瓜》：『时珍曰：……木瓜性脆，可蜜渍之为果；去子，蒸烂捣泥，入蜜与姜，作煎。冬月饮尤佳。』

吕丹 绘

薁

· 野葡萄

《诗·国风·豳风·七月》：『六月食郁及薁，七月亨葵及菽。』

释名

《诗经》薁

《唐本草》蘡薁、山葡萄

《百一选方》野葡萄藤

来源

药用葡萄科植物蘡薁（Vitis thunberyii Sieb. Et Zucc.）的果实、茎叶。

性味

蘡薁果：甘、酸，平。无毒。

蘡薁藤：甘，平。

功效主治

蘡薁果：止渴，悦色，益气。

蘡薁藤：治哕逆，止渴，利小便。

蘡薁根：治下焦热痛淋闷，消肿毒。

《唐本草》：『蘡薁，山葡萄，并堪为酒。』

《本草纲目·果部·蘡薁》：『时珍曰：蘡薁，野生林墅间，亦可插植，蔓叶花实与葡萄无异，其实小而圆，色不甚紫也。《诗》云：『六月食薁』，即此。其茎吹之气出有汁如通草也。』

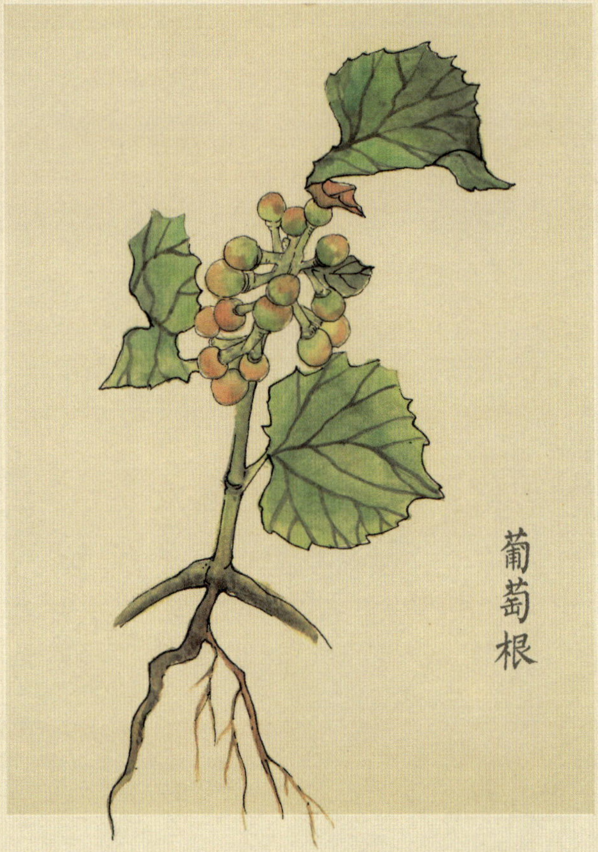

吕丹 绘

葛藟

- 葡萄叶
- 葡萄根

《诗·国风·王风·葛藟》：『绵绵葛藟，在河之浒，终远兄弟……绵绵葛藟，在河之涘……绵绵葛藟，在河之漘，终远兄弟，谓他人昆，谓他人昆，亦莫我闻。』

《诗·周南·樛木》：『南有樛木，葛藟累之，乐只君子，福履绥之。南有樛木，葛藟荒之，乐只君子，福履将之。南有樛木，葛藟萦之，乐只君子，福履成之。』

《诗·大雅·旱麓》：『莫莫葛藟，施于条枚。』

释名

《诗经》葛藟
《诗疏》巨荒、葛藟
《别录》蘽根
《本草拾遗》葛藟汁

来源

药用葡萄科植物葛藟（Vitis flexuosa Thumb.）的藤汁和根。

性味

葛藟汁：甘，平。无毒。
葛藟根：甘，平。

功效主治

葛藟汁：补五脏，续筋骨，益气，止渴。果实润肺止咳，清热凉血，消食。《本草图经》：『千岁藟，生泰山川谷。作藤生，蔓延木上，叶似葡萄而小，四月摘其茎，汁白而甘，五月开花，七月结实，八月采子，青黑微赤。冬唯雕叶，此即《诗》云葛藟者也』。《植物名实图考》：『千岁藟，今俚医以为治跌损要药，其力极猛，不可过剂』。

葛藟根：治病后体虚，关节酸痛，跌打损伤。《别录》：『主缓筋，令不痛。』

禽部

卷陆 目录

禽部

鹑 215
鸡 217
桃虫 218
雉 219
皃 221
玄鸟（燕） 223
雀 225
雁（鸿雁） 227
鸳鸯 228
鹥 229
鹈 231
黄鸟（仓庚、莺） 233
桑扈 235
鵙 237
鸤鸠 239
鸠（鵻） 241
鹊 243
乌（鸒） 245
鹤 247
鹭 249
雎鸠 251
雕 253
鸢（隼） 255
鹜 257
鸨 259
鸱 261
鸮（枭） 263

鹑

《诗·国风·鄘风·鹑之奔奔》：「鹑之奔奔，鹊之彊彊。」

·鹌鹑

释名

《诗经》鹑 《毛诗传》鹑鸟

《广志》宛鹑 崔禹锡《食经》鹌鹑

来源

药用鹌鹑，为雉科动物鹌鹑（Coturnix coturnix japonica Temminek et Schlegel）的肉或全体。

性味

甘、咸，平。

功效主治

治泄痢，疳积，湿痹。

《本草纲目·禽部·鹌鹑》：「鹑，大如鸡雏，头细而无尾，毛有斑点，甚肥，雄者足高，雌者足卑，其性畏寒，其在田野，夜则群飞，昼则草伏，人能以声呼取之，畜令斗搏。」

于云梦 绘

于云梦 绘

鸡

·鸡肉
·鸡子
·鸡肉金

《诗·国风·郑风·女曰鸡鸣》：『女曰：「鸡鸣」，士曰：「昧旦」。「子兴视夜，明星有烂。」「将翱将翔，弋凫与雁。」』

《诗·国风·郑风·风雨》：『风雨凄凄，鸡鸣喈喈。既见君子，云胡不夷？风雨潇潇，鸡鸣胶胶。既见君子，云胡不瘳？风雨如晦，鸡鸣不已。既见君子，云胡不喜？』

《诗·国风·王风·君子于役》：『鸡栖于埘，日之夕矣。』

释名

《诗经》鸡　崔豹《古今注》烛夜
《神农本草经》鸡肉、鸡头、鸡子、鸡肠
《别录》鸡血、鸡肝、鸡胆、鸡子肉、鸡卵白
《本草经集注》鸡子白、鸡胜胵
《唐本草》鸡脑　《日华子本草》鸡子壳
《食疗本草》鸡卵、鸡子清　《本草蒙鉴》鸡内金

来源

药用鸡，为雉科动物鸡（Gailus gallus domesticus Brisson）的肉或全体。

性味

鸡肉：甘，温。
鸡子：甘，平。**鸡子白**：甘，凉。**鸡子黄**：甘，平。
鸡内金：甘，平。
鸡肝：甘，微温。

功效主治

鸡肉：温中益气，补精添髓。治虚劳羸瘦，中虚食少，泄泻下痢，水肿，消渴，尿频，疡后虚羸，妇女崩漏、带下，产后乳少。
鸡子：滋阴润燥，养血安胎。
鸡子白：润肺利咽，清热解毒。
鸡子黄：滋阴润燥，养血熄风。
鸡内金：消积津，健脾胃。
鸡肝：补肝肾。治肝虚目暗，小儿疳积，孕妇胎漏。

桃虫

《诗·周颂·小毖》：『肇允彼桃虫，拼飞维鸟。未堪家多难，予又集于蓼。』

·巧妇鸟

释名

《诗经》桃虫 《诗疏》鹪鹩

《方言》巧雀、女匠 《本草拾遗》巧妇鸟

来源

药用巧妇鸟的肉。

性味

甘，温。无毒。

功效主治

益智。

汪颖《食物本草》：炙食甚美，令人聪明。

雉

·野鸡

《诗·小雅·小弁》：『雉之朝雊，尚求其雌。』

《诗·国风·邶风·雄雉》：『雄雉于飞，泄泄其羽。我之怀矣，自诒伊阻。雄雉于飞，下上其音。展矣君子，实劳我心。』

《诗·国风·王风·兔爰》：『有兔爰爰，雉离于罗。』

释名

《诗经》雉 《尚书》华虫 《礼记》疏趾 《广雅》野鸡 《别录》雉 《日华子本草》雉鸡

来源

药用雉，为雉科动物雉（Phasianus colchiuws torquatus Gmelin）的肉或全体。

性味

甘、酸，温。

功效主治

补中益气，益肝，和血。治脾虚、下痢，消渴、小便频数。

于云梦绘

凫

· 凫野
· 野鸭

《诗·国风·郑风·女曰鸡鸣》：『将翱将翔，弋凫与雁。』

《诗·大雅·凫鹥》：『凫鹥在泾，公尸来燕来宁。』

释名

《诗经》凫
《尔雅》鸍、沉凫
《诗疏》野鹜、野鸭
《本草纲目》晨凫 又名水鸭、凫鸭。

来源

药用凫肉为鸭科动物绿头鸭（*Anas platyrhynchos* L.）的肉。

性味

甘，凉。无毒。

功效主治

补中益气，清食和胃，利水解毒。治病后虚羸，食欲不振，水气浮肿，热毒疮疖。

《本经逢原》云：『凫，味极甘美，病人食之，全胜家鸭，以其肥而不脂，美而易化，故滞下泄泻，咳逆上气，虚劳失血，及产后病后，无不宜之。虽有安中利水之功，而方书曾未之及。』

《本草纲目·禽部·凫》：『时珍曰：凫，东南江海湖泊中皆有之。肥而耐寒。或云食用绿头者为上，尾尖者次之。海中种冠凫，头上有冠，并宜各月取之。』

于云梦 绘

玄鸟（燕）

• 燕窝
• 燕卵

《诗·商颂·玄鸟》：『天命玄鸟，降而生商。』

《诗·国风·邶风·燕》：『燕燕于飞，差池其羽，之子于归，远送于野，瞻望弗及，泣涕如雨。』

释名

《诗经》玄鸟、燕燕
《尔雅》燕燕、鳦
《别录》胡燕卵
《本草拾遗》胡燕

来源

药用燕窝，为雨燕科动物金丝燕（Collocalia esculenta L.）等燕类唾液所结成的巢窝；胡燕卵为金腰燕（Hirrundo daurica japoniea Temminck et Schlegel）的卵。

性味

燕窝：甘，平。

功效主治

燕窝：养阴润燥，益气补中。治虚损劳瘵，咳嗽痰喘，咳血吐血，久痢久疟，噎膈反胃。

燕卵：卒水浮肿。

《本草纲目·禽部·燕》：『（陶）弘景曰：燕有两种，有胡有越，紫胸轻小者是越燕，不入药用。有斑黑声大者是胡燕，可入药用。』

按

金丝燕分布于东南亚及太平洋诸岛屿，在岛屿险峻的岩洞深处筑巢聚居。燕窝有白燕、毛燕、血燕之分。白燕又名官燕，洁白偶有少许绒毛；毛燕色灰，内有较多灰黑色羽毛；血燕含有赤褐色血丝。

于云梦 绘

雀

·麻雀

《诗·国风·召南·行露》：『谁谓雀无角？何以穿我屋？谁谓女无家，何以速我狱？虽速我狱。室家不足！』

释名

《诗经》雀
《普济方》家雀
《本草纲目》瓦雀、宾雀、麻雀、黄雀

来源

药用雀，为文鸟科动物麻雀（Passer motamus Saturatus Stejneger）的肉或卵。

性味

甘，温。无毒。

功效主治

壮阳益精，暖腰膝，缩小便。治阳虚羸瘦，阳痿，疝气，小便频数。妇女崩漏、带下。

《本草纲目·禽部·雀》：『时珍曰：今人知雀卵能益男子阳虚，不知能治女子血枯，盖雀卵益精血耳。』

《本草经疏》：『雀卵性温，补暖命门之阳气，则阴自然而强，精自足而有子也。』

于云梦绘

雁（鸿雁）

·大雁

《诗·国风·邶风·匏有苦叶》：『雍雍鸣雁，旭日始旦。』

《诗·小雅·鸿雁》：『鸿雁于飞，肃肃其羽。之子于征，劬劳于野。爰及矜人，哀此鳏寡。』

释名

《诗经》雁、鸿雁

《尔雅》鴚鵝

来源

药用雁肉、雁肪，为鸭科动物白额雁[Anseralbifrons abifrons (Scopoli)]的肉和脂肪。

性味

雁肉：甘，平。无毒。

功效主治

雁肉：祛风，壮筋骨。治顽麻风痹。又能益阳气，暖水脏。

雁肪：活血祛风，清热解毒。治中风偏枯，手足拘挛，心胸结热，痞塞呕逆，疮痈，发脱不长。

陶弘景：『《诗疏》云大曰鸿，小曰雁。今雁类亦有大小，皆同一形。又有野鹅，大于雁，犹似家苍鹅，谓之駕鹅。雁肪自不多，食其肉应亦好。』

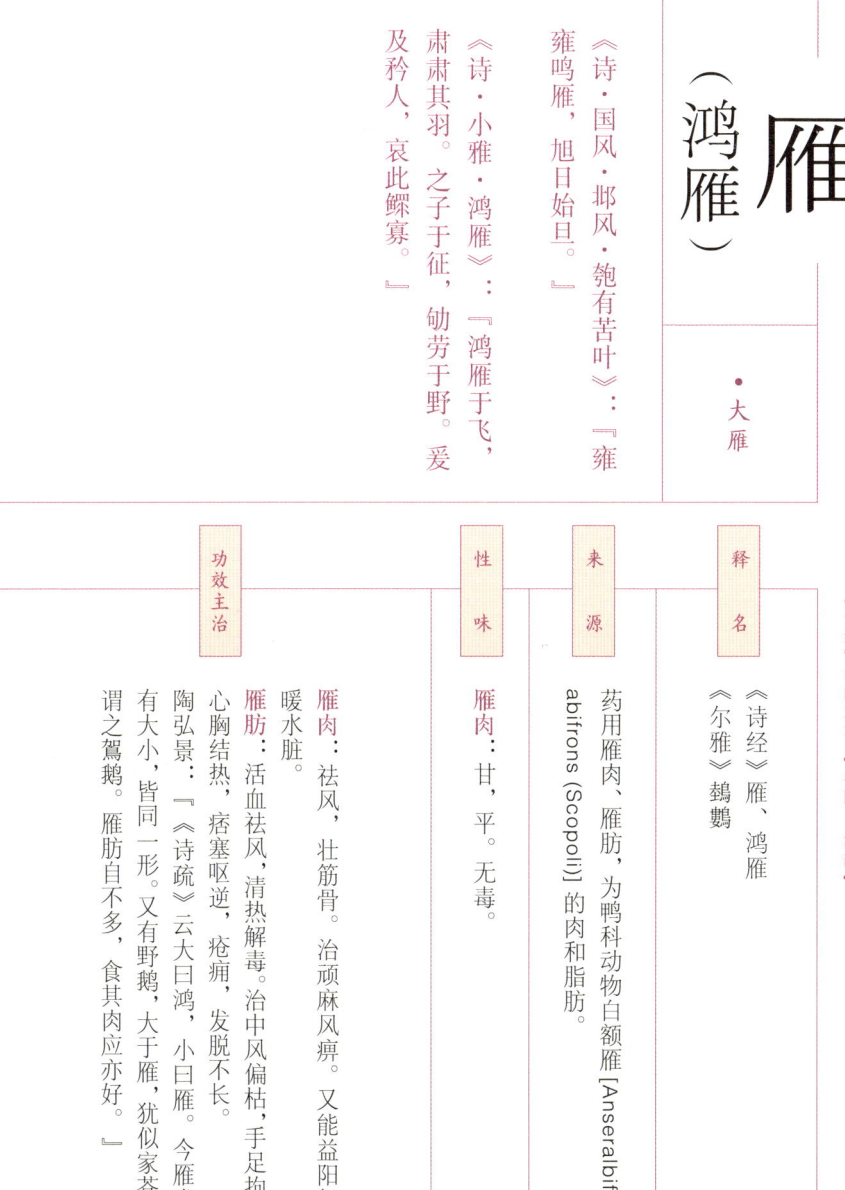

鸳鸯

《诗·小雅·鸳鸯》：『鸳鸯于飞，毕之罗之。君子万年，福禄宜之。』

《诗·小雅·白华》：『鸳鸯在梁，戢其左翼。之子无良，二三其德。』

·鸳鸯

释名 《诗经》鸳鸯 《禽经》匹鸟 《本草纲目》黄鸭

来源 药用鸭科动物鸳鸯 [Aix galeucalata (L.)] 的肉。

性味 咸，平。

功效主治 治痔漏泄血。

鹥 (yī)

· 鸥

《诗·大雅·凫鹥》：『凫鹥在泾，公尸来燕来宁。』

释名

《诗经》鹥 《食物本草》鸥

来源

药用鸥科动物红嘴鸥（Larus ridibumdus L.）等鸥类的肉。

性味

甘，平。无毒。

功效主治

主燥咳、狂邪。

《越南志》：『江鸥，一名海鸥，在涨海中随潮上下。常以三月风至，乃还洲，生卵如鸡卵，色青。颇知风云，若群飞至岸，必风，渔人及渡海者，皆以此为候。』

《本草纲目·禽部·鸥》：『在海者为海鸥，在江者名江鸥，海中一种随潮往来，谓之信凫。』

于云梦绘

鹈

·鹈鹕

《诗·国风·曹风·候人》：『维鹈在梁，不濡其翼。彼其之子，不称其服。』

释名

《诗经》鹈《山海经》犁鹕
《庄子》鹈鹕《尔雅》鴮鸅
《尔雅》郭璞注：洿河
《嘉佑本草》鹈鹕嘴

来源

药用为鹈鹕科动物斑嘴鹈鹕（Pelecanus roseus Gmelin）的嘴和脂油。

性味

鹈鹕嘴：咸，平。无毒。
鹈鹕脂油：咸，温。无毒。

功效主治

鹈鹕嘴：主赤白久痢成疳者。
鹈鹕脂油：涂痈肿，除风痹，透经络，通耳聋。
《本草纲目·禽部·鹈鹕》：『时珍曰：鹈鹕，处处有之，水鸟也……沉水食鱼，亦能竭小水取鱼。俚人食其肉，取其脂入药，用翅骨、䯒骨作筒，吹喉鼻药甚妙』；『淘鹅油性走，能引诸药透入病所拔毒，故能治耳聋、痹、肿毒诸病。』
掌禹锡《嘉祐本草》：『鹈鹕大如苍鹅，颐下有皮袋，容二升物，展缩由之。袋中盛水以养鱼，云身是水沫，惟胸前有两块肉列如拳。《诗》云：「维鹈在梁，不濡其翼」。味，喙也，言爱其咀也。』

《诗·国风·周南·葛覃》：『黄鸟于飞，集于灌木，其鸣喈喈。』

《诗·国风·邶风·凯风》：『睍睆黄鸟，载好其音。有子七人，莫慰母心。』

《诗·国风·豳风·七月》：『春日载阳，有鸣仓庚。女执懿筐，遵彼微行，爰求柔桑。』

《诗·小雅·出车》：『春日迟迟，卉木萋萋。仓庚喈喈，采蘩祁祁。』

《诗·国风·豳风·东山》：『仓庚于飞，熠耀其羽。』

《诗·小雅·桑扈》：『交交桑扈，有莺其羽……交交桑扈，有莺其领。』

于云梦 绘

黄鸟（仓庚、莺）

·黄鹂

《诗·小雅·黄鸟》：『黄鸟黄鸟，无集于榖。无啄我粟……黄鸟黄鸟，无集于桑，无啄我粱……黄鸟黄鸟，无集于栩，无啄我黍。』

《诗经·国风·秦风·黄鸟》：『交交黄鸟，止于棘。谁从穆公？子车奄息。维此奄息，百夫之特。』

《诗·小雅·绵蛮》：『绵蛮黄鸟，止于丘阿。道之云远，我劳如何。饮之食之，教之诲之。命彼后车，谓之载之。』

释名

《诗经》黄鸟、仓庚莺
《尔雅》皇、商庚、鵹黄、楚雀
《左传》青鸟
《说文》黄鸝
《易通卦验》鸧鹒
《食物本草》鸎
《本草纲目》黄伯劳、莺

来源

药用莺，为黄鹂科动物黄鹂（Oriotus chinensis diffusus sharpe）的肉。

性味

甘，温。无毒。

功效主治

补益阳气，助脾，舒郁和肝。

《本草纲目·禽部·鸎》：『时珍曰：《禽经》云：鸎鸣嘤嘤，故名。或云鸎项有文，故从賏，賏，项饰也。或作莺，鸟羽有文也。《诗》云：『有莺其羽』是矣。』

于云梦 绘

桑扈

・蜡嘴雀

《诗・小雅・桑扈》：『交交桑扈，有莺其羽。君子乐胥，受天之祜。交交桑扈，有莺其领。君子乐胥，万邦之屏。』

《诗・小雅・小宛》：『交交桑扈，率场啄粟。哀我填寡，宜岸宜狱。握粟出卜，自何能穀？』

释名

《诗经》桑扈
《尔雅》桑扈、窃脂
《诗疏》青雀
《本草纲目》蜡嘴雀、蜡嘴

来源

药用桑鳸，为雀科动物黑头蜡嘴雀（Eophona personata magmirostris Hartert）的肉。

性味

甘，温。无毒。

功效主治

治肌肉虚损羸瘦，益皮肤。

《本草纲目・禽部・桑扈》：『桑鳸，乃鳸之在桑间者。其嘴或淡白如脂，或凝黄如蜡，故古名窃脂，俗名蜡嘴，浅色曰窃，陆玑谓其好盗食脂肉，殆不然也』；『鳸鸟，山林有之，大如鸲鹆，苍褐色，有黄斑点，好食粟稻。《诗》云：『交交桑鳸，有莺其羽』是矣。其嘴喙微曲，而厚壮光莹，或浅黄或浅白，或浅青浅黑，或浅玄浅丹。』

于云梦 绘

䴗

·伯劳

《诗·国风·豳风·七月》：『七月鸣䴗，八月载绩。』

释名

《诗经》䴗
《诗疏》博劳
《嘉祐本草》伯劳

来源

药用其毛。

性味

甘，平。有毒。

功效主治

治小儿继病。

《本草纲目·禽部·伯劳》：『继病者，母有娠，乳儿，儿病如疟痢也。他日相继腹大，或瘥或发……时珍曰……大抵亦丁奚疳病。』

于云梦 绘

鸤鸠

·戴胜

《诗·国风·曹风·鸤鸠》：『鸤鸠在桑，其子七兮。淑人君子，其仪一兮。其仪一兮，心如结兮。』

释名

《诗经》鸤鸠

《尔雅》鸤鸠、鵖鴔、鵀

《诗经集传》秸鞠、戴胜、布谷

《云南中草药》屎咕咕

来源

药用戴胜科动物戴胜（Upupa epops L.）的全鸟。

功效主治

柔肝熄风，镇心安神。治癫痫，癫狂，疟疾。

《本草纲目·禽部·鸤鸠》：『时珍曰：按《毛诗疏义》云：鸤鸠大如鸠，而带黄色。啼鸣相呼而不相集。不能为巢，多居树穴及空鹊巢中哺子。朝自上下，暮自下上也。二月谷雨后始鸣，夏至后乃止。』

于云梦 绘

鸠（雏）

• 斑鸠

《诗·国风·卫风·氓》：『桑之未落，其叶沃若。于嗟鸠兮，无食桑葚。』

《诗·小雅·小宛》：『宛彼鸣鸠，翰飞戾天。』

《诗·小雅·南有嘉鱼》：『翩翩者雏，烝然来思。君子有酒，嘉宾式燕又思。』

《诗·小雅·四牡》：『翩翩者雏，载飞载下。集于苞栩……翩翩者雏，载飞载止，集于苞杞。』

释名

《诗经》鸠、雏
《左转》注：鹁鸠
《范汪方》斑隹、锦鸠
《嘉佑本草》斑鸠
《本草纲目》祝鸠

来源

药用斑鸠，为鸠鸽科动物山斑鸠（Streptopelia orientalis orientalis [Latham]）等的肉。

性味

甘，平。无毒。

功效主治

益气，助阴阳。明目，强筋骨。治虚损，呃逆。

《本草衍义》：『斑鹪，斑鸠也。有斑者，有无斑者，有灰色者，有小者，有大者。久病虚损人食之，补气。虽有此数色，其用则一也。』

《本草纲目·禽部·祝鸠》：『《范汪方》治目有斑鹪丸，《总录》治目有锦鸠丸，倪惟德氏谓斑鸠补肾，故能明目。窃谓鸠能益气，则能明目矣，不独补肾而已。』

于云梦 绘

鹊

· 喜鹊

《诗·国风·召南·鹊巢》：『维鹊有巢，维鸠居之，之子于归，百两御之。』

《诗·国风·陈风·防有鹊巢》：『防有鹊巢，邛有旨苕。谁侜予美？心焉忉忉。』

释名

《诗经》鹊

《尔雅》乌鹊

《西京杂记》干鹊

《食经》喜鹊

来源

药用鹊，为鹊科动物喜鹊（Pica pica seriaea Gould）的肉。

性味

甘，寒。无毒。

功效主治

除热，消结，通淋。治消渴，石淋，胸膈多结，鼻衄。

《本草纲目·禽部·鹊》：『时珍曰：鹊，乌属也，大如鸦而长尾，尖嘴黑爪，绿背白腹，尾黑白驳杂，季冬始巢，知来岁风多，巢必卑下，至秋则毛毨头秃。』

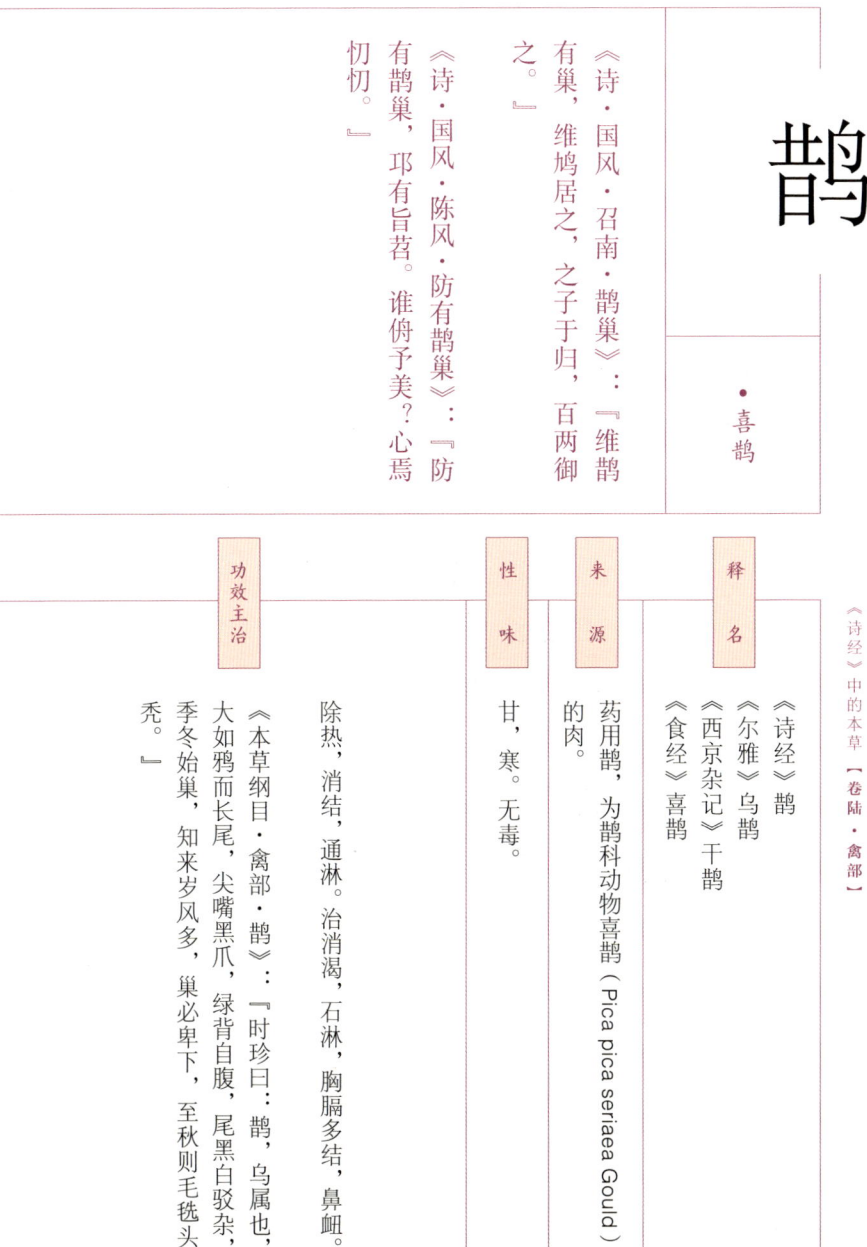

于云梦绘

乌（鷽）

· 寒鸦

《诗·小雅·正月》："哀我人斯，于何从禄？瞻乌爰止，于谁之屋？"

《诗·小雅·小弁》："弁彼鷽斯，归飞提提。"

《诗·邶风·北风》："莫赤匪狐，莫黑匪乌。"

释名

《诗经》乌、鷽

《尔雅》鹎鶋

《尔雅》郭璞注：鹎乌

《嘉佑本草》寒鸦

《本草纲目》慈乌

来源

药用慈乌，为鸦科动物寒鸦（Corvus monedula dauuricus pallas）的肉。

性味

酸，咸，平。无毒。

功效主治

补劳治瘦，助气，止咳嗽，骨蒸。羸弱者和五味淹炙食之。

《嘉佑本草》："慈鸦似乌而小，多群飞，作鸦鸦声者是。北土极多，不作膻臭也，今谓之寒鸦。"

《本草纲目·禽部·乌》："乌有四种，小而纯黑，小嘴反哺者慈乌也；似慈乌而大嘴，腹下白，不反哺者，鸦乌也；似鸦乌而大，白项者，燕乌也；似鸦乌而小，赤嘴穴居者，山乌也。"

于云梦 绘

鹤

·白鹤

《诗·小雅·白华》：『有鹙在梁，有鹤在林。』

《诗·小雅·鹤鸣》：『鹤鸣于九皋，声闻于野……鹤鸣于九皋，声闻于天。』

释名

《诗经》鹤

《嘉佑本草》白鹤

《本草纲目》仙禽、胎禽

《医学入门》鹤肉

来源

药用为鹤科动物丹顶鹤 [Grus japonensis (P.L.S.Miller)] 的肉和骨等。

性味

鹤肉：咸，平。无毒。

鹤骨：辛、咸。温。

功效主治

鹤肉：益气力，止消渴。

鹤骨：炙酥，入滋补药。

《会约医镜》：『多食发痼疾。』

《日用本草》：『鹤顶血大毒，服之即死。』

《本经逢原》：『鹤顶，辛温大毒。鹤食蛇虺而顶血大毒，力能杀人；而《嘉佑》又以鹤血益气力，补劳乏，祛风益肺，恐未必然。』

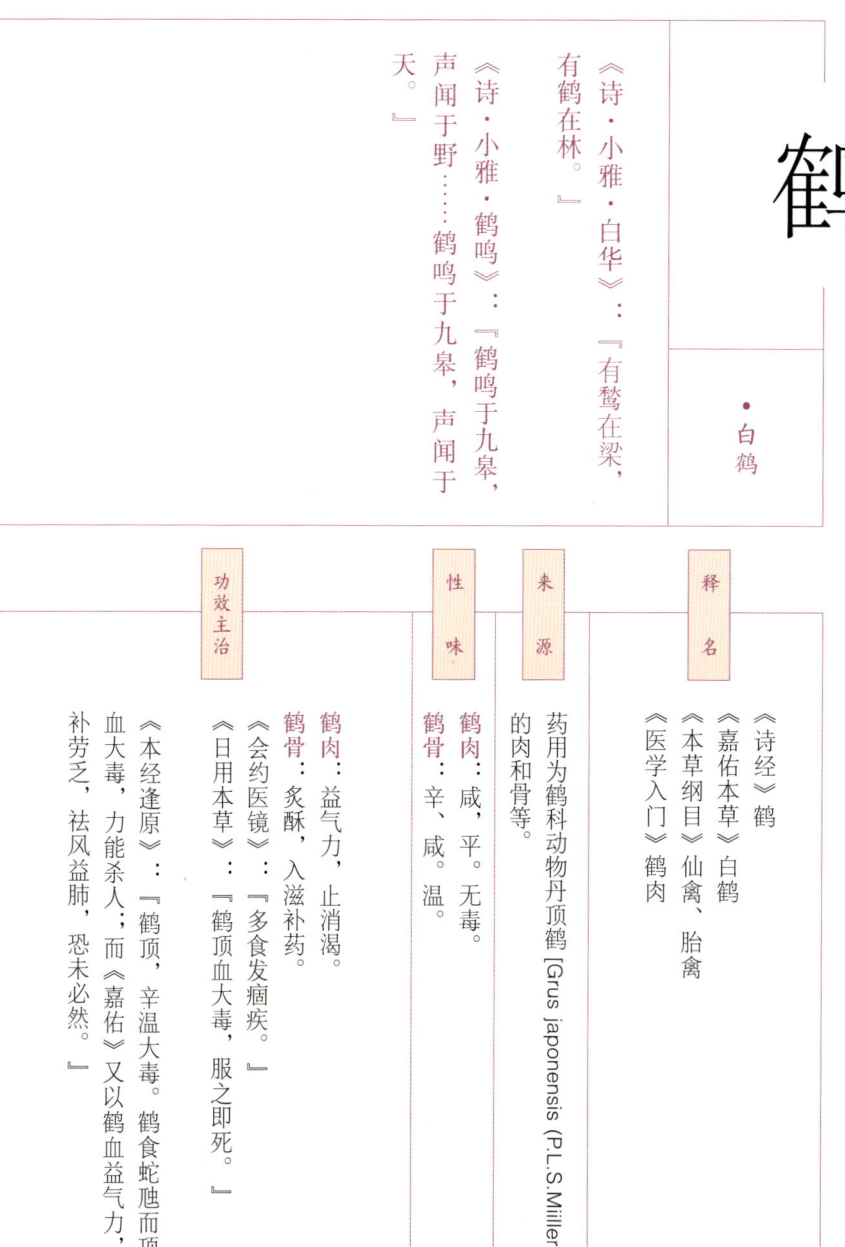

于云梦 绘

鹭

· 鹭鸶

《诗·国风·陈风·宛丘》：『坎其击鼓，宛丘之下。无冬无夏，值其鹭羽。坎其击缶，宛丘之道。无冬无夏，值其鹭翿。』

《诗·周颂·振鹭》：『振鹭于飞，于彼西雍。我客戾止，亦有斯容。』

《诗·鲁颂·有駜》：『振振鹭，鹭于下。鼓咽咽，醉言舞。于胥乐兮！……振振鹭，鹭于飞。鼓咽咽，醉言归。于胥乐兮！』

释名

《诗经》鹭 《尔雅》舂锄
《诗疏》白鹭
《神农本草经》鹭鸶
《食物本草》鹭肉

来源

药用鹭肉，为鹭科动物白鹭[Egretta garzetta garzetta(L.)]的肉。

性味

咸，平。无毒。

功效主治

治虚瘦，益脾补气，炙熟食之。

陆玑《诗疏》：『鹭，水鸟也，好而洁白，故谓之白鸟，齐鲁之间谓之舂锄，辽东乐浪、吴、扬人皆谓之白鹭。大小如鸱，青脚，高尺七八寸，尾如鹰尾，喙长三寸许，头上有毛数十枚，长尺余，毵毵然与众毛异，甚好，将欲取鱼时则弭之，今吴人亦养焉，好群飞鸣。』

《本草纲目·禽部·鹭》：『时珍曰：《禽经》云：鸘飞则霜，鹭飞则露，其名以此。步于浅水，好自低昂，如舂如锄状，故曰舂锄』；『鹭，水鸟也，林栖水食，群飞成序，洁白如雪，颈细而长，脚青善翘，高尺余，解指短尾，喙长三寸，顶有长毛十数茎，毵毵然如丝，欲取鱼则弭之。』

于云梦 绘

雎鸠

• 鹗

《诗·国风·周南·关雎》：『关关雎鸠，在河之洲。窈窕淑女，君子好逑。』

释名

《诗经》雎鸠 《尔雅》王雎
《淮南子》沸波 《本草纲目》鹗、食鱼鹰
《理伤续断方》下窟乌

来源

药用鹗骨，为鹰科动物鹗 [Pandion naliaetus haliaetus(L.)] 的骨骼。

性味

甘、咸。无毒。

功效主治

接骨。《理伤续断方》：『下窟乌骨（烧存性）、古铜钱（煅，醋淬七次）等分。为末，骨断夹缚讫，用药一钱，以酒调下，不可过多；病在下，空心服；病在上，食后服。』

《本草纲目·禽部·鹗》：『时珍曰：鹗，雕类也，似鹰而土黄色，深目，好峙。雄雌相得，鸷而有别，交则双翔，别则异处。能翱翔水上捕鱼食，江表人呼为食鱼鹰，亦啖蛇。其肉腥恶不可食。』朱熹《诗经集传》：『雎鸠，水鸟，一名王雎，状类凫鹥。今江淮间有之。生有定偶，而不相乱。偶常并游，而不相狎。』

于云梦 绘

雕

• 金雕

《诗·小雅·四月》：「匪鹑匪鸢，翰飞戾天。」

《诗·国风·魏风·伐檀》：「不狩不猎，胡瞻尔庭有县鹑兮？」

释名

《诗经》鹑

《毛诗传》鹑，鹑鸟

《山海经》鹫

《本草纲目》雕

来源

药用雕骨，为鹰科动物金雕（Aquila chrysaetos kamtschatica severyzov）的骨骼。

功效主治

治折伤断骨。（雕骨）烧灰，每服二钱，酒下，在上，食后，在下，食前。

《本草纲目·禽部·雕》：「时珍曰：雕，似鹰而大，尾长翅短，土黄色，鸷悍多力。旋空中，无细不睹。皂雕即鹫也，出北地，色皂青；雕出辽东，最俊者谓之海东青；羌鹫出西南夷，黄头赤目，五色皆备。」

按

鹌鹑，亦称「鹑」，但观诗「翰飞戾天」意，知《四月》《伐檀》章所说的「鹑」，实指「雕」而言，并非鹌鹑。

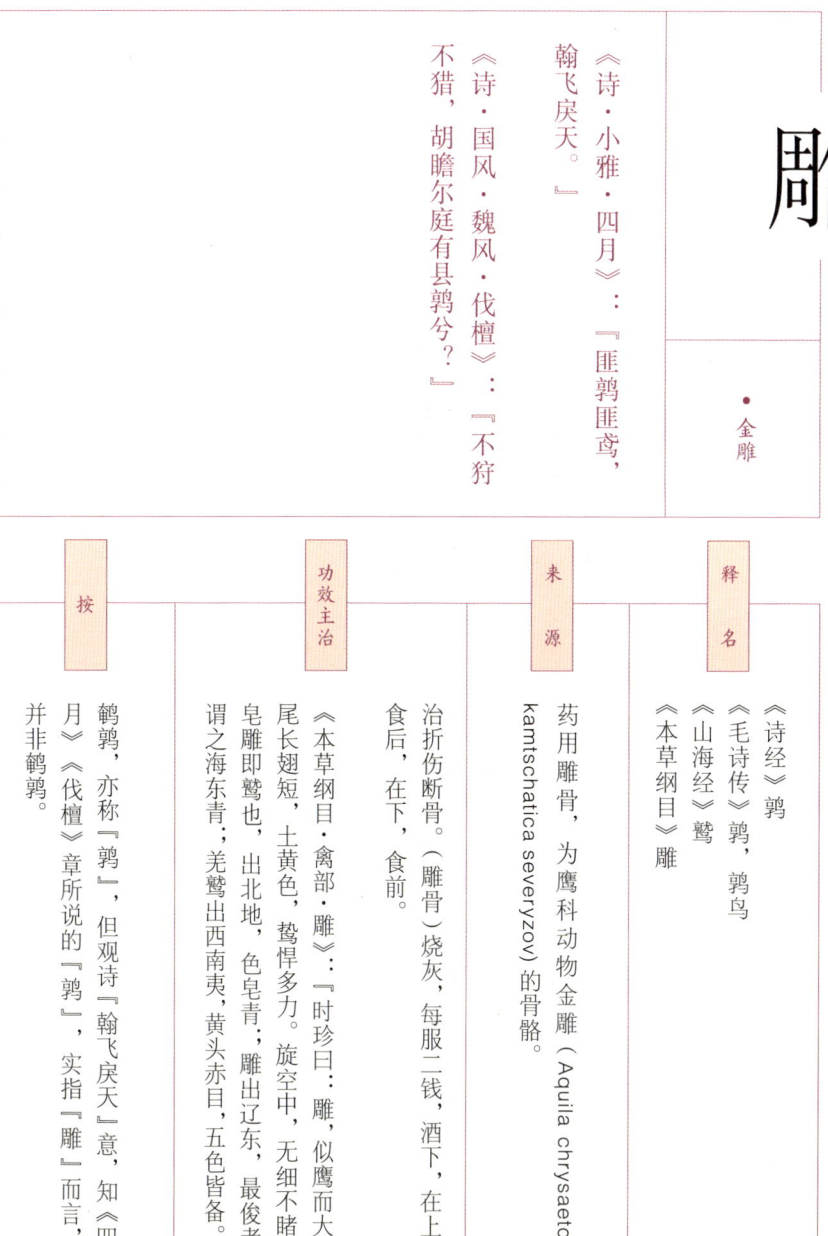

于云梦 绘

鸢（隼）

·白尾鹞

《诗·小雅·四月》：『匪鹑匪鸢，翰飞戾天。』

《诗·大雅·旱麓》：『鸢飞戾天，鱼跃于渊。』

《诗·小雅·采芑》：『鴥彼飞隼，其飞戾天，亦集爰止。』

《诗·小雅·沔水》：『沔彼流水，朝宗于海。鴥彼飞隼，载飞载止……沔彼流水，其流汤汤。鴥彼飞隼，载飞载扬。』

释名

《诗经》鸢、隼 《庄子》鸱

《尔雅》鷣，负雀 《诗疏》雀鹰

《尔雅》郭璞注：鹞

《别录》鸱头 《唐本草》鵄头

《本草纲目》鸱、鸢、隼、鹞

来源

药用鹰科动物白尾鹞（Circus cyaneus cyaneus[L.]）的头和肉。

性味

咸，平，无毒。

功效主治

主头风眩晕倒，痫疾。

《本草纲目·禽部·鸱》：『附方：旋风眩冒，鸱头丸，用鸱头一枚，炒黄真蔺茹、白术各一两，川椒半两，炒去汁，为末，蜜和丸，梧子大，酒下二十丸（《圣惠》）。』

于云梦 绘

鹙

《诗·小雅·白华》："有鹙在梁，有鹤在林。"

• 鹚鹙

释名

《诗经》鹙

《说文》秃尗鸟

《古今注》扶老

《食物本草》鹚鹙

来源

药用鹚鹙的肉、髓、喙。

性味

鹙肉：咸，微寒。无毒。

鹙髓：甘，温。

功效主治

鹙肉：补中益气，强力。治中虫鱼毒。

鹙髓：生补精髓。

鹙喙：喙治鱼骨哽。

《本草纲目·禽部·鹚鹙》："时珍曰：秃鹙，水鸟之大者也。出南方有大湖泊处。其状如鹤而大，青苍色。张翼广五六尺，举头高六七尺。长颈赤目，头顶皆无毛，其顶皮方二寸许，红色如鹤顶。其喙深黄色而扁直，长尺余。其嗉下亦有胡袋如鹈鹕状。其足爪如鸡，黑色。性极贪恶，能与人斗，好啖鱼蛇及鸟雏。《诗》云：『有鹙在梁』，即此。"

于云梦 绘

鸨

· 大鸨

《诗·国风·郑风·大叔于田》：『叔于田，乘乘鸨。』

《诗·国风·唐风·鸨羽》：『肃肃鸨羽，集于苞栩。王事靡盬，不能蓺稷黍……肃肃鸨翼，集于苞棘。王事靡盬，不能蓺黍稷……肃肃鸨行，集于苞桑。王事靡盬，不能蓺稻粱。』

释名

《诗经》鸨

《本草纲目》独豹

来源

药用鸨科动物大鸨（Otis tarda dybowskii Taczanowski）的肉和脂肪。

性味

鸨肉：甘，平。无毒。

功效主治

鸨肉：补益虚人，祛风痹气。

鸨肪：长毛发，泽肌肤。

《本草纲目·禽部·鸨》：『时珍曰：按罗愿云：鸨有豹纹，故名独豹，而讹为鸨也。陆佃云：鸨性群居，如雁有行列，故字从𠂤，𠂤音保，相次也。《诗》云『鸨行』是矣』；『鸨，水鸟也。似雁而斑文。无后趾，性不树止。其飞也肃肃。』

于云梦 绘

鸮

• 鸱鸺

《诗·大雅·瞻卬》：『懿厥哲妇，为枭为鸱。』

《诗·国风·豳风·鸱鸮》：『鸱鸮鸱鸮，既取我子，无毁我室。』

释名

《诗经》鸮
《尔雅》怪鸱
《说文》角鸱
《本草拾遗》鸱鸺

来源

药用鸱鸮科动物红角鸮 [Otus sunia stictonotus (sharpe)] 的肉。

性味

酸、咸，寒。

功效主治

祛风，定惊，解毒。治鼠疮，噎食，眩晕，癫痫，疟疾，瘰疬。

《本草纲目·禽部·鸱鸺》：『时珍曰：此物有两种。鸱鸺大如鸱鹰，黄里斑色，头目如猫，有毛角两耳。昼伏夜出，鸣则雌雄相唤，其声如老人，初若呼，后若笑……一种鸺鹠，大如鸲鹆，毛色如鹞，头目亦如猫。鸣则后窍应之。其声连转，如云休留，故名鸺鹠。』

于云梦 绘

鸮（枭）

斑头鸺鹠

《诗·鲁颂·泮水》：「翩彼飞鸮，集于泮林。食我桑黮，怀我好音。」

《诗·国风·陈风·墓门》：「墓门有梅，有鸮萃止。」

《诗·大雅·瞻卬》：「懿厥哲妇，为枭为鸱。」

释名

《诗经》鸮、枭

《尔雅》枭鸱、土枭

《汉书》鵩

《本草拾遗》鸮、训狐

来源

药用鸱鸮科动物斑头鸺鹠 [Glaucidium cuculoides whicyi(Blytn)] 的肉和头。

性味

枭肉：甘，温。无毒。

功效主治

枭肉：治鼠瘘，风痫，噎食病。

枭头：治痘疮里陷。

《本草纲目·禽部·鸮》：「时珍曰：鸮、鵩、鸺鹠、枭，皆恶鸟也，说者往往混注……各执一说。今通考据，并咨询野人，则鸮、枭、训狐，一物也；鸺鹠，一物也。（陈）藏器所谓『训狐之状』者，鸺鹠也。鸮，即今俗呼『幸服』者是也。处处山林时有之。少美好而长丑恶，状如母鸡，有斑文，头如鸲鹆，目如猫目。其名自呼，好食桑椹。」

兽部

目录

卷柒

兽部

麋 265
牛 267
羊 269
豕 271
马 273
龙（犬） 275
兔 277
猫 278
鼠 279
鹿 281
貆 283
貉 285
豺 287
狼 288
豹 289
狐 291
狸 293
象 294
虎 295
熊 297
兕（犀） 299
猱 301

麕

·獐

《诗·召南·野有死麕》：「野有死麕，白茅包之。有女怀春，吉士诱之。」

獐

于云梦 绘

释名

《诗经》麕 《吕氏春秋》獐
《别录》獐肉

来源

药用为鹿科动物獐（Hydropotes inermis Swinhoe）的肉和骨。

性味

獐肉：甘，温。无毒。
獐骨：甘，温。无毒。

功效主治

獐肉：补益五脏。
獐骨：主虚损泄精，益精髓，悦颜色。治产后虚乏，五劳七伤，虚损不已，脏腑冷热不调。

《本草纲目·兽部·獐》：「獐，秋冬居山，春夏居泽。似鹿而小，无角，黄黑色，大者不过二三十斤。雄者有牙出口外，俗称牙獐」；「《千金》治产后虚损，有獐骨汤煮汁煎药。」

于云梦 绘

来源

牛科动物黄牛（Bos taurus domesticus Gmelin）、水牛（Bubalus bubalis L.）的肉、骨、髓、脏腑、脂肪、乳、结石、角、皮等俱供药用。

牛

《诗·小雅·无羊》：『谁谓尔无牛？九十其犉……尔牛来思，其耳湿湿。』

《诗·周颂·我将》：『我将我享，维羊维牛。』

《诗·小雅·楚茨》：『济济呛呛，絜尔牛羊，以往蒸尝。』

· 牛

释名

《诗经》牛

《神农本草经》牛

性味

牛肉：甘，平。**牛肚**：甘，温。

牛肝：甘，平。**牛髓**：甘，温。

牛脂：甘，温。**牛乳**：甘，平。

牛黄（结石）：苦、甘，凉。**牛角腮**：苦，温。

功效主治

牛肉：补脾胃，益气血，强筋骨。

牛肚：补虚，益脾胃。

牛肝：养血，补肝，明目。

牛髓：润肺，补肾，填髓。

牛脂：治渴利，诸疮，疥癣。

牛乳：补虚损，益肺肾，生津润肠，治反胃噎膈，消渴，便秘。

牛黄（结石）：清心化痰、镇惊，利胆。

牛角腮：止血、止痢。治便血、衄血，妇女崩漏、带下，赤白痢。

牛皮：制黄明胶。滋阴润燥，止血。

《本草纲目·兽部·牛》：『时珍曰：韩懋言牛肉补气，与黄芪同功。』

释名

《诗经》羊

来源

药用牛科动物山羊（Capra hircus L.）、绵羊（Ovis aries L.）的肉、肝、肚、肾、肺、胆、乳等。

于云梦 绘

羊

● 羊

《诗·国风·召南·羔羊》：『羔羊之皮，素丝五纶。』

《诗·国风·豳风·七月》：『朋酒斯飨，曰杀羔羊。』

《诗·小雅·伐木》：『既有肥羜，以速诸父。』

《诗·小雅·无羊》：『谁谓尔无羊？三百维群……尔羊来思，其角濈濈。』

性味

羊肉：甘，温。
羊肝：甘、苦，凉。
羊肚：甘，温。
羊肾：甘，温。
羊肺：甘，平。
羊胆：苦，寒。
羊乳：甘，温。

功效主治

羊肉：益气补虚，温中暖下。治虚劳羸瘦，腰酸膝软，中虚反胃，寒疝疼痛，妇女产后虚冷腹痛。
羊肝：益血，补肝，明目。
羊肚：补虚，健脾胃。
羊肾：补肾气，益精髓。治肾虚劳损，腰脊疼痛，足膝痿弱，耳聋，消渴，阳痿，尿频，遗溺等。
羊肺：补肺气，调水道。
羊胆：清火，明目，解毒。
羊乳：温润补虚。治虚劳羸弱，消渴，反胃，哕逆。
羊血：解野葛之毒。

猪

于云梦 绘

释名

《诗经》豕 《尔雅》彘、猪

《周礼》豚 《庄子》豨 《本草经集注》猪肉

来源

药用猪科动物物猪（Sus scrofa domestica Brisson）的肉、肤、肾、肺、胆、肚、肠、蹄等。

豕

•猪

《诗·小雅·渐渐之石》：『有豕白蹢，烝涉波矣。月离于毕，俾滂沱矣。武人东征，不皇他矣。』

《诗·大雅·公刘》：『执豕于牢，酌之用匏。』

性味

猪肉：甘、咸，平。无毒。

《伤寒论》猪肤汤，治少阴病下痢，咽痛，心烦；《食医心境》猪肤汤治消渴瘦弱；《千金》补肾虚劳损诸病有肾沥汤，用猪、羊肾煮汤煎药，有引导之意。猪肺补肺，治肺虚嗽血，煮薤白芨末食；猪胆汁治伤寒少阴下痢厥逆无脉干呕者；猪肚补益虚羸；猪肠与黄连制丸，治肠风脏毒；猪蹄治妇人产后无乳。

功效主治

《本草纲目·兽部·豕》：『《别录》曰：豭猪肉治疾。凡猪肉能闭血脉，弱筋骨，虚人肌。不可久食，病人金疮者尤甚；（孙）思邈曰：他猪肉久食，令人少子精，发宿病。豚肉久食，令人遍体筋肉碎痛乏气；（孟）诜曰：久食杀药，动风发疾……时珍曰：北猪味薄，煮之汁清；南猪味厚，煮之汁浓，毒尤甚。』

《本经逢原》：『助湿生痰。』

于云梦 绘

马

・马

《诗·国风·周南·汉广》：「之子于归，言秣其马。」

《诗·小雅·车攻》：「萧萧马鸣，悠悠旆旌。」

《诗·鲁颂·駉》：「駉駉牡马，在坰之野。」

释名

《诗经》马

《别录》马肉

《本草经集注》马乳

《饮片新参》马宝

来源

药用马科动物马（Equus caballus[L.]）的肉、乳和结石等。

性味

马肉：酸、甘，寒。

马乳：甘，凉。

马宝：为马的胃肠结石。甘、咸，凉。

功效主治

马肉：除肠中热，下气，长筋强腰膝。治寒热痿痹。

马乳：补血润燥，清热止渴。

马宝：镇惊化痰，清热解毒。治惊痫癫狂，痰热内盛，神志昏迷，吐血衄血，恶疮肿毒。

于云梦 绘

尨（犬）

·狗

《诗·国风·召南·野有死麕》：『白茅纯束，有女如玉。『舒而脱脱兮，无感我帨兮，无使尨也吠！』』

《诗·小雅·巧言》：『跃跃毚兔，遇犬获之。』

释名

《诗经》犬、尨
《说文》多毛曰尨
《左传》狗
《神农本草经》狗

来源

药用犬科动物狗（Canise familiaris L.）的肉、皮及胃中结石等。

性味

狗肉：咸，温。
狗宝：为狗胃中结石。甘、咸，平。
狗皮：咸，平。

功效主治

狗肉：补中益气，温肾助阳。治脾胃气虚，胸腹胀满，鼓胀浮肿，腰膝酸软，寒疟、败疮久不收敛。
狗宝：降逆气，开郁结，解毒。治噎膈反胃，痈疽，疔疮。
狗皮：主治腰疼。

《本草纲目·兽部·狗》：『时珍曰：脾胃属土，喜暖恶寒。犬性温暖，能治脾胃虚寒之疾。脾胃温和，而腰肾受荫矣。若素常气壮多火之人，则宜忌之。』『皮，主治腰痛，炙热黄狗皮裹之，顿用取瘥。』

于云梦 绘

兔

·兔

《诗·小雅·瓠叶》：『有兔斯首，炮之燔之。君子有酒，酌言献之。』

《诗·国风·王风·兔爰》：『有兔爰爰，雉离于罗。』

释名

《诗经》兔

《别录》兔肉，兔脑，兔肝，兔肾。

《本草纲目》兔血

来源

药用兔科动物蒙古兔（草原兔）（Lepus tolai-Pallas）、家兔（Oructolagus cuniculus domesticus (Gmelin)）或东北兔、华南兔等的肉、血、肝、骨及脑。

性味

兔肉：甘，凉。兔血：咸，寒。

兔骨：甘，平。兔肝：甘、苦、咸，寒。兔脑：温。

功效主治

兔肉：补中益气，凉血解毒。治消渴羸瘦，胃热呕吐，便血。

兔血：凉血活血，解胎中热毒，催生易产。

兔肝：补肝明目。

兔骨：治消渴，眩晕。

兔脑：治胎产不利，催生滑胎。

古方兔脑丸，治产妇产育艰难，或横或逆。

《本草纲目·兽部·兔》：『头骨，腊月收之。主治头眩痛，癫疾（《别录》）。』

猫

《诗·大雅·韩奕》：『有熊有罴，有猫有虎。』

• 猫

于云梦绘

释名

《诗经》猫 《肘后方》猫狸

《唐本草》家猫 《本草纲目》猫肉

来源

药用猫肉，为猫科动物（Felis domestica Brisson）的肉。

性味

猫肉：甘、酸，温。无毒。

功效主治

猫肉：治虚劳，风湿痹痛，瘰疬，恶疮，烫伤。

《本草纲目·兽部·猫》：『胞衣，主治反胃吐食，烧灰，入朱砂少许，压舌下甚效（时珍）。』

鼠

《诗·国风·召南·行露》：「谁谓鼠无牙，何以穿我墉？谁谓女无家，何以速我讼？虽速我讼，亦不女从！」

《诗·国风·豳风·七月》：「穹窒熏鼠，塞向墐户。嗟我妇子，曰为改岁，入此室处。」

•鼠

释名

《诗经》鼠《史记》首鼠

《斗门方》老鼠《本草纲目》䶆鼠、鹿家

来源

药用鼠科动物中褐家鼠[Rattus norvegious caraco (Pallas)]、黑家鼠[Rattus rattus rattus(L.)]、黄胸鼠[Rattus flavipectus(Milne-Edwards)]等常见鼠类的肉或全体。

性味

鼠肉：甘，平。无毒。

功效主治

鼠肉：治虚劳羸瘦，鼓胀，小儿疳积，烫伤折伤，冻疮，疮肿等。鼠肝、鼠肾、鼠胆、鼠脂皆入药用。

《本草纲目·兽部·鼠》：「涎有毒。坠落食中，食之令人生鼠瘘，或发黄如金。」

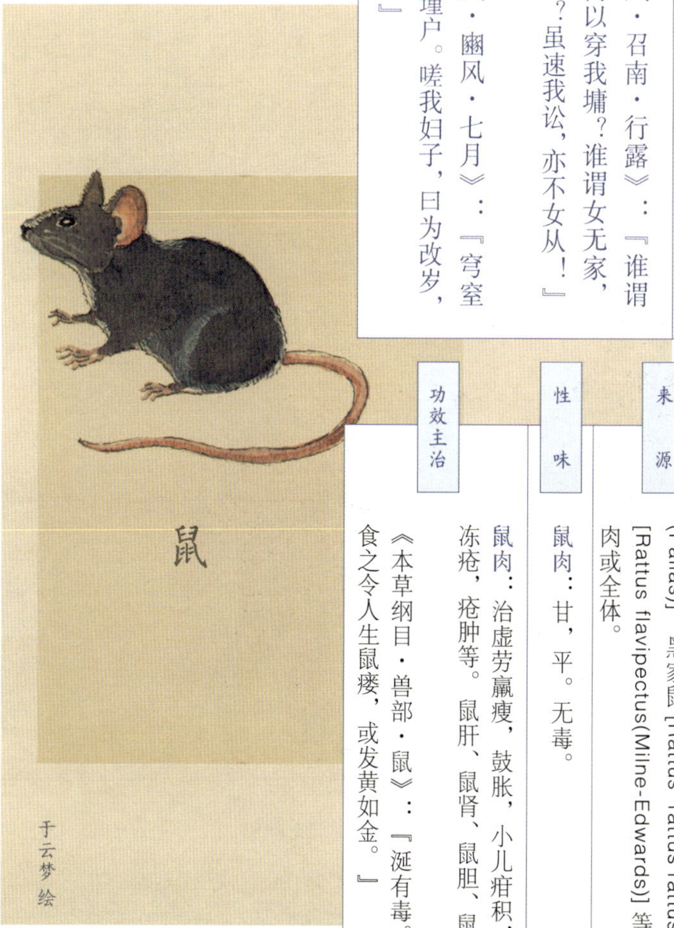

鼠

于云梦绘

于云梦 绘

鹿

•梅花鹿

《诗·小雅·吉日》：『兽之所同，麀鹿麌麌。』

《诗·大雅·韩奕》：『鲂鱮甫甫，麀鹿噳噳。』

《诗·大雅·桑柔》：『瞻彼中林，甡甡其鹿。』

《诗·小雅·鹿鸣》：『呦呦鹿鸣，食野之苹。』

释名

《诗经》鹿 《本草纲目》马鹿

《神农本草经》载鹿茸、鹿角

《别录》鹿肾、鹿肉

来源

药用鹿科动物梅花鹿（Cervus nippon Temmiruk）或马鹿（Cervus eluphus L.）的幼角、角、肾、肉及血等。

性味

鹿茸：甘、咸，温。

鹿角：咸，温。

鹿肉：甘，温。

功效主治

鹿茸：壮元阳，补气血，益精髓，强筋骨。治虚劳羸瘦，精神倦乏，眩晕，耳聋，目暗，腰膝酸痛，阳痿，滋精，妇女子宫虚冷、崩漏、带下。

鹿角：补血消肿，益肾。治疮疡肿毒，瘀血作痛。虚劳内伤，腰脊疼痛。

鹿肉：补五脏，调血脉。治虚劳羸瘦。血脉虚损，产后乏乳。

另鹿肾能补肾、壮阳、益精；鹿血能补虚和血。

于云梦 绘

貆

● 豪彘

《诗·国风·魏风·伐檀》：『不狩不猎，胡瞻尔庭有县貆兮。』

释名

《诗经》貆
《山海经》豪彘
《山海经》郭璞注 貆猪、鸾猪。
《本草图经》豪猪肉

来源

药用豪猪科动物豪猪（Hystrix hodgsoni Gray）的肉。

性味

甘，大寒。有毒。

功效主治

利大肠。治大便不畅。

《本草图经》：『肉甘美多膏，不可多食，发风气，令人虚羸。』

《本草纲目·兽部·豪猪》：『豪猪，处处深山中有之。多者成群害稼，状如猪而项脊有棘，鬣长近尺许，粗如箸，其状似笄及猬刺，白本而黑端，怒则激去，如矢射人。』

吕丹 绘

貉

・貉

《诗·国风·豳风·七月》："一之日于貉，取彼狐狸，为公子裘。"

释名

《诗经》貉

《尔雅》郭璞注：铗鋏

《本草图经》貉肉

来源

药用貉肉，为犬科动物貉（Ngctereutes procyonoides Gray）的肉。

性味

甘，温。无毒。

功效主治

主元藏虚劣及女子虚惫。杀虫除疳。

《本草纲目·兽部·貉》："貉，生山野间。状如狸，头锐利、鼻尖，斑色，其毛深厚温滑，可为裘服。与貛同穴而异处，日伏夜出，捕食虫物，出则貛从之，其性好睡，人或蓄之。"

于云梦 绘

豺

·豺狗

《诗·小雅·巷伯》：『彼谮人者，谁适与谋？取彼谮人，投畀豺虎。』

释名

《诗经》豺
《唐本草》豺皮
《本草纲目》豺狗
《食疗本草》豺肉

来源

药用犬科动物豺（Cuon alpinus Pallas）的皮、肉。

性味

豺皮：性热。
豺肉：甘、酸，温。

功效主治

豺皮：主冷痹脚气，诸疳痢，腹中诸疮。
豺肉：补虚劳，攻坚积，长气力，消骨鲠。

《医林纂要》：『昔人谓豺肉不堪食，令人瘦，然山中人腊之为良药，病久虚羸，稍食此则神气顿足，骨力顿强；若食伤、内伤、坚积者，煎腊服之即消，且不损真气，是则昔人之言，亦多有未尽矣。』

狼

《诗·国风·齐风·还》：『子之昌兮，遭我乎猛之阳兮。并驱从两狼兮，揖我谓我臧兮。』

·狼

释名

《诗经》狼《饮膳正要》狼肉

来源

药用狼肉，为犬科动物狼（Canis Lupus L.）的肉。

性味

狼肉：咸，温。

功效主治

补五脏，厚肠胃。治虚劳，祛冷积。

《随息居饮食谱》：『阴虚内热人忌食。』

豹

• 豹

《诗·国风·唐风·羔裘》：『羔裘豹祛，自我人究究！』

于云梦 绘

释名

《诗经》豹《别录》豹

来源

药用猫科动物豹(Pardus - Lorem users)的肉、脂等。

性味

豹肉：酸，平，无毒。

功效主治

豹肉：安五脏，补绝伤，轻身益气，壮筋骨。

豹脂：合生发膏，入面脂。

于云梦 绘

狐

• 狐

《诗·小雅·都人士》：「彼都人士，狐裘黄黄。」

《诗·国风·邶风·北风》：「莫赤匪狐，莫黑匪乌，惠而好我，携手同车。」

《诗·小雅·何草不黄》：「有芃者狐，率彼幽草。有栈之车，行彼周道。」

《诗·国风·齐风·南山》：「南山崔崔，雄狐绥绥。」

《诗·国风·卫风·有狐》：「有狐绥绥，在彼淇梁。心之忧矣，之子无裳。」

释名

《诗经》狐

来源

药用犬科动物狐（Vulpes unlpes L.）的肉、心等。

性味

狐肉：甘，温。

功效主治

狐肉：补虚暖中，解疮毒。治虚劳健忘，惊痫，水气浮肿等。

狐心：补益镇静。治癫狂。

吕丹 绘

狸

· 狸猫

《诗·国风·豳风·七月》：『取彼狐狸，为公子裘。』

释名

《诗经》狸
《本草经集注》狸肉
《本草纲目》野猫

来源

药用猫科动物豹猫（Felis bengalensis Kerr）的肉、骨或全体。

性味

狸肉：温。无毒。
狸骨：甘，温。无毒。

功效主治

狸肉：补中益气。治肠风下血，痔漏，瘰疬，游风。
狸骨：除风湿，开郁结，杀虫。治关节疼痛，游风，噎膈，疳疾，瘰疬，痔漏，恶疮。

《本经逢原》：『狸之与猫，同类异种，以性温散，故其骨炙灰，善开阴邪郁结之气，鼠瘘寒热，为之专药。』

《本草纲目·兽部·狸》：『时珍曰：狸骨、猫骨性相近，可通用之。』

象

《诗·鲁颂·泮水》：『元龟象齿，大赂南金。』

· 象

释名

《诗经》象齿 《药性论》象牙

来源

药用为象科动物亚洲象（Elephas maximus L.）的牙和皮等。

性味

象牙：甘，寒。

功效主治

象牙：清热镇惊，解毒生肌。治癫痫惊悸，骨蒸劳热，痈肿疮毒，痔漏。

象皮：治金疮不合。

虎

• 虎

《诗·大雅·韩奕》：「有熊有罴，有猫有虎。」

《诗·小雅·小旻》：「不敢暴虎，不敢冯河。人知其一，莫知其他。」

释名

《诗经》虎　《左传》於菟　《肘后方》大虫

来源

药用猫科动物虎（Panthera tigris L.）的骨、肉、眼睛、牙齿、脚筋、爪甲、肾、胆、胃、脂肪油。旧时以虎骨为常用。

性味

虎骨：辛，温。

功效主治

虎骨：追风定痛，健骨，镇惊。治历节风痛，四肢拘挛，腰脚不遂，惊悸癫痫等疾。

于云梦 绘

熊

·黑熊

《诗·小雅·斯干》：「吉梦维何？维熊维罴。」

《诗·大雅·韩奕》：「有熊有罴，有猫有虎。」「献其貔皮，赤豹黄罴。」

释名

《诗经》熊、罴

《尔雅翼》猪熊 《尔雅翼》马熊

《本草纲目》黑熊

《诗疏》黄熊

《尔雅》郭璞注：猳罴

《本草纲目》人熊 《药性论》熊胆

来源

中药熊胆为熊科动物黑熊[Selenanctos thibetanus G.Cuer)或棕熊(Ursus arctos L.)]的胆囊。

性味

熊胆：苦，寒。无毒。

功效主治

清热，镇痉，明目，杀虫。治热黄，暑泻，小儿惊痫，疳疾，蛔虫病，目翳，喉痹，鼻蚀，疔痔恶疮。

《本草图经》：「熊胆阴干用，然亦多伪。欲试之，取粟颗许，滴水中，一道若线不散者为真。」

《本草纲目·兽部·熊》：「按钱乙云：熊胆佳者通明，每以米粒点水中，运转如飞者良，余胆亦转，但缓耳。」

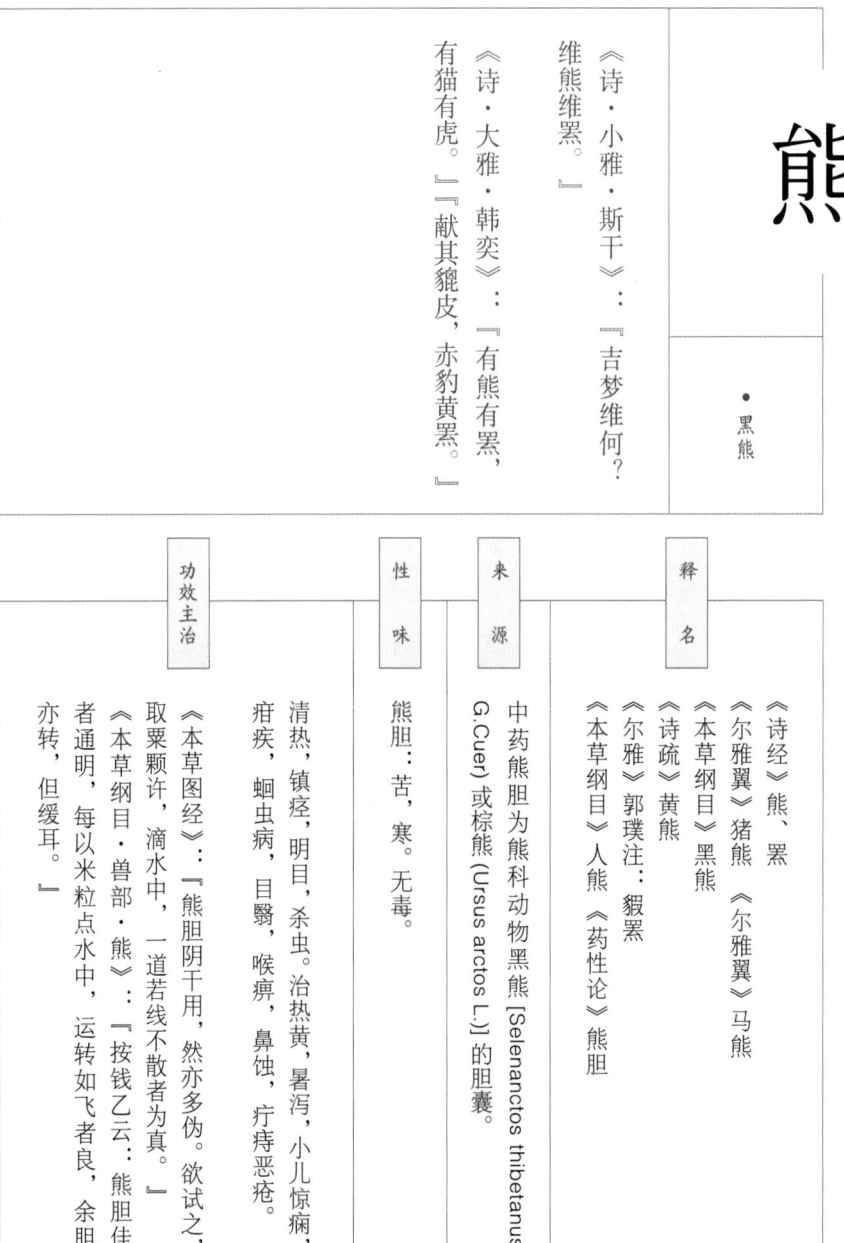

于云梦 绘

兕（犀）

• 犀牛

《诗·小雅·吉日》：『发彼小豝，殪此大兕。』

《诗·小雅·何草不黄》：『匪兕匪虎，率彼旷野。哀我征夫，朝夕不暇。』

《诗·国风·周南·卷耳》：『我姑酌彼兕觥，维以不永伤。』

《诗·国风·卫风·硕人》：『齿如瓠犀，螓首蛾眉。』

释名

《诗经》兕、犀

《尔雅》兕，似牛、犀，似豕

《神农本草经》犀

《本草纲目》沙犀

来源

药用犀角，为犀科动物印度犀（Rhinoceros unicornis L.）、爪哇犀（Rhinoceros sondaicus Desmarest.）、苏门犀[Rhinoceros sumatraensis(Fisoher)]的角。

性味

犀角：酸、咸，寒。

功效主治

犀角：清热，凉血，解毒，定惊。治伤寒、瘟疫热入血分，惊狂，烦躁，瞻妄，斑疹，发黄，吐血，衄血，下血，痈疽疮毒，并解诸毒。

于云梦 绘

猱

• 猴

《诗·小雅·角弓》：「毋教猱升木，如涂涂附。」

释名

《诗经》猱
《证类本草》猕猴

来源

药用猴枣，为猴科动物猕猴（Macaca mulatta Zimmermann）等的内脏结石和骨。

性味

猴枣：微咸、苦，寒、平。无毒。

功效主治

猴枣：清痰镇惊，清热解毒。治痰热喘嗽，小儿惊痫，瘰疬痰核。

猴骨：祛风湿，通经络，治瘴疟。

按

猴枣生于老猿猴胃及肝胆间，猿猴常食山果，积年累月，其精液所结成石者，形如枣，故名猴枣。犹牛之生黄，狗之生宝。故治效亦相类，猴枣为治痰热圣药，至今有猴枣散成药。

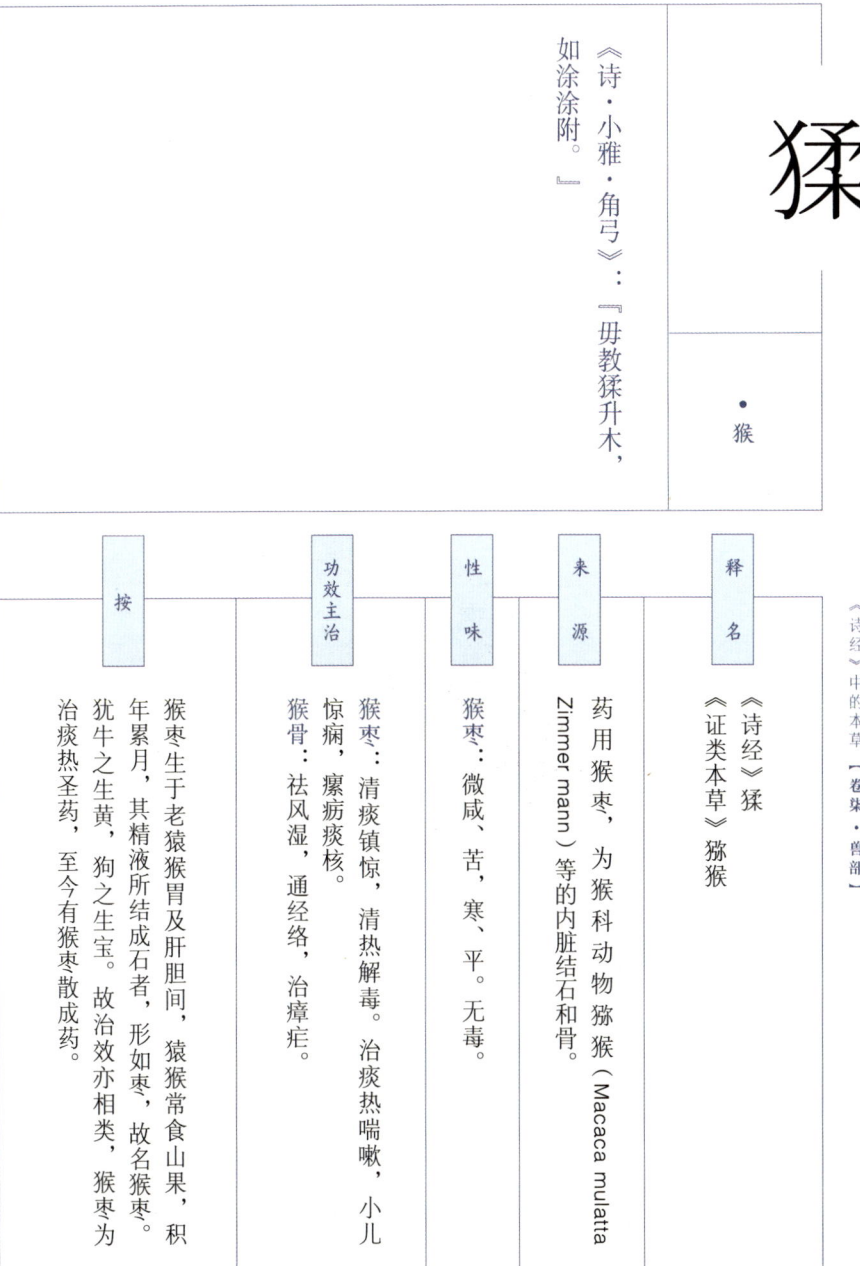

鱼部

卷捌

目录

鱼部

鯈 303
鳣 305
鲔 307
鲙 309
鰋 311
鲤 313
鳟 315
鲂 317
𫚉 319
鳢 321
⿰鱼累 323
鲨 325
龟 327
鳖 329
贝 331

鲦

• 鲦鱼

《诗·周颂·潜》：『潜有多鱼，有鳣有鲔，鲦鲿鰋鲤。』

释名

《诗经》鲦《尔雅》鮂，黑鰦

《毛诗笺》白鲦《本草纲目》鲦鱼

来源

药用鲤鱼科动物鲦鱼（Hemioulter leuciscus [basiL.]）的肉。

性味

甘，温。无毒。

功效主治

暖胃，止冷泻。

《本草纲目·鳞部·鲦鱼》：『时珍曰：鲦鱼生江湖中，小鱼也。长仅数寸，形狭而扁，状如柳叶。鳞细而整，洁白可爱，性好群游。』

于云梦 绘

鳣

• 鳇鱼

《诗·国风·卫风·硕人》：「鳣鲔发发，葭菼揭揭。」

《诗·小雅·四月》：「匪鳣匪鲔，潜逃于渊。」

释名

《诗经》鳣　《尔雅》郭璞注：黄鱼

《本草拾遗》鳣鱼

《食鉴本草》鳇鱼　《本草纲目》鲟鳇鱼

来源

药用鲟科动物鳇鱼[Huso dauricus(Georgi)]的肉。

性味

甘，平。无毒。

功效主治

益气补虚。

宁原《食鉴本草》：「食多生痰热。」

《本草纲目·鳞部·鳣鱼》：「时珍曰：鳣出江淮黄河辽海深水处。无鳞大鱼也。其状似鲟，其色灰白。其背有甲骨三行，其鼻长有须，其口近颔下。其尾岐出也。以三月逆水而生。其居也在矶石湍流之间……昔人所谓『鳣鲔岫居』。」

鲟鱼
于云梦绘

鲔

·鲟鱼

《诗·小雅·四月》：『匪鳣匪鲔，潜逃于渊。』

《诗·周颂·潜》：『潜有多鱼，有鳣有鲔。』

释名

《诗经》鲔

《尔雅》鮇鲔 《尔雅》郭璞注：鱏

《本草拾遗》鲟鱼 《本草纲目》碧鱼

来源

药用鲟科动物中华鲟（Acipenser sinensis Gray）和白鲟科的白鲟（Psephurusgladius[Ma-rtens]）肉。

性味

甘，平。无毒。

功效主治

益气补虚，活血通淋。

《本草纲目·鳞部·鲟鱼》：『时珍曰……其状如鳣，而背上无甲；其色青碧，腹下色白；其鼻长与身等。口在颔下，食而不饮；颊下有青斑，纹如梅花状；尾岐如丙。肉色纯白。味亚于鳣，鬐骨不脆。』（此即白鲟）。

于云梦 绘

鲿

· 黄颡鱼

《诗·小雅·鱼丽》：『鱼丽于罶，鲿鲨，君子有酒，旨且多。』

释名

《诗经》鲿 《诗疏》黄颊鱼、黄鲿鱼
《食疗本草》黄颡鱼
《随息居饮食谱》黄刺鱼

来源

药用鮠科动物黄颡鱼（Pelteobagrus fulcidraco [Richardson]）的肉或全体。

性味

甘，平。

功效主治

利小便，消水肿，敷瘰疬，醒酒。

《本草纲目·鳞部·黄颡鱼》：『时珍曰：黄颡，无鳞鱼也，身味俱似小鲇，腹下黄，背上青黄，鳃下有二横骨，两须，有胃，群游作声如轧轧，性最难死。』

又：『水汽浮肿：用黄颡三尾，绿豆一合，大蒜三瓣，水煮烂，去鱼食豆；以汁调商陆末一钱服。其水化为清气而消。诗云：一头黄颡八须鱼，绿豆同煎一合余，白煮作羹成顿服，管教水肿自消除。（《集要》）』

于云梦 绘

鰋

· 鲶鱼

《诗·小雅·鱼丽》：『鱼丽于罶，鰋鲤。君子有酒，旨且有。』

《诗·周颂·潜》：『潜有多鱼，有鳣有鲔。鲦鲿鰋鲤，以享以祀，以介景福。』

释名

《诗经》鰋　《尔雅》郭璞注：额白鱼
《别录》鮧鱼　《食经》鲇鱼
《食经》鳀鱼　《医林纂要》石鰋
《动物学大辞典》鲶

来源

药用鲇科动物鲇鱼［Parasilurus asotus(L.)］的全体或肉。

性味

甘，温。无毒。

功效主治

滋阴开胃，催乳，利尿。治虚损不足，妇女产后乳汁不行，水气浮肿，小便不利。

《本草纲目·鳞部·鲇鱼》：『鲇乃无鳞之鱼，大首偃额，大口大腹，鮠身鳢尾，有齿有胃有须。生流水者青白色，生止水者青黄色。』

于云梦 绘

鲤

• 鲤鱼

《诗·国风·陈风·衡门》:『岂其食鱼,必河之鲤?岂其取妻,必宋之子。』

《诗·小雅·鱼丽》:『鱼丽于罶,鰋鲤。君子有酒,旨且有。』

释名

《诗经》鲤

《尔雅》郭璞注:赤鲤鱼

《神农本草经》鲤鱼

来源

药用鲤科动物鲤鱼(Cyprinns carpiou L.)肉或全体。

性味

甘,平。

功效主治

利水,消肿,下气,通乳。治水肿胀满,脚气,黄疸,咳嗽气逆,乳汁不通。

《食疗本草》:『鲤鱼,可去背上两筋及黑血,毒故也。』

《外台秘要方》治水病身肿:『鲤鱼一头,极大者。去头尾及骨,唯取肉。以水两斗,赤小豆一升,和鱼肉煮。可取二升以上汁,生布绞去滓。顿服尽,如不能尽,分为二服。后服温令暖,服讫下痢,痢尽瘥。』

于云梦 绘

鳟

• 鮅鱼

《诗·国风·豳风·九罭》：『九罭之鱼鳟鲂，我觏之子，衮衣绣裳。』

释名

《诗经》鳟

《尔雅》鮅、鳟

《本草纲目》鳟鱼、鮅鱼、赤眼鱼

来源

药用鲤科动物赤眼鳟 [Squaliobarbus curriculus (Richardson)] 的肉。

性味

甘，温。无毒。

功效主治

和胃暖中。

《本草纲目》：『时珍曰：鳟鱼，处处有之，状似鲩而小，赤脉贯瞳，身圆而长，鳞细于鲩，青质赤章。好食螺蚌，善于遁网。』；『多食动风热，发疥癣。』

于云梦 绘

鲂

• 鳊鱼

《诗·国风·周南·汝坟》：『鲂鱼赪尾，王室如燬。虽则如燬，父母孔迩！』

《诗·国风·陈风·衡门》：『岂其食鱼，必河之鲂？岂其取妻，必齐之姜？』

《诗·小雅·鱼丽》：『鱼丽于罶，鲂鳢。君子有酒。多且旨。』

释名

《诗经》鲂
《本草纲目》鲂鱼
《日用本草》鳊鱼

来源

药用鲤科动物三角鲂 [Megalobrama terminalis (Richardson)] 的肉。

性味

甘，平。无毒。

功效主治

调胃气，利五脏，和芥子酱食之，助肺气，祛胃家风。消谷不化者，作鲙食，助脾气，令人能食。

《本草纲目·鳞部·鲂鱼》：『时珍曰：鲂鱼，处处有之，汉，沔尤多，小头缩颈，穹脊阔腹，扁身细鳞，其色青白，腹内有肪，味最腴美。其性宜活水。故《诗》曰：「岂其食鱼，必河之鲂。」其俚语云：伊、洛鲤鲂，羊如牛羊。又有一种「火烧鳊」，头尾俱似鲂，而脊骨更隆，上有赤鬣连尾。』

于云梦 绘

鲊 (xù)

• 鲢鱼

《诗·国风·齐风·敝笱》：『敝笱在梁，其鱼鲂鱮。』

释名

《诗经》鲊
《埤雅》鲊鱼、白鲊
《本草纲目》鲊鱼、鲢鱼

来源

药用鲤鱼科动物鲢鱼[Hypophthalmichtnys molitrix(cuv. et va l.)]的肉。

性味

甘，温。无毒。

功效主治

温中益气。

《本草纲目·鳞部·鲊鱼》：『时珍曰……鱼之美者曰鲊……』

《西征赋》云：『华鲂跃鳞，素鲊扬鬐』；『多食令人热中发渴，又发疥疮』。

《随息居饮食谱》：『暖胃，补气，泽肤。』

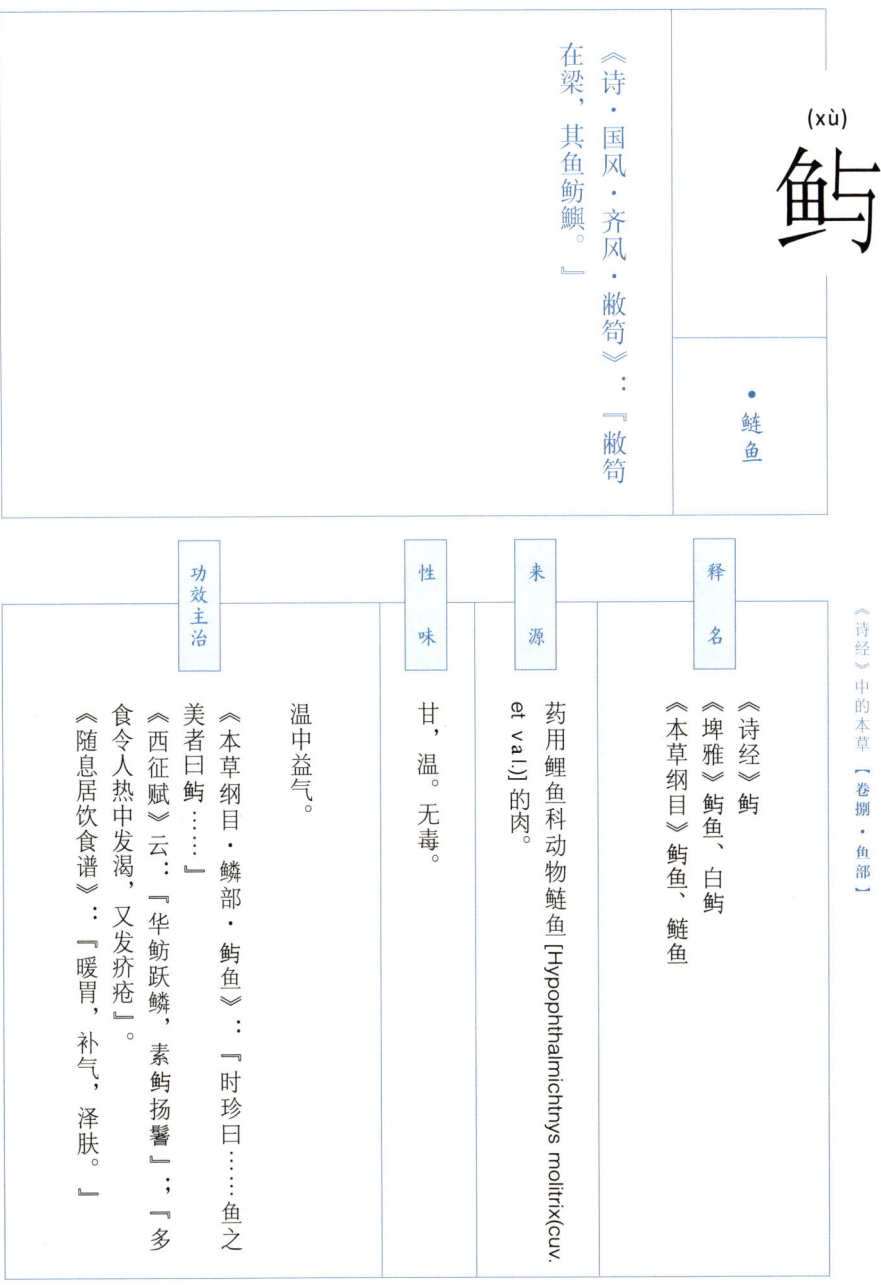

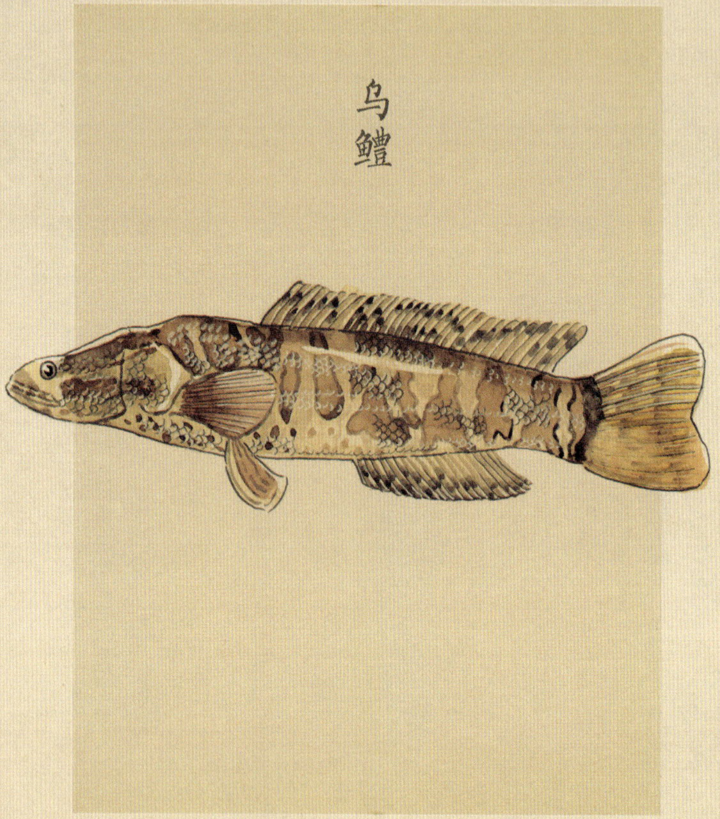

于云梦 绘

鳢

· 黑鱼

《诗·小雅·鱼丽》：『鱼丽于罶，鲂鳢。君子有酒，多且旨。』

释名

《诗经》鳢《神农本草经》蠡鱼、鲖鱼
《本草图经》黑鳢鱼
《日用本草》黑鱼《医林集要》乌鳢
《本草纲目》醴鱼

来源

药用鳢科动物乌鳢（Ophicephalus argus Cantur）的肉或全体。

性味

甘，寒。无毒。

功效主治

补脾利水。治水肿、湿痹、脚气、痔疮。

《本草经疏》：『蠡鱼乃益脾除水之要药也……凡治浮肿之药，或专于利水，或专于补脾，其性各自为用，唯蠡鱼能导横流之势，补其不足，补泻兼施……苏颂主妊娠有水气，并取其除湿下气益脾之功也。』

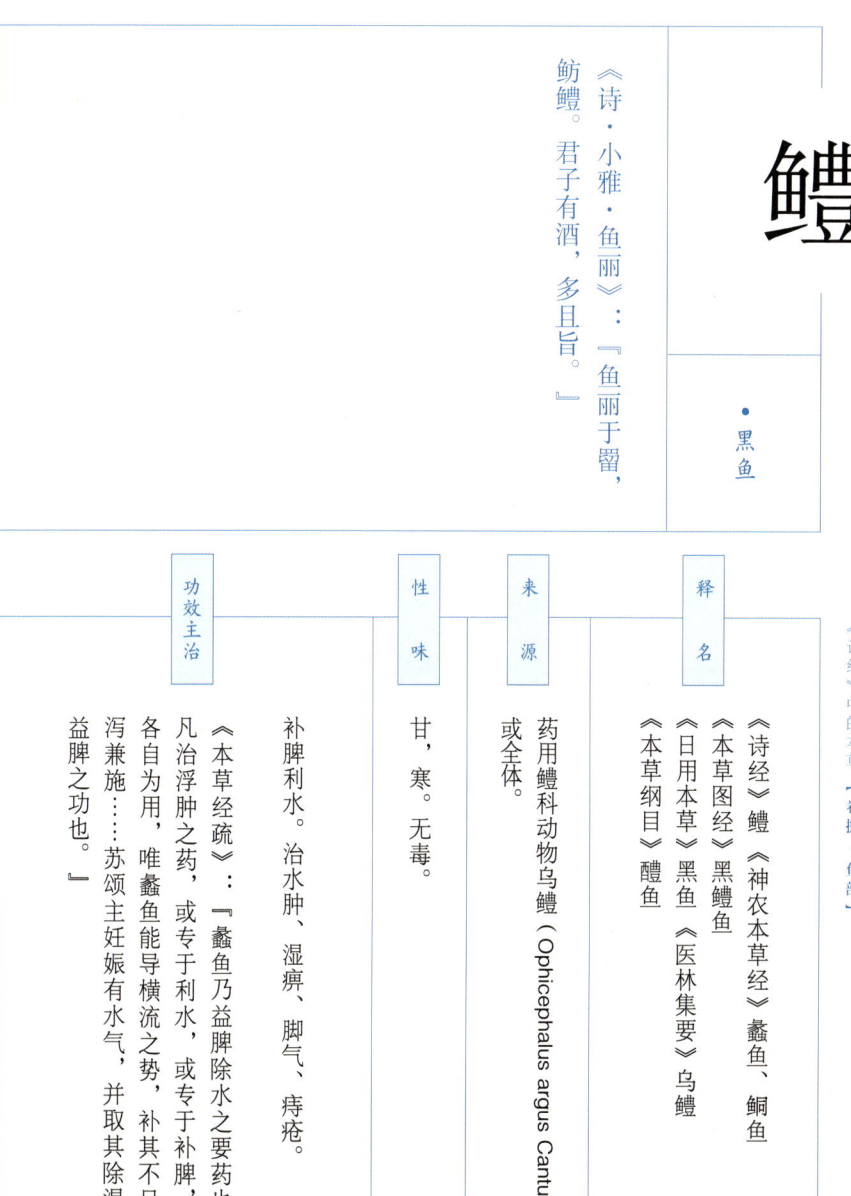

吕丹 绘

鳏

· 鳡鱼

《诗·国风·齐风·敝笱》：『敝笱在梁，其鱼鲂鳏。』

释名

《诗经》鳏《山海经》黄颊
《太平御览》鳏鱼
《本草纲目》鳡鱼、鳏鱼、黄颊鱼

来源

药用鲤科动物鳡鱼（Flopichthys bambusa[Rieh.]）的肉。

性味

甘，平。无毒。

功效主治

治呕，暖中益胃。

《本草纲目·鳞部·鳡鱼》：『时珍曰……其性独行，故曰鳏。《诗》云：『其鱼鲂鳏』是矣』；『大者三四十斤。啖鱼最毒。池中有比，不能蓄鱼。』

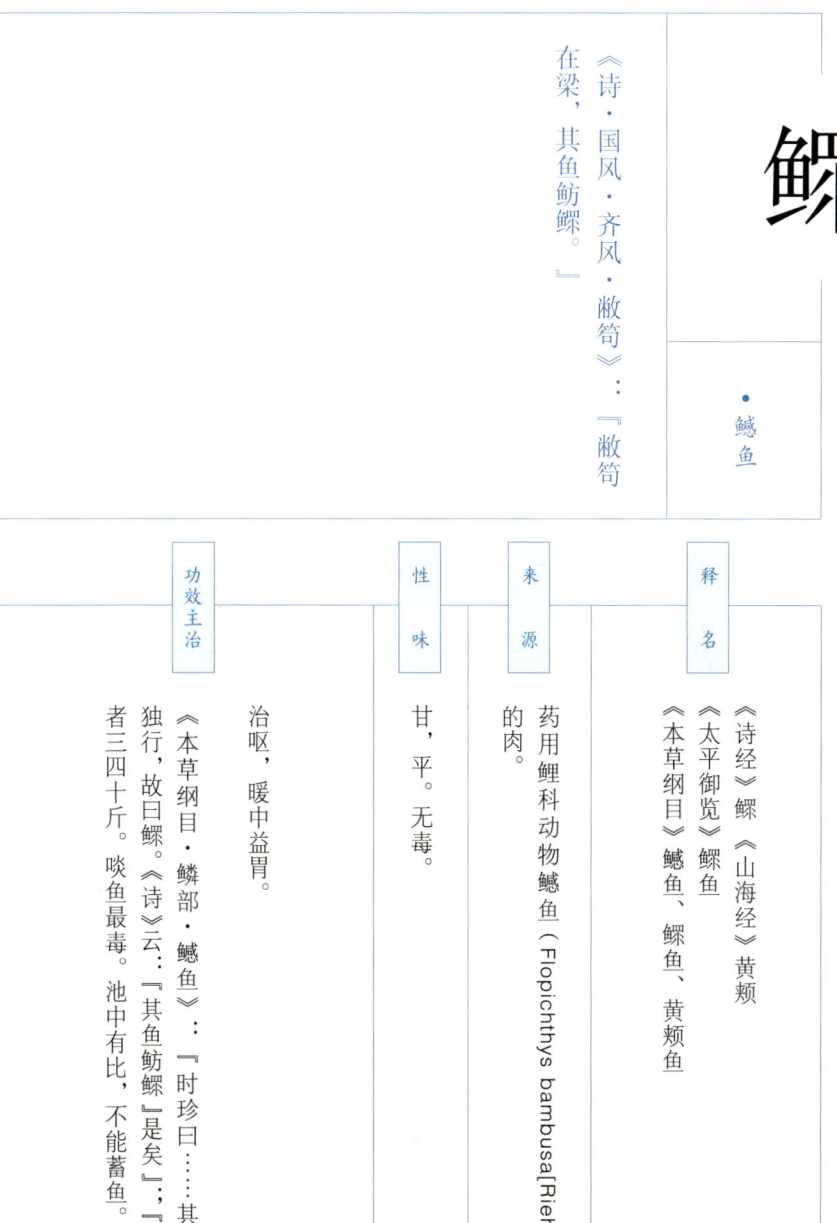

鰕虎鱼

于云梦 绘

鲨

《诗·小雅·鱼丽》：『鱼丽于罶，鲿鲨。君子有酒，多且旨。』

• 鰕虎鱼

释名

《诗经》鲨《尔雅》鲨、鮀

《后汉书》魦

《本草纲目》鲨鱼，俗名沙沟鱼

姚可成《食物本草》鰕虎鱼

来源

药用鰕虎鱼科动物刺鰕虎鱼（Acanthogobius flavimanus[Temminek et sehlegel]）的肉。

性味

甘、咸，平。

功效主治

暖中益气。

《尔雅》郭璞注：『今吹沙小鱼，体圆而有点文。』

《本草纲目·鳞部·鲨鱼》：『时珍曰：此非海中鲨鱼，乃南方溪涧中小鱼也。居沙沟中吹沙而游，咂沙而食』；『鲨鱼大者长四五寸，其头尾一般大，头状似鳟，体圆似鱓，厚肉重唇，细鳞黄白色，有黑斑点文。背有鬐刺甚硬，其尾不歧。小时即有子，味颇美。俗呼为呵浪鱼。』

于云梦 绘

龟

·水龟

《诗·鲁颂·泮水》：『憬彼淮夷，来献其琛。元龟象齿，大赂南金。』

《诗·大雅·绵》：『爰始爰谋，爰契我龟。』

释名

《诗经》龟 《尔雅》水龟 《淮南子》龟壳

《神农本草经》龟甲 《小品方》败龟甲

《日华子本草》龟板、败龟胶，又有龟下甲、元武版等。

来源

药用龟板为龟科动物乌龟 [hinemys reevesii(Gray)] 腹甲。龟肉亦供药用。

性味

咸、甘，平。

功效主治

龟板：滋阴潜阳，补肾健骨。治肾阴不足，骨蒸劳热，吐血衄血，久咳遗精，骨痿，阴虚风动，久痢久疟，痔疮。妇女崩漏带下，小儿囟门不合。

龟肉：益阴补血，治劳瘵骨蒸，久咳咯血，久疟血痢，肠风痔血，筋骨疼痛。

《本草经疏》：『妊妇不宜用，病人虚而无热者不宜用』;『龟、鳖二甲，《本经》所主大略相似……二者咸至阴之物，鳖甲走肝肾以除热，龟甲通心入肾以滋阴，用者不可不详辨也。』

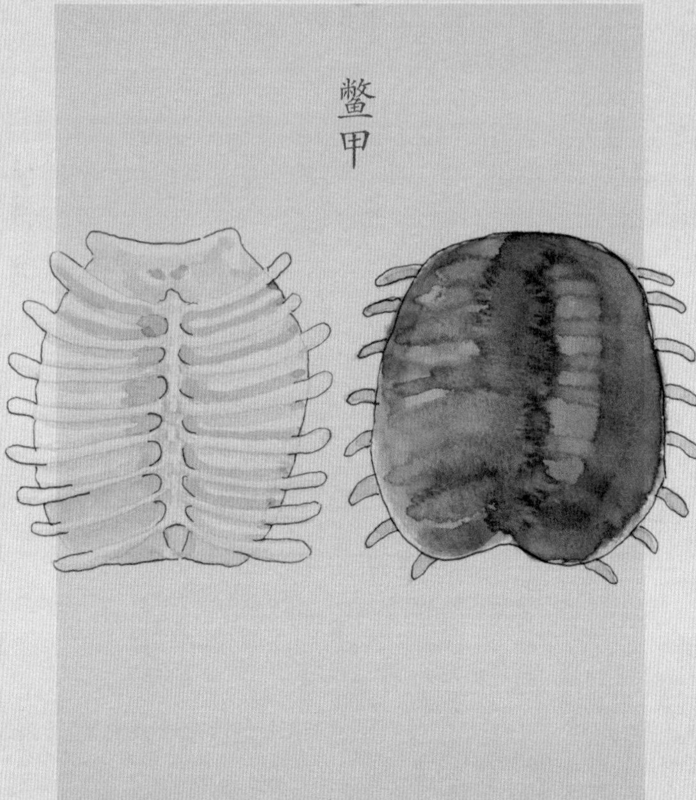

于云梦 绘

鳖

· 甲鱼
· 团鱼

《诗·大雅·韩奕》：『其蔌维何？炰鳖鲜鱼。』
《诗·小雅·六月》：『饮御诸友，炰鳖脍鲤。』

释名

《诗经》鳖
《本草纲目》团鱼
《随息居饮食谱》甲鱼

来源

药用鳖甲动物中华鳖（Amyda Sincnsis [Wiegmann]）的鳖甲、鳖血、鳖头等。

性味

鳖甲：咸，平。

功效主治

鳖甲：养阴祛热，平肝熄风，软坚散结。治劳热骨蒸，阴虚风动，劳疟疟母，癥瘕痃癖。妇女经闭经漏，小儿惊痫等。
鳖血：治口眼㖞斜，虚劳潮热，脱肛。
鳖头：治久痢脱肛，妇女产后子宫下坠，阴疮。
鳖甲胶：由鳖甲煎熬而成，滋阴补血，退热清瘀。

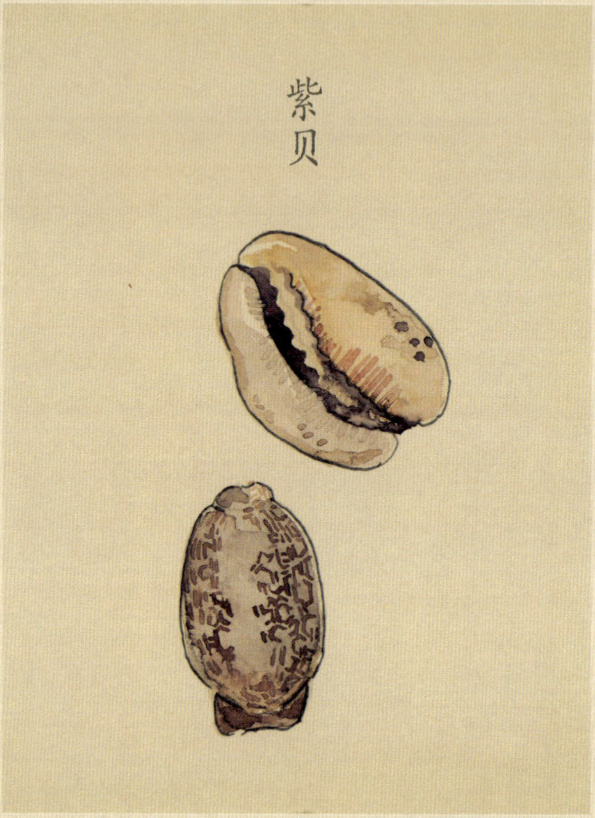

于云梦 绘

贝

• 紫贝齿

《诗·小雅·巷伯》：『萋兮斐兮，成是贝锦。彼谮人者，亦已大甚！』

释名

《诗经》贝　《唐本草》紫贝
《本草图经》砑螺　《本草纲目》绶贝
《南州异物志》文贝
《中国医学大辞典》紫贝齿

来源

药用紫贝，为宝贝科动物绶贝（Mauritia Arabica[L.]）等的外壳。

性味

咸，平。无毒。

功效主治

清热安神，平肝明目。治热毒目翳，小儿斑疹入目，惊惕不眠。

《唐本草》：『紫贝，形似贝，圆，大二三寸。出东海及南海上。紫斑而骨白。』

朱熹《诗经集传》：『萋、斐，小文小貌。贝，水中介虫。有文彩似锦。』

虫部

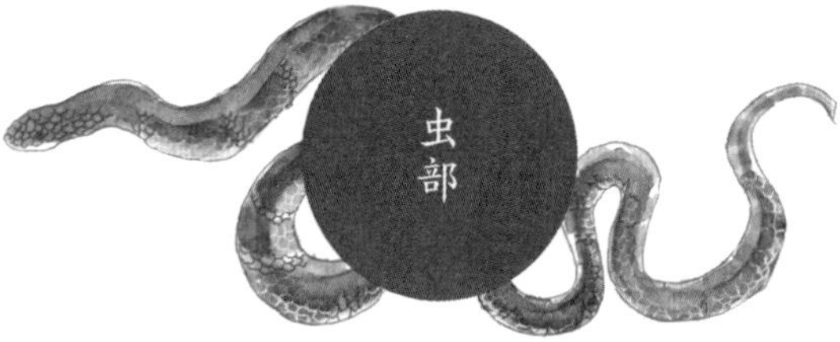

卷玖 目录

虫部

莎鸡 333
蜩 335
螽斯 337
蟋蟀 339
宵行 341
蜂 343
蜾蠃 345
蟏蛸 347
蝤蛴 349
伊威 351
虿 353
虺 355
蛇 357

莎鸡

• 纺织娘
• 叫姑姑

《诗·国风·豳风·七月》：「五月斯螽动股，六月莎鸡振羽。」

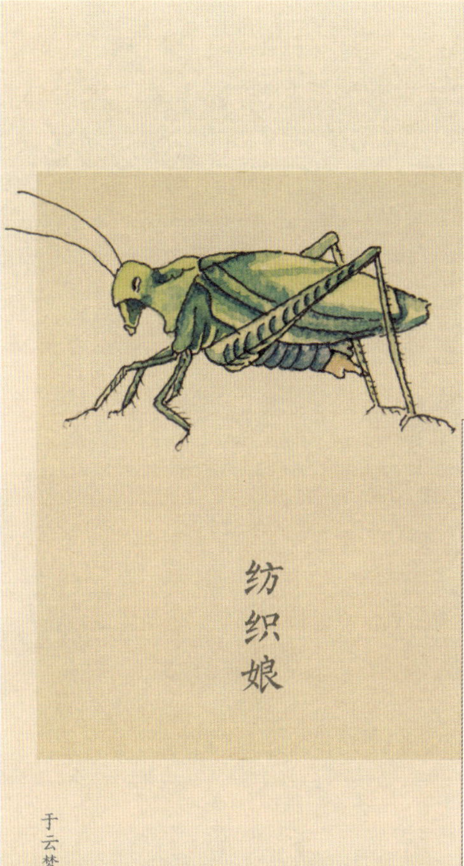

于云梦 绘

释名

《诗经》莎鸡 《尔雅》螒、天鸡

《虫荟》纺织娘、叫哥哥

《民间常用草药汇编》叫姑姑

来源

药用螽蟴科昆虫纺织娘（Mecopoda elongata L.）的全虫。

功效主治

民间于夏秋捕捉，用酒醉死，去头、足及翅，焙干。治小儿抽风，研末，内服1-4个。

于云梦 绘

释名

《诗经》鸣蜩

《尔雅》蜩，螗蜩，蝘蜩

《神农本草经》蚱蝉

来源

药用蚱蝉科昆虫黑蚱（Cryptotympana atrata Fabricius）的全虫和壳。

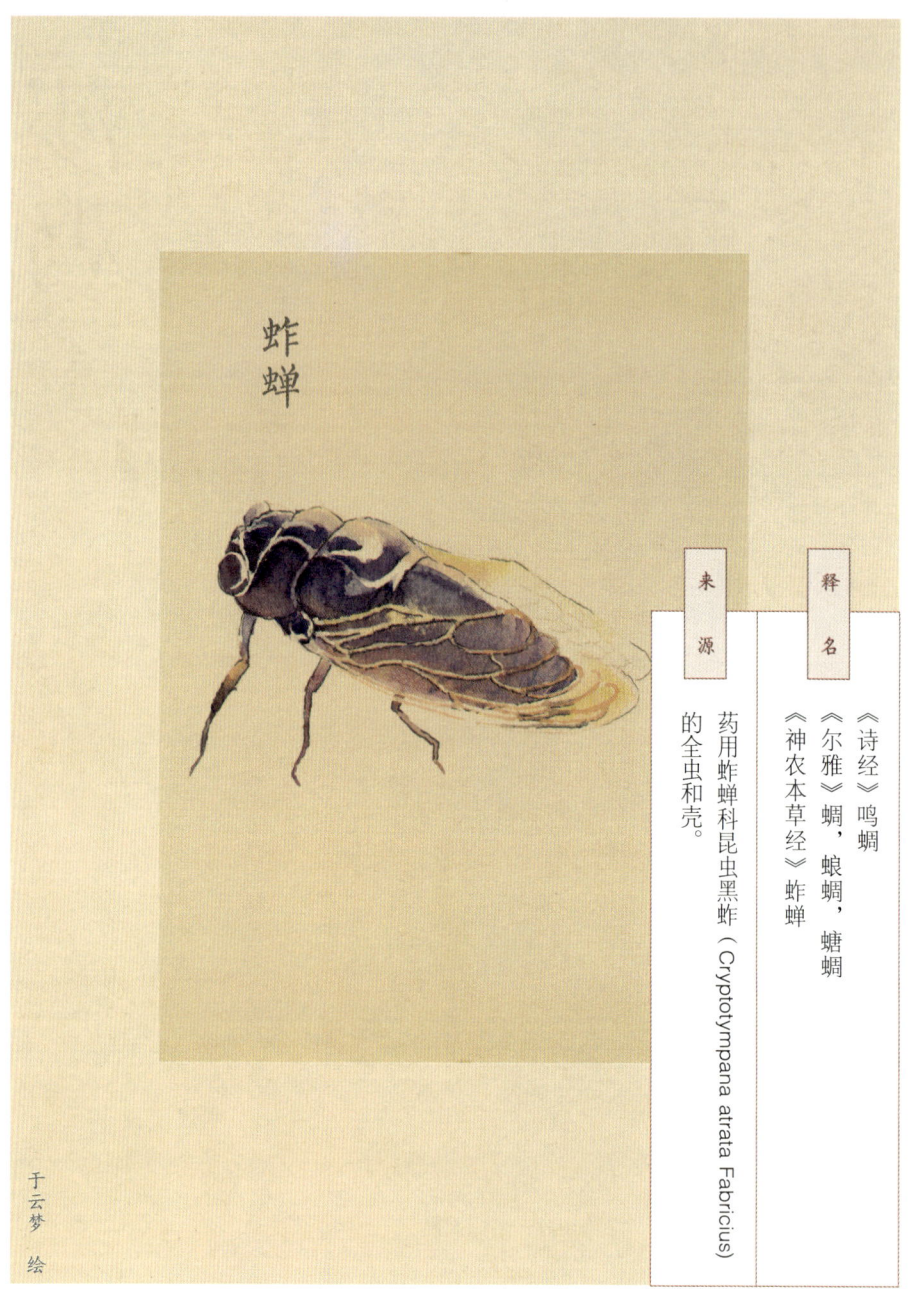

蜩

(tiáo)

·蚱蝉

《诗·大雅·荡》：『如蜩如螗，如沸如羹。』

《诗·小雅·小弁》：『菀彼柳斯，鸣蜩嘒嘒。』

《诗·国风·豳风·七月》：『四月秀葽，五月鸣蜩。』

性味

蚱蝉：咸、甘，寒。无毒。

功效主治

蚱蝉：清热，熄风，镇惊。治小儿惊风，癫痫，夜啼。

蝉蜕：治小儿惊痫夜啼，风热痘疹，破伤风及头风眩晕，目翳、失音等。

《本草纲目·虫部·蚱蝉》：『《别录》曰：蚱蝉生杨柳上，五月采，蒸干之，勿令蠹。宏景曰：……蝉类甚多，比云柳上，乃《诗》云『鸣蜩嘒嘒』者，形大而黑，五月便鸣』，『时珍曰：蝉，诸蜩总名也……夏月始鸣，大而色黑者蚱蝉也。又曰蝒，曰马蜩，《豳诗》『五月鸣蜩』者是也。头上有花冠，曰螗蜩，曰蝘，曰胡蝉，《荡诗》『如蜩如螗』者是也。具五色者曰蜋蜩，见《夏小正》，并可入药用。小而有文者曰螓，曰麦蛰；小而色青绿者曰茅蜩，曰茅蠽；秋月鸣而色青紫者曰蟪蛄，曰蛁蟟，曰蜓蚞，曰螇螰，曰蛥蚗；小而色青赤者曰寒蝉，曰寒蜩，曰寒螿，曰蜺；未得秋风则瘖不能鸣，谓之哑蝉，亦曰瘖蝉；二三月鸣而小于寒螿者曰蟰母，并不入药。』

于云梦 绘

螽斯

·蚱蜢

《诗·国风·周南·螽斯》：『螽斯羽，诜诜兮。宜尔子孙，振振兮。螽斯羽，薨薨兮。宜尔子孙，绳绳兮。螽斯羽，揖揖兮。宜尔子孙，蛰蛰兮。』

《诗·国风·豳风·七月》：『五月斯螽动股，六月莎鸡振羽。』

《诗·小雅·出车》：『喓喓草虫，趯趯阜螽。』

释名

《诗经》阜螽、螽斯、斯螽

《尔雅》蝗螽，蠜

《本草纲目》蚱蜢

来源

药用蝗科昆虫稻蝗（Oxya chinensis Thunb.）等的干燥全虫。

性味

辛、甘，温。有毒。

功效主治

治小儿急慢性惊风，百日咳。

《本草纲目·虫部·蝗螽》：『时珍曰：蝗螽，在草上者曰草螽，在土中者曰土螽，似草螽而大者曰螽斯，似螽斯而细长者曰蟹螽。数者皆类蝗，而大小不一，长角修股善跳，有青、黑、斑数色。亦能害稼，五月动股作声，至冬入土穴中。』

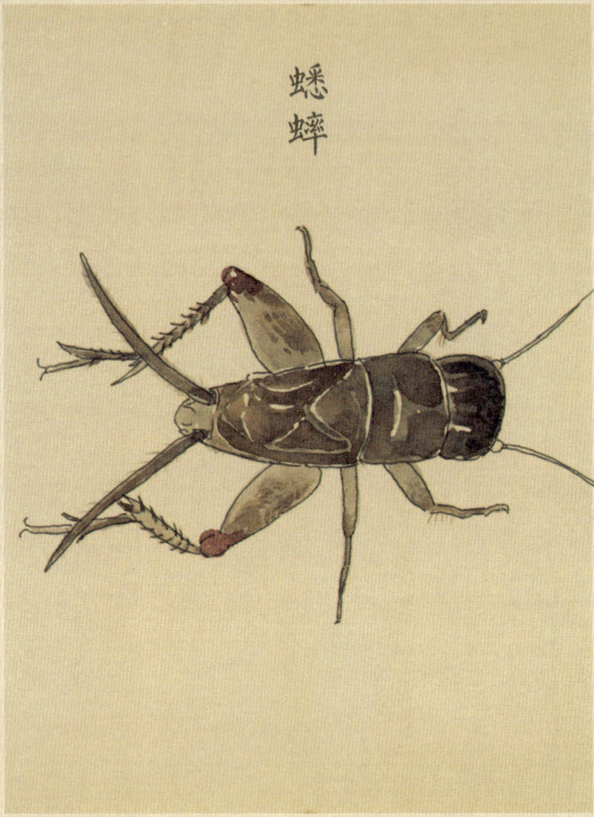

于云梦 绘

蟋蟀

·将军

《诗·国风·唐风·蟋蟀》：『蟋蟀在堂，岁聿其莫。今我不乐，日月其除。』

《诗·国风·豳风·七月》：『七月在野，八月在宇，九月在户，十月蟋蟀入我床下。』

释名

《诗经》蟋蟀

《尔雅》蛬

《古今注》吟蛩

《纲目拾遗》将军

来源

药用蟋蟀科昆虫蟋蟀（Gryllulus chinensis Weber）的干燥全虫。

性味

辛、咸，温。

功效主治

利尿。治尿闭，水肿，鼓胀。孕妇忌服。

于云梦 绘

宵行

· 萤火虫

《诗·国风·豳风·东山》:『町畽鹿场,熠耀宵行。不可畏也,伊可怀也。』

释名

《诗经》宵行
《尔雅》萤火,炤
《神农本草经》萤火、夜光

来源

药用萤科昆虫萤火虫(Luciola vitticollis kies)全虫。

性味

辛,微温。无毒。

功效主治

明目。治青盲,小儿火疮伤,热气。

《本草纲目·虫部·萤》:『时珍曰:萤有三种,一种小而宵飞,腹下光明。一种长如蛆蠋,尾后有光,无翼不飞,一名蠋,俗名萤蛆。一种水萤,居水中。入药用飞萤。』

朱熹《诗经集传》:『宵行,虫名,如蚕。夜行喉下有光如萤。』实为萤之一种。

又『时珍曰:《豳风》『熠耀宵行』,『宵行』乃虫名,『熠耀』其光也、《诗》注及《本草》皆误以『熠耀』为萤名矣。』

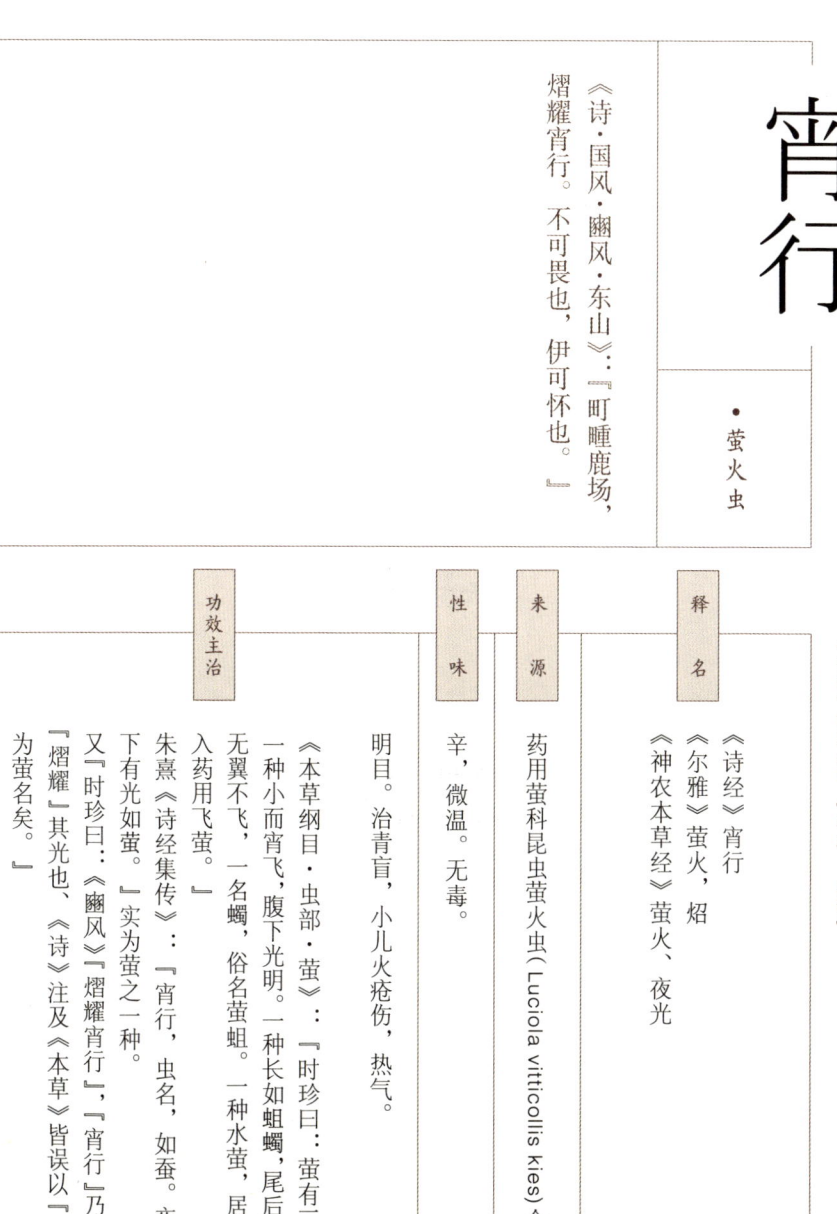

于云梦 绘

蜂

· 土蜂
· 马蜂

《诗经·周颂·小毖》：『予其惩而毖后患。莫予荓蜂，自求辛螫。』

释名

《诗经》蜂
《尔雅》郭璞注：马蜂
《神农本草经》土蜂、蜚零、土蜂子
《本草纲目》蟺蜂、马蜂

来源

药用土蜂科昆虫土蜂（Discolia vittifrons Sch.）的全虫及其幼虫土蜂子和蜂房。

性味

土蜂子：甘，凉。有毒。

功效主治

土蜂：烧末，油和敷蜘蛛咬疮。《本草拾遗》：『穴居者名土蜂，赤黑色，最大，螫人致死。』

土蜂子：治痈肿、丹毒、风疹。酒浸敷面，令人悦白。《日华子本草》：『有食之者，须以冬瓜及苦荬、生姜、紫苏以制其毒。』

土蜂房：疗疔肿疮毒。

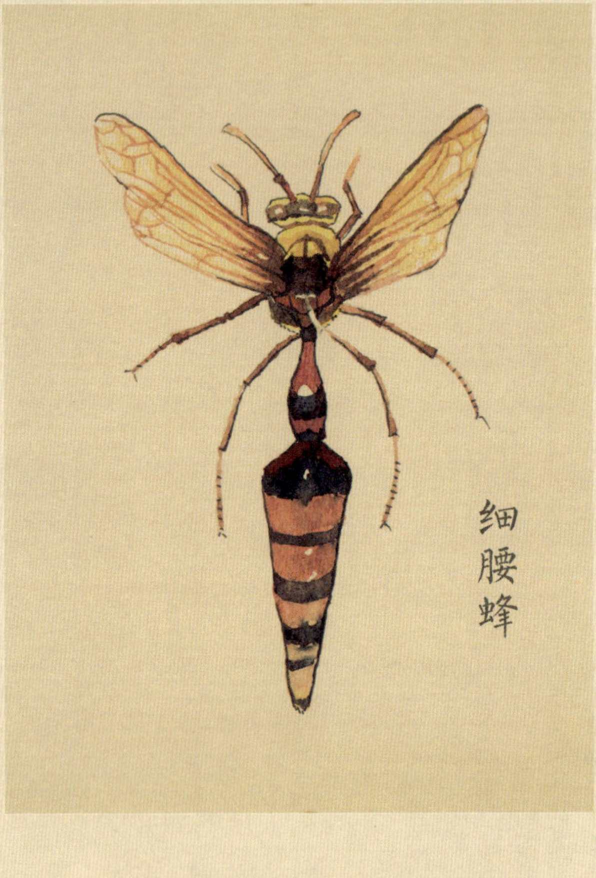

于云梦 绘

蜾蠃

·细腰蜂

《诗·小雅·小宛》：『中原有菽，庶民采之。螟蛉有子，蜾蠃负之。教诲尔子，式穀似之。』

释名

《诗经》蜾蠃
《别录》土蜂
《庄子》细腰蜂
《毛诗传》蒲卢
《神农本草经》蠮螉

来源

药用蜾蠃科昆虫蜾蠃（Eumenes pomifomis Fab）的全虫。

性味

辛，平。有毒。

功效主治

治咳嗽，呕逆，鼻窒，痈肿，蜂螫。

《本草纲目·虫部·蠮螉》：『宏景曰：今一种蜂黑色，腰甚细，衔泥于人屋及器物边做房，如併竹管者是也。其生子如粟米大，置中，乃取草上青蜘蛛十余枚满中，仍塞口，以待其子大为粮也。其一种入芦管中者，亦取草上青虫。《诗》云『螟蛉有子，蜾蠃负之』』。

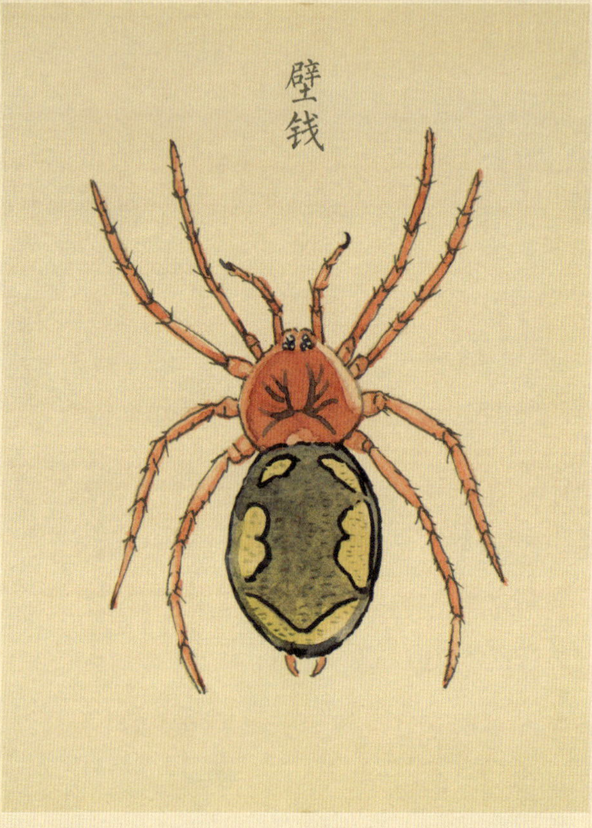

于云梦 绘

蟏蛸

·壁钱

《诗·国风·豳风·东山》：『伊威在，蟏蛸在户。』

释名

《诗经》蟏蛸
《尔雅》蟏蛸、长踦
《本草拾遗》壁钱
《本草纲目》壁镜
《外科金生集》壁蟢

来源

药用壁钱科动物壁钱（Uroctea compactilis Koch）的全虫。

性味

咸，平。

功效主治

治喉痹，牙疳，鼻衄，痔疮下血，金疮出血。

《本草拾遗》记载，壁钱幕，为壁钱的卵囊，又称壁钱窠。《金匮翼》锡类散用之，与西黄、冰片、珍珠、人指甲、象牙屑、青黛等共为细末。治烂喉痧、乳蛾、口疳等。

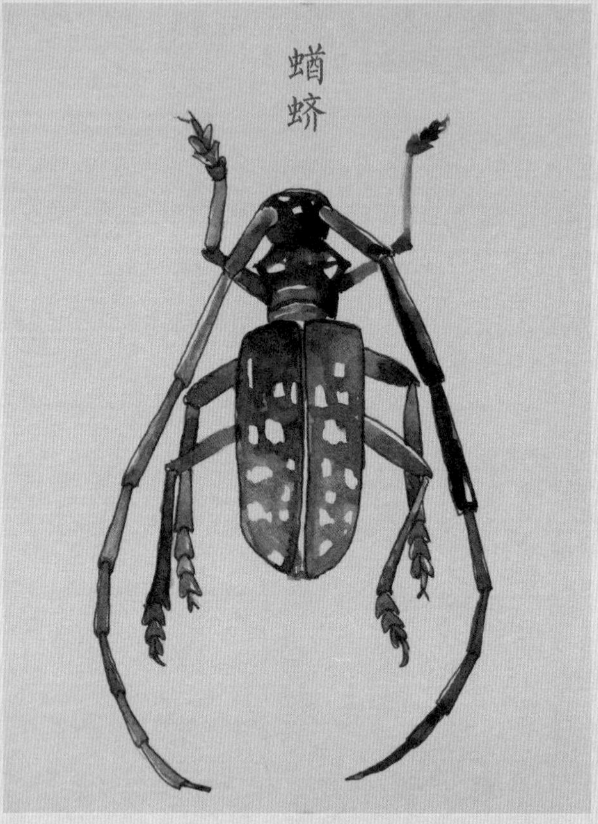

于云梦 绘

蝤蛴

·桑蠹虫

《诗·国风·卫风·硕人》："手如柔荑，肤如凝脂，领如蝤蛴，齿如瓠犀，螓首蛾眉，巧笑倩兮，美目盼兮。"

释名

《诗经》蝤蛴

《尔雅》蝎、桑蠹、蝤蛴、蛣蝠

《别录》桑蠹虫

《本草纲目》木蠹虫、蝤蛴

来源

药用天牛科昆虫星天牛（Anoplophora chinensis [Forster]）、桑天牛（Apriona germari[Hope]）或其他近缘昆虫的幼虫。

性味

甘，平。有毒。

功效主治

活血，祛瘀，通经。治劳伤瘀血，血滞经闭，腰脊疼痛，崩漏，带下。

《本草纲目·虫部·木蠹虫》："时珍曰：似蚕而在木中食木者为蝎；似蚕而在树上食叶者为蠋；似蠋而小，行则首尾相就，屈而后伸者为尺蠖；似尺蠖而青小者为螟蛉。三虫皆不能穴木，至夏俱羽化为蛾。唯穴木之蠹宜入药用。"

按

《诗·国风·豳风·东山》："蜎蜎者蠋，烝在桑野。"即李时珍所说的"蠋"。

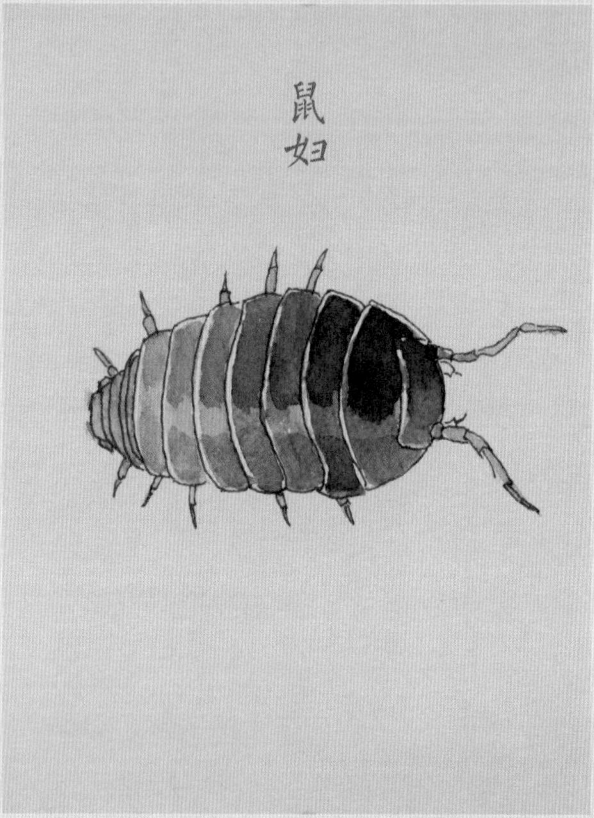

于云梦 绘

伊威

·蛜蝛
·鼠妇

《诗·国风·豳风·东山》：『伊威在室，蟏蛸在户。』

释名

《诗经》伊威
《尔雅》蛜威、委黍、负蟠、鼠负
《本经》鼠妇
《别录》蛜蝛

来源

药用鼠妇科动物平甲虫（Armadillidium vulgare [latreille]）的干燥全体。

性味

酸，凉。

功效主治

破血，利水，解毒，止痛。治久疟寒热，经闭癥瘕，小便不通，惊风撮口，口齿疼痛，鹅口诸疮。

朱熹《诗经集传》：『伊威，鼠妇也，室不埽则有之。』

于云梦 绘

虿 (chài)

·蝎

《诗经·小雅·都人士》：『彼君子女，卷发如虿。』

释名

《诗经》虿

《说文》虿尾虫

《蜀本草》全蝎、蛜蚸

来源

药用钳蝎科动物钳蝎（Buthus martenst Karsch）的干燥全虫和尾。

性味

咸、辛，平。有毒[蝎毒（Butho toxin）系一种类似蛇毒神经毒的蛋白质]。

功效主治

祛风止痉，通络，解毒。治惊风抽搐，癫痫，中风，半身不遂，口眼㖞斜，偏头痛，风湿痹痛，破伤风，瘰疬，风疹、疮肿等。

《本草纲目·虫部·蝎》：『时珍曰：蝎，足厥阴经药也，故治厥阴诸病，诸风掉眩，搐掣。疟疾寒热，耳聋无闻，皆属厥阴风木，故李杲云：凡疝气带下，皆属于风，蝎乃治风要药，俱宜加而用之。』『今入药者有全用者，谓之全蝎；有用尾者，谓之蝎梢，其力尤紧。』

《本草备要》云：『人被蝎螫者，诠蜗牛即解。』

于云梦 绘

虺

(huǐ)

·蝮蛇

《诗·小雅·斯干》：『吉梦维何？……维虺维蛇，女子之祥。』

释名

《诗经》虺
《尔雅》蝮，虺
《别录》蝮蛇
《普济方》土虺蛇

来源

药用蝮蛇科动物蝮蛇（Agkistrodon nalys[pallas]）除去内脏的全体、皮、骨、胆等。

性味

甘，温。有毒。

功效主治

祛风，攻毒。治麻风，癫疾，皮肤顽痹，瘰疬，痔疾。陶弘景『蝮蛇，黄黑色，黄颔尖口，毒最烈；虺形短而扁，毒不异于蚖，中人不即疗，多死。蛇类甚众，惟此两种及青蝰为猛。』

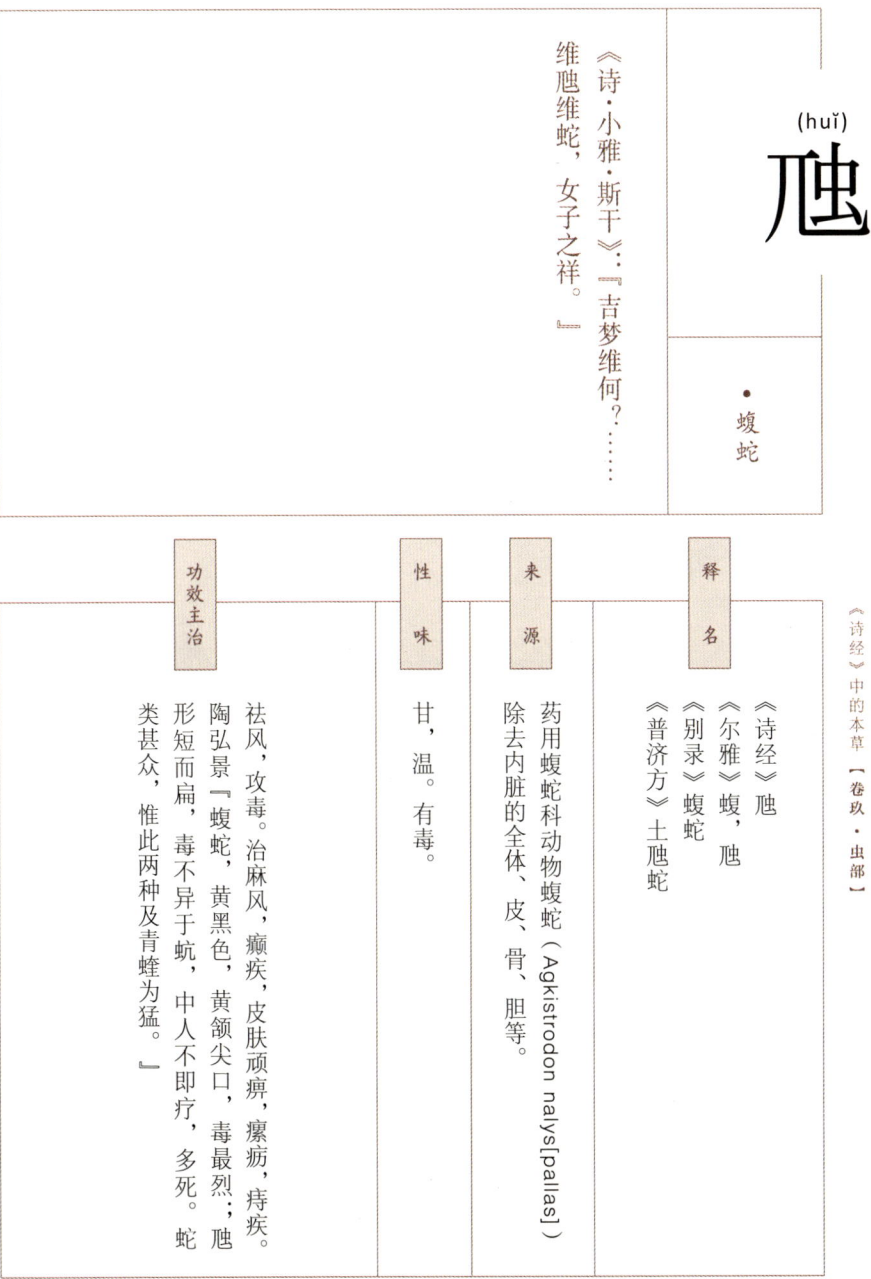

于云梦 绘

来源

白花蛇　药用蝮蛇科动物五步蛇（Agkistrodon acutus[Günther]）、或眼镜蛇科动物银环蛇（Bungarus multicinctus Blyth）幼蛇的去内脏全体。

蛇

- 白花蛇
- 乌梢蛇

《诗·小雅·斯干》：『维熊维罴，维虺维蛇。』

释名

《诗经》蛇 《尔雅》蟒、王蛇
《神农本草经》蛇蜕 《吴普本草》龙皮
《食疗本草》蚺蛇肉 《药性论》乌蛇
《开宝本草》白花蛇
《本草纲目》蕲蛇，乌梢蛇。蛇壳、蛇退

性味

乌梢蛇：甘、咸，平。
蚺蛇肉：甘，温。有小毒。
蛇蜕：甘、咸，平。有毒。
蛇胆：苦、微甘，凉。无毒。

功效主治

祛风湿，透筋骨，定惊搐。

乌梢蛇：药用其去内脏的全体，皮和胆。祛风湿，通经络。皮治风毒气，眼生翳。胆能祛风清热，化痰，明目。

蚺蛇肉：为蟒蛇科动物（Pytnon molurus bivittatus schlegel）的肉。祛风，杀虫。治风痹，瘫痪，疠风，疥癣。

蛇蜕：为游蛇科动物乌梢蛇（Zaocys dhumnades [Cantor]）等蛇蜕下的皮膜。祛风，定惊，退翳，消肿，杀虫。

蛇胆：用乌梢蛇胆。祛风，清热，化痰，明目。

图书在版编目（CIP）数据

《诗经》中的本草 / 朱伟常主编．—上海 ：上海科学技术文献出版社，2022
ISBN 978-7-5439-8506-3

Ⅰ．①诗… Ⅱ．①朱… Ⅲ．①《诗经》—诗歌研究②药用动物—介绍—中国③药用植物—介绍—中国 Ⅳ．①I207.222 ②S865.4 ③Q949.95

中国版本图书馆 CIP 数据核字 (2022) 第 037625 号

组稿编辑：张　树
责任编辑：王　珺
装帧设计：海未来

《诗经》中的本草
SHIJING ZHONG DE BENCAO
严世芸　主审　朱伟常　主编　周崇仁　陈丽云　副主编
出版发行：上海科学技术文献出版社
地　　址：上海市长乐路 746 号
邮政编码：200040
经　　销：全国新华书店
印　　刷：商务印书馆上海印刷有限公司
开　　本：889mm × 1194mm　1/32
印　　张：11.5
插　　页：15
版　　次：2022 年 9 月第 1 版　2022 年 9 月第 1 次印刷
书　　号：ISBN 978-7-5439-8506-3
定　　价：198.00 元
http://www.sstlp.com